Herstellung und Verlag:
BoD - Books on Demand, Norderstedt
ISBN 978-3-7504-1745-8

Vorwort

2019 im Rahmen eines QUIMS Projekts zum Thema Schreibförderung haben sich die Schüler und Schülerinnen des Sekundarschulhauses Wallrüti als Autoren unter Beweis gestellt. Jede Klasse hat innerhalb von sechs Wochen einen Liebesroman voller Schmerz, Hoffnung, Abgründen und Versöhnung geschrieben. In diesem Sammelband befinden sich alle neun Bücher mit jeweils einer Inhaltsangabe und den Namen der Autoren.

Sekundarschule Wallrüti
Guggenbühlstrasse 140
8404 Winterthur
06.11.2019

Inhalt

Wellenritt der Gefühle

Seit 16 Jahren gibt sich Samantha der Illusion eines perfekten Lebens hin. Doch als sie auf James trifft, wird ihr bewusst, dass er das fehlende Puzzleteil ist. Ihre Begegnung war Zufall, doch ihre Liebe ist Schicksal. Allerdings muss sie zuerst auf die Probe gestellt werden. Nun gilt es, sich zwischen Liebe und Freundschaft zu entscheiden. Wird die junge Liebe alle Strapazen überstehen und dem Druck standhalten?

Klasse A3a mit Barbara Frei

Kapitel 1: Emelie Steger, Lara Munderich,
Marisa Franzen

Kapitel 2: Emelie Steger, Lara Munderich,
Marisa Franzen

Kapitel 3: Silas Meier, Matteo Hocker

Kapitel 4: Ibrahim Jannoun, Denis Dumlu

Kapitel 5: Sanja Kostadinovic, Ermira Fazlij

Kapitel 6: Noah Geeler, Leon Affeltranger

Kapitel 7: Alea Rüegg, Linda Lüchinger

Kapitel 8: Saman Gerayeli, Marouane Fredj

Kapitel 9: Livio Litschi, Noemie Tollin

Kapitel 10: Emma Ziro, Sofia Koschek

Kapitel 1 - Glück im Unglück

«Wo bist du gewesen?», die vorwurfsvolle Stimme meiner Mutter dröhnt durchs ganze Haus, kaum bin ich durch die Haustür getreten. Genervt verdrehe ich die Augen und erwidere: «Sorry, musste nachsitzen. Habe Mist gebaut.» Ich möchte die Treppe hoch in mein Zimmer stürmen, doch sie hält mich zurück: «Was hast du dir dabei gedacht, mir nichts davon zu sagen? Alex hätte das nie gemacht und ausserdem...» Das war ja klar, jetzt fängt sie wieder mit dieser Leier an. Ich versuche mich an ihr vorbei zu drängen, doch das versetzt sie noch mehr in Rage und sie wettert los: «Junges Fräulein. Du bist 17. So kann das nicht weitergehen, benimm dich deinem Alter entsprechend. Ich bin wirklich enttäuscht von dir.» Jetzt ist es aber genug! Ich stürme in mein Zimmer, werfe den Schulranzen in eine Ecke, schnappe mir meine Surfausrüstung und poltere aus dem Haus. Meine Mutter schaut mir verdutzt hinterher, will mir noch etwas zurufen. Doch ich knalle, bevor sie den Satz beginnen kann, die Haustür mit voller Wucht hinter mir zu.

Genervt stampfe ich durch eine Palmenallee, welche zum Strand führt und denke über die Situation von Zuhause nach. Dass meine Mutter wieder so ein Drama machte, weil ich nachsitzen musste, war ja klar. Ich habe doch nur ehrlich auf eine Frage meines Lehrers geantwortet. Wieso müssen Lehrer immer so voreingenommen sein? Zum Glück habe ich bald das Meer erreicht und kann mich abreagieren. Wenn ich surfe, kann ich dem Alltag entfliehen und vergesse alles um mich herum. Gedankenverloren steige ich aus dem Wasser und bemerke, dass es bereits dämmert. Ich streiche mir mein nasses Haar aus dem Gesicht und eile im Laufschritt in Richtung meiner Tasche. Ich bücke mich vor, um nach meinem Badetuch zu greifen, als ich plötzlich einen stechenden Schmerz in meinem linken Fuss verspüre. Verdattert hebe ich mein Bein, um nach meinem Fuss zu sehen und schreie entsetzt auf. Mir wird allmählich schwarz vor Augen.

«Entschuldigung ist alles okay mit dir?», fragt ein Unbekannter, als ich die Augen aufschlage. Verwirrt blinzle ich ihn an und erwidere: «Wo bin ich und was ist passiert?» Besorgt sieht er mich mit seinen strahlenden grünen Augen an und meint: «Ich habe einen Schrei gehört und dich hier gefunden. Ohnmächtig und verletzt. Ich glaube du kannst kein Blut sehen. Wie geht es dir?» «Keine Ahnung mir ist ein bisschen schwindelig und mein Fuss tut weh», murmle ich leise. «Am besten kommst du mit zu mir und ich verarzte deinen Fuss», schlägt er vor und lächelt mich liebevoll an. Ich nicke und er streckt seine Hand aus, um mir hoch zu helfen. Auf dem Weg zu seiner Wohnung schweigen wir. Nach einigen Minuten bleibt er vor einem heruntergekommenen Wohnwagen stehen. Verwirrt runzle ich die Stirn und frage: «Und da wohnst du?» Er nickt kurz angebunden und schliesst die Tür auf. Als ich durch die Tür trete kommt mir ein ekliger Gestank entgegen. Ich würge leise und halte mir die Hand vor den Mund. Ist das etwa Alkohol? Entsetzt sehe ich mich um und tatsächlich. Da liegen überall leere Bierdosen, Flaschen und Becher herum. Zögerlich trete ich einen Schritt zurück, in Richtung Tür, doch dann dreht er sich um und sagt: «Setz dich doch. Ich suche nur schnell den Verbandskasten. Möchtest du etwas trinken?» «Nein danke, ich habe keinen Durst», murmle ich und sehe mich um. Als ich das Sofa sehe, bekomme ich es mit der Angst zu tun. Wie eklig ist das denn bitte? Da setze ich mich auf keinen Fall hin! Doch neben dem Sofa steht ein kleiner Hocker. Nach kurzem Überlegen setzte ich mich dorthin. Einigen Minuten später kommt mein unbekannter Helfer zurück und beginnt mein Fuss zu untersuchen. «Wie heisst du eigentlich?», frage ich und sehe ihn erwartungsvoll an. «Ich bin James und du?», erwidert er. Ich lächle und sage: «Ich bin Samantha. Samantha Rose.» «Schön dich kennen zu lernen Samantha Rose», meint James grinsend. Ich erröte und streiche mir meine blonden Locken aus dem Gesicht. «Wo ist eigentlich meine Tasche?» frage ich entsetzt. Ich habe sie seit dem Unfall nicht mehr gesehen. James lächelt mich an und sagt: «Ich habe sie mitgenommen, brauchst du irgendetwas?» «Ja, meine Brille. Ich möchte die Linsen rausnehmen», murmle ich und sehe verlegen auf den Boden. Er steht auf und sagt: «Ich habe deinen Fuss verbunden. Es ist nur eine oberflächliche Verletzung. Dann hole ich mal deine Tasche.» Als James das kleine Wohnzimmer verlässt, spüre ich etwas Nasses und Warmes an meinem Fuss. Ich erschrecke und schreie auf. James kommt lachend zurück und streckt mir meine Tasche entgegen: «Das ist Juan, stets ein treuer Begleiter und mein bester Freund. Eigentlich ist er scheu, aber dich mag er anscheinend sehr.» Ich lächle und beginne den Hund zu streicheln. Etwas zerstreut durchforste ich meine Tasche nach meinem Handy. Als ich es einschalte erschrecke ich. Ich habe fünf verpasste Anrufe von meiner Mutter und es ist schon halb Elf! Entsetzt raffe ich meine Sachen zusammen und stehe auf. «Ich muss langsam los, es ist schon spät. Aber vielen Dank für deine Hilfe!» «Soll ich dich nach Hause fahren?», fragt James und blickt mich besorgt an. «Nein, ist schon okay. Ich wohne ganz in der Nähe. Hier ist meine Nummer. Ich lade dich gerne auf ein Eis ein, wenn du mal Zeit hast», erwidere ich und lächle ihn an. Strahlend nimmt er den Zettel mit meiner Nummer entgegen und sagt: «Ich werde dich anrufen.» Zuhause angekommen schleiche ich mich in mein Zimmer und schmeisse mich auf mein Bett. Lächelnd starre ich an die Decke. Das Einzige, woran ich denken kann, ist James.

Kapitel 2 - Zwei Geheimnisse auf einen Schlag

Als ich die Augen aufschlage, ist es bereits hell. Gähnend werfe ich die Decke auf die andere Seite des Bettes. Beim Aufstehen denke ich augenblicklich an James und den gestrigen Abend. Lächelnd schwebe ich die Treppe hinunter direkt in die Arme meiner Eltern. Entsetzt will ich auf dem Absatz kehrt machen, doch meine Mutter hält mich zurück: «Wo warst du gestern Abend?» «Ich bin Surfen gegangen und habe die Zeit vergessen», erwidere ich gereizt. Mein Vater blickt stirnrunzelnd den Verband an meinem Fuss an und fragt: «Hast du dich verletzt?» «Nö, ich habe einfach aus Spass einen Verband an meinem Fuss befestigt», sage ich ironisch. «Das ist nicht lustig Samantha!», keift meine Mutter. «Ich habe mich verletzt und jemand hat mich verarztet», murmle ich und zucke desinteressiert mit den Schultern. Doch mein Vater blickt mich plötzlich streng an und poltert: «Wer hat dich verarztet? Etwa dein Freund?» «Nein, nur ein Bekannter Dad, sein Name lautet James», sage ich genervt und quetsche mich an meinen Eltern vorbei. Ich eile in die Küche, schnappe mir ein Joghurt und gehe in mein Zimmer zurück. Während ich esse, klingelt plötzlich mein Handy, eine unbekannte Nummer. «Samantha Rose, wer ist da?», frage ich gespannt. Die Stimme am anderen Ende antwortet: «Ich bin's.» «James?», frage ich. «Wer denn sonst. Hast du heute Zeit?» Ich kann mir vorstellen, wie er gerade grinst und murmle verlegen: «Oh, ja klar. Wollen wir Eis essen gehen? Ich kenne die beste Eisdiele in der Gegend.» «Komm um 14Uhr zu mir. Ich freue mich!», sagt er mit glucksender Stimme und legt auf. Verdattert blicke ich auf mein Handy. Was soll ich nur anziehen? Wie soll ich mich nur schminken und mich frisieren? Na klar, ich kann Abigail anrufen! Schnell tippe ich die Nummer meiner besten Freundin in mein Smartphone, welche nach kurzer Zeit abnimmt: «Sam? Wie geht's und weshalb rufst du mich an?» «Hi Abby! Ich brauche dringend deine Hilfe.» «Was ist denn los? Bist du überfallen worden?», will sie wissen. «Nein, hör zu. Ich bin verabredet und brauche deine Hilfe, um mich vorzubereiten. Kannst du vorbeikommen?», erkläre ich schnell. «Ein Date?», fragt Abby begeistert. «Na ja, ich weiss es nicht so genau», sage ich kleinlaut. «Okay, ich bin in fünf Minuten bei dir!» Schon hat sie aufgehängt.

«Endlich bist du da!» Ich setze mich an meinen Schminktisch und Abby beginnt mein Haar zu flechten. Nach einem kurzen Smalltalk wird Abby plötzlich ernst. «Du, Sam? Ich muss dir etwas sagen.» «Was denn, bist du etwa schwanger?», frage ich ironisch und lache. Doch Abby erstarrt und sagt monoton: «Ich glaube schon.» Entsetzt schnappe ich nach Luft und hauche: «Bist du sicher? Wer ist denn der Vater?» «Mit wem bist du eigentlich verabredet?», wechselt Abby galant das Thema. Ich merke, dass sie nicht über ihre Situation reden will und antworte beschwingt: «Mit dem wohl charmantesten Typen hier in der Umgebung. Sein Name ist James.» «Aha. Und sonst?», Abby blickt mich erwartungsvoll an. «Was «und sonst»?», entgegne ich etwas überfordert. «Na, auf welche Schule geht er? Was sind seine Hobbies? Woher kennt ihr euch?», sagt Abby, welche gerade dabei ist den geflochtenen Zopf wieder zu öffnen, da er nicht sehr gelungen aussieht. In diesem Moment wird mir klar, dass mir James eigentlich noch völlig fremd ist. Ich weiss nichts über ihn. Nicht mal seinen Nachnamen! Wenigstens kann ich Abbys letzte Frage beantworten: «Ich war gestern am Strand und da sind wir uns begegnet», erkläre ich ihr den ganzen Vorfall von gestern. Ich beende meine Geschichte mit: «Und heute Morgen hat er mich völlig spontan angerufen und mich gefragt, ob ich nachmittags Zeit hätte.» Ich schaue meine beste Freundin strahlend an. Abby hingegen scheint sich kein bisschen für mich zu freuen: «Ich wette, dieser Typ nutzt dich nur aus.» «Nein, James meint es ernst mit mir!», erwidere ich selbstsicher. Abby lacht ironisch und verdreht die Augen: «Sam, hattest du jemals in deinem Leben einen Freund? Nein, im Gegensatz zu dir weiss ich Jungs einzuschätzen, schliesslich habe ich schon einige Beziehungen hinter mir.» Für einen kurzen Moment bleibt es still, bis ich schliesslich mein Mund öffne: «Seit wann, hast du das Gefühl schwanger zu sein? Hast du einen Schwangerschaftstest gemacht?» Unsicher antwortet Abby: «Seit vorgestern», und dann, fügt sie noch leise hinzu, «Nein, aber sobald ich einen Schwangerschaftstest gemacht habe, werde ich es dir sagen.» Ich blicke auf ihren Bauch. Ihr ist nicht anzusehen, dass darin ein Baby wächst. «So, ich bin fertig mit deiner Frisur. Wie findest du sie?», sagt Abby, um die etwas gesunkenen Stimmung wieder aufzuheitern. «Wow, Abby. Das sieht einfach nur Hammer aus. Ich bin echt froh dich als Freundin zu haben.» Wir lächeln uns an, stehen auf und begeben uns in mein Ankleidezimmer. Schnell haben wir uns für das rote Blumenkleid entschieden. Dazu wähle ich noch die passende Halskette, welche ich von meinen Eltern zu meinem siebzehnten Geburtstag bekommen habe. Nun bin ich endlich fertig und ich muss sagen, dass ich echt chic aussehe.

«Puh, zum Glück haben wir es noch rechtzeitig geschafft. Und jetzt los, geh zu deinem Date und geniess den Nachmittag. Du siehst wirklich toll aus. Ich habe dich lieb», sagt Abby erschöpft und schuppst mich aufgeregt in Richtung Tür. Ich umarme sie ganz fest und murmle: «Ich habe dich auch lieb und ich bin immer für dich da.» «Jetzt geh schon, sonst kommst du wirklich noch zu spät», lacht Abby. Ich werfe ihr noch einen dankbaren Blick zu und renne dann aus dem Haus.

«Bist du etwa hergerannt?», fragt James amüsiert und betrachtet mich aus grossen Augen. «Ja, ich war spät dran. Es tut mir leid», japse ich und versuche meine Atmung zu kontrollieren. James grinst nur und sagt: «Komm lass uns gehen.» Er nimmt meine Hand und führt mich hinter seinen Wohnwagen. Entsetzt schnappe ich nach Luft und hauche: «Willst du etwa damit zur Eisdiele fahren?» «Ja klar, ist doch kein Problem, oder hast du Angst?», strahlt mich James an. Ich muss schlucken, nehme aber trotzdem den Helm entgegen und steige widerwillig auf das Motorrad. «Also, wie heisst diese Eisdiele?», frage ich und versuche mich zu beruhigen. «Es ist die Ben & Jerrys Eisdiele, ganz nah am Strand. Halt dich gut fest!», meint James noch und dann gibt er Gas. Ich presse entsetzt die Augen zusammen und klammere mich an seinem Rücken fest. Hoffentlich werde ich auf diesem Ding nicht sterben!

Nach einigen Minuten kommen wir doch tatsächlich lebendig bei der Eisdiele an. Ich springe sofort von dem

Motorrad, kaum hat James den Motor ausgeschaltet. Er muss ausgelassen lachen und legt seinen Arm um mich. Ich erröte und blicke ihn unsicher an. Doch er drückt mich an sich und lässt mich los, um nach meiner Hand zu greifen. Gemeinsam schlendern wir zum Verkaufstresen und sehen uns die Eissorten an. «Ich hätte gerne eine Kugel Peanut Butter Cup und eine Kugel Blondie Brownie», sagt James und sieht mich dann abwartend an. «Ich nehme eine Kugel Strawberry Cheesecake und eine Kugel Love is.» Lächelnd sehe ich die Kassiererin an, nehme mein Eis entgegen und beginne das Geld zusammen zu kratzen. Doch James ist schneller und bezahlt bereits. Böse sehe ich ihn an und schimpfe: «Eigentlich wollte ich dich einladen, um mich dafür zu bedanken, dass du mir geholfen hast.» Er lächelt mich bloss an und sagt: «Man lässt kein Mädchen bezahlen.» Kopfschüttelnd entferne ich mich von ihm, muss aber ein Lächeln verbergen. «Wollen wir nicht draussen sitzen?», fragt mich James, als ich mich gerade an einen Tisch setzen will. «Doch klar», murmle ich, erröte und erhebe mich wieder. James nimmt meine Hand und zieht mich zu einem hübschen Tisch im Schatten. Wir setzen uns und beginnen schweigend unser Eis zu essen. James bricht das Schweigen und fragt: «Du surfst also gerne?» «Ja, es ist meine Leidenschaft!», erwidere ich. Das Eis ist gebrochen. Wir reden und lachen über alles Mögliche. «Sammy, ich darf dich doch Sammy nennen?», als ich nicke fährt er fort, «Du hast da etwas Eiscreme.» Er zeigt auf eine Stelle über meinem Mund und ich versuche das Eis wegzuwischen. Doch James lacht nur, beugt sich zu mir und wischt das Eis mit seinem Finger weg. Überrascht öffne ich den Mund und sehe in seine wunderschönen Augen. Er blickt mich an, als wäre ich das Einzige auf dieser Welt, beugt sich noch weiter vor und küsst mich. Ich reisse die Augen auf, entspanne mich aber wieder und erwidere den Kuss. Kurze Zeit später lösen wir uns voneinander und er streicht mir eine Locke aus dem Gesicht. «Du bist wunderschön Samantha», murmelt James und lächelt mich an. Ich erröte und stottere: «Danke. Du siehst aber auch nicht übel aus.» Innerlich verpasse ich mir eine Ohrfeige für diese dämliche Antwort, doch James grinst nur und meint: «Nicht übel?» Dann küsst er mich wieder. Plötzlich beginnt mein Handy zu klingeln. Verwirrt löse ich mich von James und ziehe mein Smartphone aus meiner Hosentasche. Es ist meine Mutter. Bevor ich annehmen kann, ist der Anruf zu Ende. Entsetzt realisiere ich die fünf verpassten Anrufe von ihr. Auch mein Vater hat mich sechs Mal versucht zu erreichen. Baff sehe ich auf die Uhr. Es ist schon acht! «Was ist los?», fragt James und ich erwidere traurig: «Ich muss nach Hause.» Er mustert mich und meint nur: «Morgen ist auch noch ein Tag Sammy. Ich bringe dich nach Hause.»

Kaum angekommen, steige ich vom Motorrad und nehme den Helm ab. James bleibt sitzen, beugt sich jedoch zu mir hinab und küsst mich. «Gute Nacht Sammy», verabschiede er sich. Er lächelt mich an, setzt seinen Helm auf und braust davon. Ich blicke ihm nach und hauche: «Gute Nacht James.» Dann drehe ich mich um und schleiche in mein Zimmer. Ich werde mich morgen mit meinen Eltern auseinandersetzen. Der Abend soll nicht in einer Katastrophe enden. Lächelnd werfe ich mich auf mein Bett und berühre meine Lippen. Ich kann an nichts Anderes mehr denken als an James.

Kapitel 3 - Die Schrecksekunden

Am nächsten Tag scheint die Sonne, wie so oft in Santa Monica. Kaum komme ich aus dem Zimmer, zitieren mich meine Eltern zu sich. Elisabeth, meine Mutter fragt: «Wo warst du gestern Abend?! Wir haben uns Sorgen gemacht.» «Ich habe mich mit Abby im Restaurant getroffen», belüge ich sie. Meine Mutter beruhigt sich etwas. Sie meint aber bestimmt: «Das kommt nie wieder vor. Solltest du wieder einmal spontan auswärts essen wollen, gibst du Bescheid!» «Ja», sagte ich genervt.

Nach dem Streit bin ich etwas wütend und habe wegen meiner Notlüge ein schlechtes Gewissen. Allerdings verschwindet dieses bald. James schreibt mir gerade, ob wir uns im Café THE HIVES treffen wollen. Ich sage ihm zu, weil ich es kaum erwarten kann, ihn wieder zu sehen. Es ist Mittag. Ich habe noch etwas Zeit, bis wir uns treffen. Ich entscheide mich daher, surfen zu gehen. Am Strand ist es eher leer für die Verhältnisse in L.A. Ich schnappe mir mein Surfbrett und flitze ins Wasser. Die Zeit vergeht so schnell, dass ich sogar fast zu spät komme. Etwas ausser Atem treffe ich im Café ein. Ich schaue mich um und suche James. Seltsamerweise erkenne ich nur Abby. Was macht sie denn hier? Plötzlich erkenne ich James neben ihr. Ich fragte mich, warum sie beide hier sind. Eigentlich habe ich mich doch nur mit James verabredet. Ich gehe verwirrt zu ihnen hin und richte mich direkt an James, ohne sie zu begrüssen: «Du kennst Abby auch?» «Ja. Ich habe sie auf dem Weg gesehen und gefragt, ob sie mitkommen wolle», erklärt James. Mich nervt es schon etwas, dass

Abby auch dabei ist. Ich wollte mit James alleine sein. Egal, jetzt ist sie hier und ich kann nichts dagegen machen, ohne sie zu verletzen. Zum Glück verstehen wir uns alle gut, sodass es ein lustiger Nachmittag wird.

Später begleite ich Abby nach Hause. Plötzlich zieht sie etwas aus der Tasche. Es ist ein Schwangerschaftstest. «Weisst du endlich, ob deine Vermutung stimmt?», frage ich neugierig. Abby zeigt mir den positiven Test. Ich bin ehrlich gesagt doch etwas erstaunt. Abby übertreibt oft und ist eine sehr impulsive Person. Daher habe ich eigentlich nicht mit diesem Resultat gerechnet. Nun will ich aber doch wissen: «Du bist also wirklich schwanger. Wer ist der Vater und in welchem Monat bist du?» Aber Abby weicht mir aus, verabschiedet sich rasch und lässt mich voller Fragen zurück. Ich verstehe zwar nicht warum, bin aber sicher, dass sie etwas zu verbergen hat.

Noch früh am Abend lege ich mich wütend und irgendwie auch eifersüchtig ins Bett. Die Sonne steht noch relativ hoch und ich überlege, ob ich noch einmal surfen gehen sollte. Plötzlich befinde ich mich wieder im Café. Es liegt ein bisschen weiter im Inneren von Santa Monica. Genau wie schon am Nachmittag sitzt neben James meine Freundin Abby. Ganz vertraut plaudern James und Abby zusammen. Mich ignorieren die beiden. Später schlendern wir zu dritt, ohne klares Ziel, die Strassen entlang. Ich halte es nicht mehr aus. Die Zweisamkeit der anderen bringt mich zur Weissglut. Gerade erreichen wir einen Bahnübergang. Ich renne zu Abby und schubse sie mit voller Wucht auf die Gleise. Sie fällt auf den Kopf und wird direkt bewusstlos. Ich kann nicht glauben, was ich getan habe. James ist entsetzt darüber und schaut mich entgeistert an. Plötzlich erscheint in der Ferne ein Licht und kommt immer näher. James reagiert sofort und will Abby helfen. Doch in diesem Moment gehen die Bahnschranken runter. Er springt beherzt auf die Gleise, packt sie und versucht, sie so schnell wie möglich wegzutragen. Ich erwache aus meiner Starre und will ihm helfen. Ich ziehe an seiner Hand, aber der Zug saust schon vorbei. James kann gerade noch wegspringen, jedoch ohne Abby. Alles, was von ihr übrig ist, sind ein paar Blutspritzer.

Schreiend reisse ich die Augen auf. Neben mir klingelt mein Handy. Etwas verwirrt bemerke ich, dass es in der Zwischenzeit dunkel geworden ist. Zum Glück war das nur ein Traum. Das zweite Treffen hat nie stattgefunden. Ich bin so erleichtert, dass ich fast vergessen hätte, das Handy abzunehmen. Ich ergreife es und nehme ab. James ist am Telefon und fragt mich, ob ich Lust hätte, morgen zu ihm zu kommen. Er schlägt vor, gemeinsam zu kochen und noch einen Film zu schauen. Welchen, will er mir noch nicht verraten. Ich sage ihm glücklich zu und schlafe mit gutem Gewissen ein.

Kapitel 4 - Der romantische Abend

Heute ist ein schöner Tag und ich freue mich schon sehr darauf, Samantha zu treffen. Am besten rufe ich sie jetzt an, um noch etwas genauer zu besprechen, wann wir uns sehen können. Gestern war sie doch etwas durch den Wind wegen eines furchtbaren Traums. «Hi Sam, hast du dich wieder etwas gefangen?», begrüsse ich sie. «Hey James. Ja, es geht mir gut. Treffen wir uns heute Abend bei dir?», will Samantha von mir wissen. «Mir geht es bestens. Klar, ich freue mich schon sehr darauf. Kannst du um halb Acht bei mir sein?», möchte ich wissen. «Ja, das passt. Ich freue mich schon sehr! Bis dann», flüstert sie und legt auf.

Schnell beginne ich mit den Vorbereitungen, denn ich möchte sie so richtig verwöhnen. Am besten gehe ich jetzt einkaufen. Es gibt hier gleich um die Ecke eine Mal. Auf dem Heimweg entdecke ich einen Garten, in dem wunderschöne Rosen wachsen. Natürlich ist es verboten, welche zu pflücken. Dennoch schleiche ich rein und pflücke eine Rose für Samantha. Auf einmal steht ein grosser, schwarz gekleideter Mann vor mir und schreit mich an: «Hey, was erlaubst du dir, einfach in meinen Garten einzubrechen und meine Rosen zu stehlen?» «Es tut mir leid. Ich wollte Sie nicht verärgern. Leider habe ich kein Geld für Rosen und sie für meine Freundin gepflückt.» «Ist schon gut mein Junge, aber beim nächsten Mal fragst du mich lieber», sagt der Mann zu mir. «In Zukunft werde ich Sie nach ihrer Erlaubnis fragen. Vielen Dank für Ihr Verständnis!», hasple ich überrascht. Ich gehe jetzt schnell nach Hause, weil ich noch mein Wohnmobil aufräumen muss, bevor Samantha auftaucht. Ich versinke völlig in meinen Aufräumarbeiten und will gerade meine Bierflaschen entsorgen, als ich höre, wie Samantha an die Tür klopft. Ich mache schnell den Hintereingang auf und schmeisse die Flaschen auf den Boden. Eigentlich ärgerlich, dass es schon wieder so viele sind. Schnell gehe ich zum Haupteingang und öffne die Tür. Ich lächle meine wunderschöne Sam an und küsse sie stürmisch. Als ich mich von ihr löse erkläre ich: «Herzlich Willkommen zurück. Komm doch rein. Entschuldige bitte das Chaos.» «Kein Problem, wo soll ich meine Schuhe hinstellen?», fragt Sam und ich erwidere: «Neben dem Hintereingang sollte es noch Platz haben.» Lächelnd verschwindet sie und da wird mir bewusst, dass es eine blöde Idee war. Dort habe ich meine leeren Bierflaschen abgestellt. Als sie mit einem verkniffenen Gesichtsausdruck zurückkommt, weiss ich, dass sie die Bierflaschen gefunden hat. Sie ahnt vermutlich, dass ich echt etwas zu viel trinke in letzter Zeit. Sie dreht sich um und scheint auf eine gute Antwort zu warten. Weil ich heute keinen Streit austragen will, versuche ich das Thema galant umzulenken. Daher gehe ich einen Schritt auf sie zu und küsse sie. Ich ziehe sie an ihrer Hand auf das Sofa und wir setzen uns hin. Doch Samantha wird ernst und sagt vorwurfsvoll: «Für meinen Geschmack trinkst du echt zu viel. Versprich mir, dass du in Zukunft versuchen wirst, mit dem Trinken aufzuhören». Ich schaue sie an, und erwidere: «Ich kann es dir nicht versprechen, aber ich versuche es für dich». Samantha nickt besorgt und meint dann: «Apropos Zukunft, wie soll es eigentlich mit uns weitergehen?» «Wie meinst du das?», will ich zögerlich wissen. «Ich finde, dass du endlich deinen Schulabschluss nachholen solltest, denn ich will nicht, dass du irgendwann auf der Strasse endest.» Samatha hat natürlich recht. Ich will ihr eine schöne Zukunft bieten und das geht nun mal nur mit einem vernünftigen Job. Wir beschliessen also, dass wir nach dem Schulabschluss zusammen in eine Wohnung ziehen wollen. Sie ist begeistert und ich merke, wie sehr sie mir ans Herz gewachsen ist. Ich möchte mit ihr gemeinsam verreisen, am liebsten ins Ausland. Plötzlich knurrt mir der Magen und ich frage: «Hast du auch so Hunger?» Lächelnd nickt Samantha und wir beginnen gemeinsam zu kochen, da sie darauf besteht zu helfen.

Nach dem Essen schauen wir den Film «The perfekt Date» auf Netflix und geniessen den gemeinsamen Abend. Manchmal schweife ich aber mit meinen Gedanken ab und überlege mir, wie ich vom Alkohol wegkommen könnte. Irgendwann muss ich wohl eingeschlafen sein, denn jetzt ist Samantha schon weg, als ich die Augen öffne. Auf dem Tisch liegt eine Nachricht von ihr. «Wollte dich nicht wecken mein Liebster. Danke für den schönen Abend! Vergiss nie, dass ich immer für dich da bin.»

Kapitel 5 - Liebesdiskussionen

Die Schule ist vorbei und ich räume meine Sachen auf, weil ich möglichst schnell nach Hause will. Auf dem Weg überrascht mich James mit Rosen. Ich falle ihm um den Hals, und küsse ihn stürmisch. Er möchte sich in einer Stunde mit mir am Strand verabreden. Das freut mich natürlich sehr: «Geht klar!», flüstere ich. Gut gelaunt flitze ich schnell nach Hause, ziehe mich um und packe meine Surfsachen.

Wie abgemacht treffe ich James etwas später am Strand. Er hält sein Surfbrett hoch und grinst mich an. Im Sonnenlicht erkenne ich, dass sein Körper voller feiner Narben ist. Ich getraue mich aber nicht, ihn danach zu fragen. Also vergnügen wir uns in den Wellen und ich zeige James einige Tricks mit dem Brett. Er ist sichtlich beeindruckt, fragt aber schon bald nach einer Verschnaufpause. Wir sonnen uns und kuscheln gerade, als ich auf einmal meine Mutter am Strand entdecke. Bevor wir sie begrüssen und ich James vorstellen kann, legt sie schon los: «Wieso bist du mit diesem ungehobelten Jungen alleine hier?» Verzweifelt entgegne ich: «Mom, du verstehst es falsch. Das ist James. Vorher war niemand zu Hause und ich wollte es euch schon noch erzählen. James ist ein anständiger Bursche und ich bin sehr verliebt in ihn. Glaub mir doch!» Mit hoher Stimme weist sie mich zurecht: «Also sag mal, tickst du nicht mehr ganz sauber? Dieser Typ begrüsst mich nicht und wirkt zudem sehr arm. Schau ihn dir mal an.»

Ich bin beleidigt, versuche ihr aber zu erklären, dass es nicht immer nur um das Geld geht. Meine Beteuerungen, dass ich James liebe, nimmt sie nicht ernst. Sie hört mir nicht mal zu, packt mich an der Hand und zieht mich weg.

«Na toll, jetzt erfährt es mein Vater viel zu früh», schiesst mir durch den Kopf. Ich habe ihn belogen und gesagt, dass da nichts läuft. Jetzt wird er doppelt so wütend sein, denn ich habe nicht die Wahrheit erzählt und bin auch nicht mit dem Sohn eines Multimillionärs zusammen. Meine Eltern wünschen sich insgeheim, dass ich eine gute Partie an Land ziehe. Das weiss ich schon lange. Ich versuche mich von Klammergriff meiner Mutter zu befreien. Dieser ist aber eisern. Während-dem sie mich wegzieht, drehe ich meinen Kopf und rufe James zu: «Es tut mir leid. Wir sehen uns Morgen wieder!» Meine Mutter murmelt verärgert etwas. Es klingt verdächtig nach: «Das glaube ich nicht».

Endlich kommen wir zu Hause an. Meine Mutter hat mich den ganzen Weg überwacht. «Ali!», schreit meine Mutter bis zum obersten Stock, «Komm sofort runter, unsere Tochter trifft sich mit einem Jungen! Ich bin überzeugt, dass der kriminell ist. Du hättest seine Narben sehen sollen. Bestimmt ist er der Kopf einer Einbrecherbande!» Mein Vater rast die Treppe hinunter, und ist ausser sich vor Wut: «Du hast mir gesagt, dass du keinen Freund hast. Soll das jetzt ein Scherz sein?» Ich sitze und warte, bis sich beide etwas beruhigt haben. Fieberhaft überlege ich, wie ich ihnen das alles erklären soll. Sie werden es mir sowieso nicht mehr glauben, schliesslich habe ich meinen Vater wirklich angelogen. «Das war eine Notlüge gestern. Ich wollte es euch heute Abend echt sagen. Mom war einfach schneller.» «Wie konntest du mich anlügen? Ich glaube dir nie mehr. Das ist sowas von daneben!», schreit mein Vater zornig.

«Du kannst dir nicht vorstellen, wie unheimlich und unattraktiv dieser James aussieht», gab meine Mutter noch ihren Senf dazu, als würde es nicht reichen, dass sie mir nicht zuhören. Mein Vater droht mir: «Wehe ich sehe, dass du dich in der Schule wegen ihm verschlechtert hast. Dann haben wir ein Problem Fräulein!» Ich bin entsetzt, wie wenig meine Eltern auf meine Gefühle eingehen. Wenn sie nun noch wüssten, dass James alkoholabhängig ist, wäre das ein Desaster. Wier diskutieren weiter.

Schliesslich halte ich es nicht mehr aus, springe auf, laufe die Treppe hoch und schliesse mich in meinem Zimmer ein. Ich bin völlig aufgeschmissen. Ich kann meine Tränen nun nicht mehr zurückhalten. Schluchzend sitze ich auf dem Bett und beginne an allem zu zweifeln. Ich weiss nicht, auf welcher Seite ich stehen soll. Morgen werde ich mich James aber bestimmt wieder treffen. Wir müssen uns unbedingt aussprechen. Vor lauter Erschöpfung schlafe ich schliesslich rasch ein.

Am nächsten Morgen rufe ich sofort James an. Aus Angst, von meinen Eltern gehört zu werden, flüstere ich aufgeregt: «James?» Mist, es ist nur die Mailbox. Enttäuscht hinterlasse ich eine Nachricht: «Wir müssen uns dringend aussprechen. Lass uns in zwei Stunden im Starbucks treffen.»

Eine Weile später bin ich da. James kommt mir auf dem Weg entgegen. Wir umarmen uns gequält und küssen uns flüchtig. Schliesslich gehen wir hinein und ich fange an zu erzählen, was gestern Abend vorgefallen war. Währendem ich berichte, nimmt James meine Hand. Das ist beruhigend und mir fällt es leicht, meine Sorgen zu teilen. Es ist ein schönes Gefühl, dass er für mich da ist. Wir quatschen sehr lange. Je mehr Zeit wir miteinander verbringen, desto mehr spüren wir, dass wir einfach zusammengehören, trotz aller Widerstände. Wir hören auf keinen, wir lieben uns und es bleibt auch so.

Kapitel 6 - Meine Eltern wollen dich kennenlernen

Stöhnend wache ich auf und schalte meinen Wecker ab. Gestern musste ich, kaum ich nach Hause gekommen, wegen meiner Eltern bis um elf Uhr abends für einen dummen Test lernen. Langsam steige ich aus meinem Bett, reibe mir die Augen und mache mich auf den Weg zur Dusche.

Nachdem ich mich frisch gemacht habe, schaue ich auf mein Handy. Es ist fast halb eins. Langsam knurrt mir der Magen und im selben Moment ruft mich meine Mutter zum Essen. Schnell renne ich die Treppe herunter und setze mich an den Tisch. Wir essen schweigend, wobei mich meine Eltern immer wieder aufmerksam mustern. Als wir mit dem essen fertig sind, kommt mein Vater auf das Thema von gestern zurück: «Wie wir gestern erfahren haben, bist du mit einem Zigeuner befreundet.» «James ist doch kein Zigeuner. Er hat einen eigenen Wohnwagen und ist auch sehr nett», entgegne ich entrüstet. «Mit diesem Kriminellen wirst du dich sicher nicht mehr treffen. Er ist bestimmt nur an deinem Geld interessiert», erwidert meine Mutter. «Ihr kennt ihn gar nicht richtig!», schreie ich sie an. Mein Vater versucht zu vermitteln: «Wenn er wirklich so nett sein soll, wie du sagst, dann soll er heute Abend hierherkommen und sich vorstellen.» «Na gut, wenn es unbedingt sein muss», rufe ich, währendem ich zu meinem Zimmer zurücklaufe.

Am späten Nachmittag habe ich eine Verabredung mit James. Langsam mache ich mich bereit, obwohl ich noch sehr viel Zeit habe. Ich schaue auf mein Handy, denn ich will wissen, ob er mir geschrieben hat. Tatsächlich habe ich eine Nachricht bekommen. Schnell studiere ich sie. «Ich könnte früher kommen. Du auch?», schreibt er mir. «Ja, wieso nicht. Treffen wir uns um halb drei?», schreibe ich ihm zurück. Ich lege mein Handy weg, da er noch nicht geantwortet hat und schaue auf die Uhr. Ein paar Minuten vergehen, als ich endlich seine Benachrichtigung bekomme. «Ok» steht auf dem Bild- schirm. Rasch ziehe ich meine Jacke an und mache ich mich auf den Weg zum Starbucks, wo wir uns verabredet haben.

Nachdem ich mir einen Doppelten Caramel Cappuccino bestellt habe, setze ich mich an einen kleinen runden Tisch. Ich warte eine Weile, bis ich James endlich entdecke. Er kommt sofort zu mir, begrüsst mich mit einem Kuss und setzt sich zu mir an den Tisch. «Meine Eltern haben so viele Vorurteile dir gegenüber. Daher wollen sie dich heute Abend kennenlernen. Ich hoffe, du bist einverstanden. Wir würden dann zu mir nach Hause gehen und dort Abendessen?», erkläre ich leicht genervt. James überlegt kurz und antwortet: «Sicher. Hättest du Lust, kurz an den Strand zu gehen?» Ich nicke eifrig, trinke meinen Cappuccino fertig und wir gehen zum Strand. Ich ärgere mich etwas, dass er, kaum sind wir draussen, sofort wieder eine Bierdose öffnet. Etwas verärgert mustere ich ihn. Als er aber den Arm um mich legt, mich sanft küsst und anlächelt, verschwinden meine düsteren Gedanken. Wir schlendern dem Meer entlang, bis die Sonne schon fast hinter dem Horizont verschwunden ist. «Wir sollten uns langsam auf den Weg machen, sonst kommen wir noch zu spät», erinnere ich James. Wir machen noch kurz einen Zwischenstopp bei seinem Wohnwagen, damit James etwas Anständiges anziehen kann. Pünktlich erreichen wir mein Zuhause. Ich öffne die Tür und stolpere direkt in die Arme meines Vaters. Verlegen begrüsse ich ihn und stelle ihm James vor. Er schüttelt ihm misstrauisch die Hand. James trägt einen tollen Anzug. Ich habe ihm diesen gekauft, weil ich weiss, dass er sich sowas nicht leisten kann. Nun stösst meine Mutter zu uns. Ich schaue zu James und meinen Eltern. Was für eine seltsame Situation. Ich räuspere mich: «Also, das ist James. Er hat einen Hund namens Juan und mag es, Musik zu spielen.» Ich blicke wieder zu ihm: «Das sind meine Eltern, Ali und Elisabeth Rose.» Meine Mutter bittet uns zum Tisch und bringt das Essen, kaum haben wir uns gesetzt. Ich höre, wie James Bauch knurrt. Er scheint, genau wie ich, sehr hungrig zu sein. Wir wollen gerade mit dem Essen anfangen, als meine Mutter eine Frage einwirft: «James, erzähl uns doch mal was von deinen Eltern.» Ich bemerke, wie sich in seinen Augen Tränen formen, aber er wischt sie schnell weg. Leise meint er: «Meine Mutter ist an einer Überdosis gestorben und mein Vater ist lebenslänglich im Gefängnis wegen gemeiner Körperverletzung. Er hat meine Mutter mit einem Messer angegriffen und ich ging dazwischen. Deswegen habe ich auch so viele Narben.» Ich bin entsetzt. Das wusste ich nicht. Auch meine Eltern erschrecken. «Das tut uns sehr leid. Wie schrecklich. Dann erzähl uns doch etwas mehr von dir selbst», bittet ihn meine Mutter und blickt ihn verständnisvoll an. «Ich lebe mit meinem Hund Juan in einem Wohnwagen, der in der Nähe vom Strand steht», antwortet James. Eine Weile fährt er fort und be- richtet von seinem nicht allzu einfachen Leben. Ich merke, wie sich meine Eltern entspannen, aufmerksam zuhören und immer wieder verständnisvoll nicken. Schliesslich fragt meine Mutter neugierig: «Wie habt ihr beide euch denn überhaupt kennengelernt?» «Er hat mich gerettet, als ich mich am Strand verletzt habe. Er ist mein Held», werfe ich sofort ein. Haargenau berichte nun ich, was alles passiert ist. Nach einer Weile meint mein Vater: «Hmm, es scheint so, als hätten wir uns gehörig in dir geirrt.»

Kapitel 7 - Roadtrip nach Malibu

Ich wache von dem leckeren Duft von Croissants auf. Langsam öffne ich die Augen und erblicke meine Mutter mit einem Tablet voller Leckereien und einem breiten Lächeln. Sie setzt sich zu mir auf das Bett und wünscht mir einen guten Morgen: «Also, ich wollte mit dir reden, wegen gestern Abend», sagt meine Mutter und blickt mich eindringlich an. Ich spüre, wie Nervosität in mir aufkommt. Total unerwartet erzählt sie mir, dass sie den gestrigen Abend sehr toll fand. Ich beginne zu lächeln und sage, dass es mir genauso gehe. «Du kannst dich sicher noch an unser Strandhaus in Malibu erinnern. Deshalb wollte ich dich fragen, ob du vielleicht Lust hättest, mit James für ein Wochenende dorthin zu gehen?» Meine Augen leuchten und ich flüstere: «Meinst du das ernst? Er und ich alleine?» Sie schmunzelt und nickt. Ich beginne zu lachen, umarme meine Mutter und bedanke mich stürmisch. Ich kann mich kaum an einen

Moment erinnern, an welchem ich so glücklich war. Am liebsten möchte ich sofort zu James stürmen und ihm die tollen Neuigkeiten mitteilen. Meine Mutter holt mich aus meinen Gedanken. Sie hat wohl bemerkt, dass ich sofort loswill und fordert mich auf, erstmal mein Frühstück zu geniessen. Ungewohnt schnell esse ich meine Croissants und kann sie vor Aufregung überhaupt nicht geniessen. Sobald ich fertig gegessen habe, schnappe ich mein Handy und tippe die Nummer von James ein. Es dauert ewig, bis er endlich das Telefon abnimmt. Als ich seine Stimme höre, wird mir ganz warm ums Herz. Ich frage ihn, ob er möglichst bald zu mir kommen könne. Bereits zehn Minuten später, gefühlt die längsten in meinem ganzen Leben, klingelt es endlich an meiner Haustür. Überglücklich öffne ich die Tür. Aber was für eine Enttäuschung. Es ist leider nur der Postbote. Kurze Zeit später, kann ich dann endlich James die tollen Neuigkeiten erzählen. Anders als erwartet, wirkt er eher weniger erfreut. Ich schaue ihn verwirrt an und kann mir einfach nicht erklären, weshalb er sich nicht freut. Doch anstatt auf meine Frage zu antworten, weicht er meinem Blick aus und versucht, das Thema zu wechseln. So einfach lasse ich ihn nicht entkommen. Ich hake nach und spreche ihn direkt darauf an: «Freust du dich denn gar nicht?» Er weicht meinem Blick weiter aus und brummt: «Doch, das tue ich.» Nun möchte ich erst recht wissen, was den los ist. So kenne ich ihn gar nicht. Obwohl er sich windet, ringt er sich schliesslich doch durch, mir die Wahrheit zu sagen: «Ich will eigentlich nicht hin, weil es mir peinlich ist, dass ich arm bin. Ich kann es mir nicht leisten und kann nichts an die Reise zahlen. «Er blickt mich verzweifelt an. Gerührt antworte ich ihm, dass das kein Problem sei und es nicht auf das Geld ankomme. Ich küsse ihn sanft und er ist mir sichtlich dankbar.

Wir machen uns also am Freitagmittag auf den Weg. Voll bepackt mit Proviant für die Reise und Kleidern steigen wir in meinen Wagen. Die Anfahrt dauert drei Stunden. Weil wir uns aber so gut unterhalten, erreichen wir das Strandhaus, ohne dass ich merke, wie die Zeit verstreicht. Glücklich stürzen wir uns aus dem Auto. Weil wir beide hungrig sind, suchen direkt das nächstbeste Restaurant. Der Abend vergeht wie im Nu. Ich bin unendlich glücklich. Bald machen wir es uns im Bett bequem. Es wird eine lange und schöne Nacht. Ich hätte nicht gedacht, dass es so schön sein kann, Zeit mit seinem Liebsten zu verbringen.

Am nächsten Morgen wachen wir nebeneinander auf. Wir strahlen uns an und kuscheln noch etwas. Etwas später gehen wir an den Strand. Die Wellen sind grossartig. Natürlicherweise nehme ich sofort mein Surfbrett heraus und beginne die grossen Wellen zu reiten. James sonnt sich am Strand und schaut mir fasziniert zu. Es ist toll, dass er sich so für mich begeistern kann. Langsam spüre ich Müdigkeit in mir aufkommen. Ab in diesem Moment wäre es gescheiter gewesen, das

Wasser zu verlassen. Trotzdem bleibe ich noch länger im Wasser, denn die Bedingungen sind einfach perfekt. Schon paddle ich die nächste Welle an. Leider verpasse ich den Start. Die Welle erwischt mich und drück mich unter Wasser. Wild werde ich umhergewirbelt. Ich spüre, dass ich bald atmen muss, aber noch immer werde ich nach unten gezogen. Mit letzter Kraft schaffe ich es an die Oberfläche und werde schliesslich an den Strand gespült. James hat glücklicherweise bereits mein Brett unter den Arm geklemmt, welches ich verloren habe und eilt zu mir. Bestürzt und besorgt fragt er mich, ob alles in Ordnung sei. Ich nicke und gebe zu: «Ich habe etwas Kopfschmerzen.» James macht sich jetzt tierisch Sorgen, doch ich versuche ihm zu erklären, dass es mir gut geht. Er trägt mich ins Strandhaus und legt mich aufs Bett: «Ruh dich bitte aus! Ich mache dir einen heissen Tee.» Nachdem er sich x-mal versichert hat, dass es mir gut geht, macht er sich trotzdem auf den Weg in die Apotheke. Er will mir etwas gegen die Kopfschmerzen holen. Ich bin ehrlich gesagt doch froh, denn mein Schädel brummt ziemlich.

25 Minuten später frage ich mich langsam, wo er ist. Als er 40 Minuten später immer noch nicht zurück ist, versuche ich ihn zu erreichen. Er nimmt allerdings keine Anrufe an und Nachrichten werden nicht übertragen. Ich beginne mir langsam Sorgen zu machen. Je länger er weg ist, desto mehr ärgere ich mich. Er kann doch nicht

einfach so verschwinden! Sobald er zurück ist, schuldet er mir eine gute Erklärung.

Kapitel 8 - Missbrauchtes Vertrauen

Schnell eile ich Richtung Apotheke, denn ich möchte Samantha Medikamente gegen die Kopfschmerzen besorgen. Sie würde es zwar nie zugeben, aber ich habe ihr genau angesehen, dass ihr der Schädel brummt. Surfen kann echt gefährlich sein. Ich nehme mir vor, sie stets zu begleiten, wenn sie aufs Wasser gehen möchte.

Als ich bei der Apotheke ankomme, scheint alles wie immer zu sein. Relativ rasch habe ich die passenden Schmerzmittel gefunden und mache mich auf den Weg zurück zu Samantha. Ich bin schon fast bei dem Strandhaus angekommen, als ich plötzlich eine weibliche Stimme meinen Namen rufen höre. Verdattert drehe ich mich um und erblicke Abigail, die mich anlächelt und mir zuwinkt. Verwundert gehe ich auf sie zu und frage: «Was machst du denn hier?» «Ich brauchte mal einen Tapetenwechsel und dachte, Malibu ist genau das Richtige.» Sie deutet auf eine Karte, die sie, wie ich sehe, falsch herum hält: «Gerade bin ich angekommen und kenne mich hier nicht aus. Eigentlich suche ich mein Hotel, finde es aber einfach nicht. Langsam finde ich es auch unheimlich. Kannst du mir helfen und mich begleiten?» erklärt Abigail und blickt mich fragend an. Ich antwortete: «Ja, von mir aus, aber wir müssen uns beeilen. Ich muss schnellstmöglich zu Samantha. Sie erwartet mich.» «Ja klar», meint sie lächelnd, «Ich will auch endlich im Hotel ankommen.» Ich habe zwar ein schlechtes Gewissen, weil ich mich so natürlich zünftig verspäten werde, kann aber Abigail die Bitte nicht abschlagen. Ihr Hotel liegt wirklich etwas abgelegen, wie ich auf Abigails Beschrieb sehen kann. Dummerweise ist mein Handyakku leer, weswegen ich Samantha nicht Be- scheid geben kann. So begleite ich also Abigail und hoffe, dass Sam mir nicht allzu böse sein wird.

Leider bin ich nicht der stärkste Kartenleser. So verliere ich langsam die Geduld und habe keine Lust mehr zu laufen. Dieser Weg kommt mir vor wie ein Stafettenlauf durch ganz Malibu. Sie fragt mich verzweifelt: «Sind wir bald da?» Erleichtert erkenne ich das Hotel, welches schlussendlich sehr nahe bei der Apotheke gewesen wäre: «Das Hotel ist vor dir! Nun muss ich aber wirklich los!» Abigail lächelt erleichtert und meint: «Vielen Dank fürs Begleiten. Ich gebe dir noch einen Drink als Dankeschön aus.» Insgeheim würde ich sehr gerne annehmen, denn ich merke, dass ich das Bedürfnis nach Alkohol hätte. Weil ich Sam aber nicht enttäuschen will, schliesslich habe ich ihr versprochen, weniger zu trinken, lehne ich ab. Ich will schon gehen, doch Abigail hält mich zurück und bettelt: «Ach komm schon, nur ein Drink. Das wird sicher lustig!» Ich knicke ein und lasse mich von Abigail in die Hotelbar zerren. Mit dem ersten Schluck merke ich, wie gut es mir tut und wie sehr ich dieses wohlige Gefühl vermisst habe. Ich geniesse den Augenblick und trinke, merke nicht, wie viel ich schon in kurzer Zeit intus habe. Ich will mich verabschieden, kann aber nur undeutlich lallen: «Muss aber wirklich los!» Ich versuche aufzustehen, plumpse aber wieder auf den Stuhl zurück. Abigail lacht nur, nimmt meine Hand und meint: «Ich lass dich doch so nicht auf die Strasse. Du kannst bei mir schlafen.» Sie hilft mir aufzustehen und stützt mich beim Gehen. Ich weiss nicht wie, aber plötzlich liege ich im Bett in ihrem Zimmer. Beinahe willenlos erkenne ich, wie Abigail die Vorhänge zieht und aus ihren Kleidern schlüpft. Sie legt sich zu mir und plötzlich küssen wir uns. «Sam», murmle ich entzückt. Wir ziehen uns aus und vergessen alles um uns herum.

Blinzelnd schlage ich meine Augen auf, und muss entsetzt feststellen, dass ich eng umschlungen mit Abby in ihrem Hotelzimmer liege. Langsam befreie ich mich aus ihrer Umarmung und mache mich so schnell es geht aus dem Staub.

Als ich etwas später bei Samantha ankomme, wartet sie bereits am Küchentisch. Sie springt auf und rennt mir stürmisch entgegen. Sie umarmt mich und japst: «Wo um Himmels Willen warst du?» Fieberhaft überlege ich, wie ich mein Wegbleiben erklären könnte. Leider fällt mir nichts Überzeugendes ein, daher murmle ich: «Ich habe mich am Strand verlaufen. Es war ganz schön dunkel. Und dann habe ich den Weg zurück zum

Strandhaus nicht mehr gefunden und habe draussen geschlafen.» Ich weiss, dass dies echt die dümmste Ausrede aller Zeiten ist. Ich kann nur hoffen, dass sie mir nicht ansieht, dass ich lüge. «Warum warst du so lange am Strand? Und vor allem, warum hast du mich nicht angerufen?» Ich bin für einen kurzen Moment sprachlos, doch dann muss ich ihr antworten: «Ich wollte über einiges nachdenken, nachdem ich deine Medikamente gekauft habe. Und dann war ich von der wunderschönen Umgebung so begeistert, dass ich die Zeit vergessen habe.» «Aber wieso hast du deinen Ausflug ohne mich unternommen?», fragt sie enttäuscht. Ich weiss nicht recht, wie ich antworten soll. Ich glaube mir ja selbst nicht. «Ähm, mein Handyakku war leer. Zudem hast du dich verletzt und ich wollte, dass du dich ausruhen kannst», versuche ich zu erklären. Samantha bleibt aber misstrauisch. Plötzlich klingelt ihr Handy. Mich beschleicht ein mulmiges Gefühl. «Hallo Abby, was gibt es denn?» nimmt Samantha ihr Smartphone ab. Ich bekomme es endgültig mit der Angst zu tun und als sich Samanthas Mimik auf einen Schlag verändert, wird mir schlecht. Sie sieht mich fassungslos an und legt auf. Ihr Mundwinkel beginnt zu beben und ihr Blick wird furchterregend. Wutentbrannt schreit sie mich an: «Abigail hat mir alles erzählt. Verdammt James, das hätte ich nie erwartet von dir. Du hast mit meiner besten Freundin geschlafen. Wie kannst du mir das antun? Ich will nie wieder etwas von dir hören du Arschloch!» Ich weiss nicht, was ich tun soll. Hilflos schaue ich aus dem Fenster. Ausreden werden mir nicht viel bringen, also versuche ich es mit der Wahrheit: «Sammy, hör mir zu. Ich war gestern Abend total am Ende, weil du dich verletzt hast. Auf dem Rückweg von der Apotheke habe ich dann zufällig Abigail getroffen. Ich wusste gar nicht, dass sie auch hier ist und war überrascht. Sie hat gesagt, dass sie Angst habe, den Weg alleine in ihr Hotel zu gehen. Also habe ich sie begleitet. Eigentlich wollte ich dann zu dir, konnte aber der Versuchung nicht widerstehen, in die Hotelbar zu gehen. Sie hat mich als Dank eingeladen. Du weisst, wie schwer es mir fällt, nicht zu trinken. Ich war schwach, habe mich überreden lassen und viel zu viel getrunken und dann ist es einfach passiert. Ich schwöre dir, ich wollte das alles nicht. Du weisst, wie viel mir an dir liegt und ich sowas normalerweise nicht machen würde. Ich liebe dich doch!» Ich blicke in das verweinte Gesicht meiner Freundin und wünsche mir, dass alles wieder gut wird. Doch Samantha wendet sich von mir ab und beginnt ihre Kleider zusammen zu packen. «Ich glaube wir gehen jetzt besser zurück nach Santa Monica», murmelt sie und hievt ihre fertig gepackte Tasche hoch. Nun lasse auch ich meinen Emotionen freien Lauf. Ich befürchte, dass ich Samantha verlieren werde. Schluckend krame auch ich alles zusammen. Schweigend gehen wir zu ihrem Auto und sprechen auf dem Rückweg nicht miteinander. Ich versuche die ganze Zeit, eine Lösung für dieses Problem zu finden. Doch mir will nichts Schlaues einfallen.

Als Samantha das Auto vor meinem Wohnwagen anhält, bricht sie das Schweigen. «Ich weiss nicht, ob ich dir je wieder vertrauen kann James. Das, was passiert ist, kann ich immer noch nicht fassen. Ich brauche Zeit!» Beklommen nicke ich und steige aus ihrem Wagen. Während ich ihr hinterherblicke, wird mir bewusst, dass ich es komplett vergeigt habe.

Kapitel 9 - Alles vorbei, oder doch nicht?

Als ich mit verweinten Augen nach Hause gekommen bin, renne ich mit lauten Schritten die Treppe hoch und gehe direkt in mein Zimmer. Ich bin so unglaublich wütend auf James. Ich könnte ihn umbringen. So aggressiv und gleichzeitig niedergeschlagen wie heute war ich noch nie. Ich werfe meine Bücher aus dem Regal und reisse den Vorhang herunter. Nachdem ich mich beruhigt habe beschliesse ich, nicht länger hierzubleiben. Ich will niemanden sehen, vor allem nicht ihn. Daher möchte ich ausreissen, einfach wegfahren. Wohin genau ist mir egal, Hauptsache weg aus Los Angeles. Ich nehme meinen Rucksack, meinen Autoschlüssel, packe die wichtigsten Sachen zusammen und brause los. Gedankenverloren fahre ich ziellos umher. Nach einer etwa zweistündigen Fahrt halte ich deprimiert an einer Tankstelle an und besorge mir eine Cola, da ich das zur Beruhigung brauche. Ich kann nicht mehr, bin am Boden zerstört. Es fühlt sich so an, als würde meine Welt zusammenbrechen. Weinend gehe ich zu- rück zum Auto und fahre weiter. Die Autobahn ist zum Glück leer, wodurch ich schnell vorwärtskomme. Meine Gedanken spielen verrückt. Wieso sie? Wieso jetzt? Warum? Ich verstehe es einfach nicht. Während ich so herumfahre, merke ich gar nicht, wie müde ich schon bin. Plötzlich erscheint vor mir ein Gebäude, auf dem gross geschrieben RUNWAYS IN MOTEL steht. Weil ich mich ausruhen will und zudem dringend auf die Toilette gehen muss, halte ich an und nehme mir ein Zimmer. Die Traurigkeit verlässt mich aber auch im Motel nicht. Ich weine weiter. Als ich nicht mehr kann, döse ich erschöpft ein. Ich nehme mir fest vor, mein Leben wieder selbst in die Hand zu nehmen, auch ohne James. Ich habe den Drang, mich zu verändern. Eine neue Frisur wird mir dabei sicher helfen. Das einzige, was ich dabei habe ist eine Nagelschere. Also fange ich an zu schneiden, bis meine Haare schulterlang sind. Zufrieden blicke ich mich im Spiegel. Die Frisur ist gar nicht so übel. Allerdings sehe ich, wie erschöpft und bleich ich wirke. Ich entscheide also, schlafen zu gehen. Die Nacht kommt mir vor unendlich lange vor. Ich komme einfach nicht zur Ruhe und meine Gedanken spielen verrückt. Immer und immer wieder sehe ich James vor mir, wie er mich anstrahlt, lacht, umarmt, küsst.

Nach einer harten Nacht weckt mich die strahlend helle Sonne. Ich stehe lustlos auf und bereite mir einen Kaffee vor. Gedankenversunken setze ich mich in den Sessel. Ich versuche alles zu ordnen, was passiert ist und überlege mir, was ich weiter machen könnte. Plötzlich reisst mich ein hektisches Klopfen aus meinen Gedanken. Langsam gehe ich mit meinem Kaffee an die Tür und reisse sie auf. Ich bin überrascht und gleichzeitig verdutzt. Es ist James. Bevor ich recht überlege, was ich mache, schütte ich ihm aus purer Wut und Lust meinen Kaffee ins Gesicht. «Was willst du von mir?», fauche ich ihn an. «Ich habe dich gesucht und bin durch ganz LA gefahren, um nach dir zu suchen. Zuhause machen sich alle Sorgen um dich. Wieso bist du abgehauen? Sogar Abigail sucht nach dir», erklärt er mir ruhig, obwohl ihm der Kaffee das Gesicht herunterläuft. Tausend Gedanken schiessen mir durch den Kopf: Abigail? Nein, ich habe mir geschworen, nie mehr von ihr zu sprechen. Ich fange an zu schreien: «Du Dreckskerl! Was fällt dir eigentlich ein, dich hier blicken zu lassen?». James schaut mich verzweifelt an, und meint, er wolle nochmals mit mir sprechen. Ich fauche ihn an und werfe nach ihm, was ich zu greifen bekomme. So fliegen ihm Teller und Gläser entgegen. Er duckt sich und lässt alles ohne Gegenwehr zu. Mich verlässt meine Energie und meine Wut weicht grosser Traurigkeit. Er versucht weiter mit mir zu reden, doch ich höre nicht zu. Also schüttelt er mich, damit ich ihn wahrnehme. Ich zeige aber weiterhin keine Reaktion, bin wie paralysiert. Dann aber erwache ich aus meiner Starre und fange an zu weinen.

Schluchzend stosse ich ihn weg und rufe: «Verschwinde!» Ich schlage auf ihn ein, als er sich nicht bewegt, und schreie ihn immer verzweifelter an: «Verschwinde endlich!». Er aber reagiert nicht und lässt mich auf sich einschlagen, ohne sich zu bewegen. Dann versucht er es nochmals, erhebt dabei ebenfalls seine Stimme und brüllt scherzerfüllt: «Ich weiss du bist wütend. Aber hör gefälligst auf, mich zu schlagen und rede mit mir!» James Stimme wird sanfter und er bittet mich hoffnungsvoll: «Können wir uns nicht in Ruhe aussprechen?» Ich verliere die Fassung. Es zerreisst mir fast das Herz. Ich kann ihm aber einfach nicht vergeben. Dazu bin ich viel zu aufgebracht und verletzt. Um einen definitiven Keil zwischen uns zu treiben, spucke ich ihm ins Gesicht und erkläre ihm langsam, jedes einzelne Wort abschätzig betont: «Du hast es nicht verdient, dass ich dir zuhöre. Ich hasse dich für all das, was du mir angetan hast. Du bist das Letzte.» Ich merke, wie sehr ihn meine Worte verletzen. Entgeistert schaut er mich an, dreht sich wortlos um und geht mit hängenden Schul- tern. In diesem Moment weiss ich, dass ich zu weit gegangen bin und bereue alles. Ich lasse ich mich auf den Boden sinken und fange an zu weinen. Ich will mich für alles entschuldigen. James aber ist schon nicht mehr zu sehen.

Kapitel 10 - (k)ein Leben ohne dich

Ich hetze völlig aufgelöst aus dem Zimmer. Samantha kann Teller besser werfen, als man es ihr zutrauen würde. Dass sie mich auch noch anspuckt, hätte ich nicht erwartet. Aber eigentlich habe ich das ja verdient. Noch den ganzen Gang runter kann ich ihre verzweifelten Schluchzer hören. Ich muss einige Korridore weiterlaufen, bevor ich an eine stille Ecke gelange, um mit Abby zu telefonieren. Es kommt mir zwar seltsam vor, aber sie ist meine einzige Option. Ich will dieses Durcheinander wieder richtigstellen, um Samantha nicht zu verlieren. Ich weiss nicht, was ich ohne sie tun würde.

Meine Finger zittern leicht und in meiner Desorientierung dauert es einige Sekunden, bis ich mein Handy finde. Ich muss noch eine Weile warten und will schon den Hörer auflegen, als ich ein Klicken höre und Abbys Stimme vom anderen Ende der Leitung ertönt: «Hallo?» «Abby! Gott sei Dank. Sam ist total ausgerastet und will nicht auf mich hören. Du musst sofort hierherkommen!», berichte ich ihr. Plötzlich werde ich wütend: «Und warum muss ich hier die ganze Arbeit machen?! Es ist nicht nur meine Schuld», brülle ich in den Hörer. Bereits im nächsten Moment tut es mir ein wenig leid, die Beherrschung verloren zu haben. Stille herrscht, während ich Abbys Antwort abwarte. Ich nehme das Handy von meinem Ohr, um zu sehen ob sie mich weggedrückt hat. «Abby?», sage ich etwas verunsichert. «Ja? Sorry, es war nur sehr viel auf einmal und...ich...ist auch egal. Ich komme so schnell ich kann. Aber wo seid ihr?», erwidert sie hastig. «Im Hotel RUNAWAYS INN. Beeil dich!», antworte ich ihr und hänge danach sofort auf. Ich will keine Zeit verschwenden. Mit jeder Sekunde, die verstreicht, habe ich das Gefühl, dass Sam und ich immer mehr auseinanderdriften.

Ich schaue auf mein Handy und sehe, dass schon einige Zeit vergangen ist. Bei dem Gedanken, Sam die ganze Zeit allein im Zimmer gelassen zu haben, steigt ein ungutes Gefühl in mir hoch. Ich flitze so schnell ich kann zu ihrem Zimmer, bleibe aber kurz 22

davorstehen, als ich bemerke das totale Stille darin herrscht. Warum hat sie aufgehört zu Schluchzen? Geht es ihr gut? Oder ist sie zusammengebrochen? Schlimme Ge- danken schiessen mir durch den Kopf. Voller Sorge drücke ich die Türklinke hinunter und öffne die Tür langsam. Der Raum ist leer. Angsterfüllt suche ich nach einem Zeichen, wohin sie verschwunden sein könnte. Jedoch kann ich keine Spur von ihr finden. Ich sprinte zu meinem Motorrad, um zu sehen, ob Samanthas Auto immer noch dort steht. Zu meiner Überraschung tut es das nicht. Ich befürchte das Schlimmste. Während ich die Stadt nach den Orten, an denen Sam sein könnte, absuche, versuche ich die Szenarios, die mir durch den Kopf schiessen zu verdrängen. Es ist einfach zu schmerzhaft.

Ich suche sie nun schon eine Weile. Es ist bereits dunkel geworden und mir fällt nichts Anderes mehr ein, als zu Samanthas Haus zu fahren. Ich habe gehofft, dieser Moment würde nie kommen, aber ich muss alles ihren Eltern berichten. Also nehme ich meinen Mut zusammen, steige auf mein Motorrad und überlege mir, wie ich ihren Eltern das schonend erklären könnte. Nun parkiere ich auf der anderen Strassenseite, damit ihre Eltern mich nicht sofort entdecken können. Dem Ärger entgehe ich lieber so lange wie möglich. Die Minuten verstreichen und als ich gerade von meinem Motorrad steigen möchte, um zum Haus rüberzugehen, bemerke ich eine Silhouette in Samanthas Zimmerfenster. Ich kann ohne jeglichen Zweifel feststellen, dass es sich auch um Samantha handelt. Ich beschliesse, sie in Ruhe zu lassen und fahre an den Strand, um dort die Nacht in meinem Wohnwagen zu verbringen.

Dort angekommen lasse ich mich auf das Bett fallen. Ich fühle mich wie ein richtiger Vollidiot, da ich nicht den Mut dazu habe mit Sams Eltern zu sprechen. Gedankenverloren sitze ich auf meinem Bett. Da fällt mir plötzlich ein, dass ich Abby vor mehreren Stunden gesagt, sie solle ins RUNAWAYS INN kommen. Sie ist bestimmt immer noch dort. In diesem Moment fühle ich, wie das Handy in meiner Hosentasche zu vibrieren beginnt. Wenn man vom Teufel spricht. Es ist Abby. «Hallo?», frage ich, obwohl ich mir bewusst bin, wer sich am anderen Ende der Leitung befindet. «Wieso rufst du mich an, sagst ich soll herkommen und bist dann selber nicht da?!», schnauzt sie mich an. «Es ist nicht meine Schuld. Sam ist einfach abgehauen und ich musste ihr hinterher», versuche ich ihr zu erklären. «Willst du mir sagen, dass es ihre Schuld ist?», fragt sie skeptisch. «Nein, es ist deine Schuld. Du musst Sam die Wahrheit sagen. Bitte erkläre unseren Ausrutscher, dass wir nicht bei Sinnen waren», bitte ich sie und versuche meine Stimme ruhig klingen zu lassen. «Sie wird mir nicht glauben. Wieso sollte sie?! Ich mache ihr keine Vorwürfe deswegen. Ich habe sie belogen und ihr Vertrauen miss- braucht. Das ist vergebene Liebesmüh», faucht Abby. «DANN LASS ES DOCH SEIN! Ich weiss nicht, wie es bei dir aussieht, aber ich zu meinem Teil will Samantha nicht verlieren. Ich werde dafür kämpfen, egal wie lange es dauern mag und wenn du das nicht willst, ist das deine Sache. Komm aber ja nie auf Händen und Knien angekrochen, bettle um eine zweite Chance», schreie ich sie an und lege auf. Vor Wut zitternd vergrabe ich mein Gesicht in den Händen. Nach einer Weile merke ich, wie Juan auf mein Bett springt und spüre, wie er mir die Wange ableckt. Hunde sind schon die besten Freunde des Menschen.

Meine Eltern sind mir zum Glück nicht böse, dass ich ohne Erklärung weggefahren bin. Gestern waren sie einfach nur froh, dass ich wieder zurückgekommen bin. Erstaunlicherweise haben sie mich in Ruhe gelassen. Sie spüren vermutlich, dass mit mir etwas gar nicht stimmt. Daher haben sie mich auch gedeckt und in der Schule entschuldigt. Aber irgendwann muss ich mich wohl oder übel wieder der Realität stellen und zur Schule gehen. Vielleicht habe ich Glück und niemand weiss Bescheid. Wichtig ist nur, dass ich Abby nicht begegne. Währendem mich mein Vater zur Schule fährt, überlege ich mir, wie ich meinen Klassenkameraden meine Abwesenheit erklären könnte. Sobald ich aus dem Auto steige, spüre ich, wie mir die Blicke meiner Mitschüler folgen. Ich habe das Gefühl, sie tuscheln über mich. Mein Herz beginnt zu rasen. Egal, wo ich hingehe, Geflüster und Gelächter. Die Blicke, die sich in meine Haut einbrennen und die Stimmen, die immer und immer lauter werden, bis ich meine eigenen Gedanken nicht mehr hören kann, tun mir weh. Auf einmal überkommen mich meine Gefühle. Tränen bilden sich in meinen Augen und ich renne schnell auf die nächstliegende Toilette. Dort angekommen trockne ich mir das Gesicht mit einem Papiertuch und als ich in den Spiegel blicke, fühle ich, wie in mir der Wunsch aufsteigt, James an meiner Seite zu sehen. Verdammt! Werde ich denn nie darüber hinwegkommen? Doch dann höre ich eine WC-Spülung. Schnell wische ich mir die Tränen aus meinem Gesicht. Eine neue Mixtur an Gefühlen steigt ihn mir hoch, als ich sehe, wie Abby aus der Kabine tritt. Sie schaut mich besorgt, aber auch irgendwie auch verschlossen an. Sie nimmt einen tiefen Atemzug und spricht: «Ich war nicht aufrichtig zu dir.» «Was meinst du?», frage ich verwirrt. «Naja», stammelt sie, «es stimmt zwar, dass wir dich betrogen haben. Aber James war zu diesem Zeitpunkt nicht bei Sinnen. Er hatte zu viel getrunken und ich habe die Situation ausgenutzt. Er dachte, ich wäre du, hat sogar deinen Namen geflüstert. Und es war eine einmalige Sache.» Ich kann nicht glauben, was ich da höre und bin nicht in der Lage, etwas dazu zu sagen. Die ganze Zeit über rede ich mir ein, dass James an allem die Schuld trägt und mich schon immer belogen hat. Weil ich schweige, fährt Abby leise weiter: «Ich weiss nicht, was über mich gekommen ist. Aber als ich dich so glücklich sah, war ich mega eifersüchtig. Es ist einfach so passiert und hat nichts zu bedeuten», fährt sie fort. Ich bin immer noch verwirrt, aber in mir steigt ein mulmiges Gefühl hoch, als ob ich in meinem tiefsten Innersten schon wüsste, was jetzt kommt. «Ich bin auch nicht wirklich schwanger!!», bricht es aus ihr heraus. Tränen strömen ihre Wangen hinunter. Ich bin geschockt. Einen Moment lang fühle ich nichts, bis es mich wie ein Schlag ins Gesicht trifft. Hastig renne ich aus dem WC. Ich will nur hier raus. Ich muss den Kopf freikriegen und mich irgendwie ablenken. Die Lösung ist so offensichtlich, dass ich nicht bemerke, wie sich meine Füsse automatisch in Richtung Strand bewegen. Wirklich bewusst wird es mir erst, als ich die Brandung höre und die Sonne auf dem Wasser glitzern sehe. Ich bemerke sofort, wie meine Atmung flacher und mein Herzschlag ruhiger wird. Während des Surfens vergeht die Zeit wie im Fluge und mir wird erst bewusst, wie spät es ist, als es zu dämmern beginnt. Ich beschliesse langsam aus dem Wasser zu kommen. Als ich aus dem Wasser steige und dem Rauschen der Wellen immer ein bisschen ferner werde, höre ich die zarten Klänge einer Gitarre. Dazu singt jemand mir einer rauen Stimme, die mir sehr bekannt ist.

Ich sitze schon den ganzen Tag am Strand und versuche mich von dem Gefühlschaos, das sich in meinem Herzen abspielt, abzulenken. Doch nichts hat funktioniert. Auch die Zuneigung meines Hundes, der gerade seinen Kopf auf meine Knie legt, hilft nicht. Mir ist klar, dass das Spielen auf meiner Gitarre mich nicht vor der Gewissheit bewahren wird, die einzige Person verloren zu haben, die in meinem Leben jemals von wahrer Bedeutung war. Ich habe das nagende Gefühl, dass ich gestern die letzte Gelegenheit, Sam wieder zu sehen, versäumt habe. Doch aus irgendeinem Grund scheint mir das Schicksal eine letzte Chance geben zu wollen. Ich erkenne die gegen den Sonnenuntergang dunkel abgehobene Figur, die da aus dem Wasser steigt. Das Gitarrenspiel unterbreche ich nicht und ich höre auch nicht auf zu singen. Wie gebannt blicke ich zu dem Menschen, den ich jetzt mehr als alles andere auf der Welt sehen möchte. Im schwindenden Licht der Abenddämmerung wirkt alles surreal. Ich bemerke erst, dass die Figur auf mich zu kommt, als sie direkt vor mir steht. Samantha begrüsst mich mit einem unsicheren Lächeln, welches ich sogar mit der Sonne ihn ihrem Rücken erkennen kann. Ich lasse die Gitarre sinken und blicke sie an. Wie schön sie ist! Ich möchte etwas sagen, doch über meine Lippen kommt kein Wort. «Abby hat mir alles erzählt. Es tut mir leid», flüstert sie. Etwas leiser fügt sie hinzu: «Nun ist die Frage, ob es auch dir leid tut.» Ich stehe auf, und greife nach ihren Händen. Nun kann ich direkt in ihre merkwürdig hellen, stahlblauen Augen sehen und komme nicht drum herum zu bemerken, wie ihr eine bronzefarbene Strähne ins Gesicht fällt. Ich hebe meine Hand und streiche sanft die widerspenstigen Haare hinter ihr Ohr. Ich nehme meine Hand nicht mehr von ihrem Gesicht. Mein Blick wandert zu ihren Lippen. Diese öffnen sich leicht, als ob sie etwas sagen wollte. Im nächsten Moment beuge ich mich nach vorne und küsse sie leidenschaftlich. Sie erwidert diesen Kuss mit einer Impulsivität, die ich nie von ihr erwartet hätte.

Für diesen Augenblick spielt sich alles in Zeitlupe ab und ich fühlte mich ganz, unsterblich und unbesiegbar. Ich wünsche mir, der Kuss würde nie enden. Darin steckt so viel Leidenschaft, so viel Hoffnung. Als wir uns voneinander lösen, wissen wir beide, dass es nicht der Letzte gewesen ist.

Wer, wenn nicht du?

Die sechzehnjährige Lea lernt durch Zufall den schönen Pizzaiolo Sergej kennen. Es ist Liebe auf den ersten Blick. Alles scheint in Ordnung, doch Lea und Sergej haben Geheimnisse voreinander. Wird ihre Liebe trotz allem siegen?

Klasse A3b mit Barbara Frei

Kapitel 1:   Silja Fürst, Sude Üzmez, Natascha Nagel

Kapitel 2:   Leo Widmer, Marc Wydler

Kapitel 3:   Dila Gedik, Lena Weyn

Kapitel 4:   Urs Schwesinger, Rafael Gahler

Kapitel 5:   Silja Fürst, Sude Üzmez, Natascha Nagel

Kapitel 6:   Niklas Rüegg, Yassin Hewala

Kapitel 7:   Marian Tortosa, Yanni Petzold

Kapitel 8:   David Cobanovic, Mert Tokmakci

Kapitel 9:   Marian Tortosa, Yanni Petzold

Kapitel 10: Barbara Frei statt Melany Beer,
              Jaaminy Jotheeswaran

Kapitel 1 - Die schicksalhafte Begegnung

«Für mich eine Pizza Margarita und einen gemischten Salat», sagt Lea zu der Bedienung. «Und was möchten sie?» «Für mich bitte das Gleiche», antwortet Lenny. «Okay, vielen Dank für Ihre Bestellung.» Lenny wendet sich zu Lea und fragt sie, ob sie schon mal im Molino gegessen hat. Doch diese scheint von dem attraktiven Typen hinter dem Tresen sehr abgelenkt zu sein. Also stellt Lenny die Frage erneut, diesmal energischer. Lea wird völlig aus ihrer Trance gerissen: «Hä, was?», meint Lea, ist aber mit ihren Gedanken beim anderen Jungen. Lenny fragt, was mit ihr los sei. «Es ist alles in Ordnung. Ich bin nur ein wenig müde!» Lenny ist Lea derzeit sehr egal. Sie schaut wieder zum heissen Burschen. Dieser sieht ihr tief in die Augen. Sie haben eine Weile Blickkontakt, bis beide schliesslich verlegen wegschauen. Lenny, der neben ihr sitzt, merkt das Ganze und wird misstrauisch. Er vermeidet es aber, drauf einzugehen. Und schon findet treffen sich ihre Blicke. Diesmal ist es so intensiv und lange, dass dem Jungen der Pizzateig herunterfällt. Beide lachen verlegen.

Lenny und Lea bestellen die Dessertkarte. Die Bedienung bringt die Karte. Lea bestellt eine Magnolia und Lenny eine Portion Tiramisu. Nach kurzer Zeit wird das Dessert schon serviert und sie schlemmen dieses genüsslich. Als Lea sich mit der Serviette den Mund abwischen will, schreit Lenny plötzlich: «Halt!» Lea erschrickt und schaut Lenny an: «Was ist los?!» «Du hast da was Schwarzes auf der Serviette», erklärt er. «Das hier? Was ist das?» Lea erkennt eine schwarze Schrift und liest vor: «Schreib mir: 076 541 27 92.» Sofort merkt sie, dass die Botschaft vom Jungen hinter der Theke stammt und schaut zu ihm rüber. Er lächelt sie an. Lenny begleicht die Rechnung mürrisch und Lea verlässt mit ihm zusammen, ein breites Grinsen im Gesicht, das Restaurant.

Noch am gleichen Abend entscheidet sie sich, dem Jungen zu schreiben. «Habe ich dich dermassen geblendet?» Überrascht schreibt er ihr: «Was meinst du?» Sie spricht das Missgeschick mit dem Pizzateig an. Er schmunzelt: «Das hat was. Ich heisse übrigens Sergej.» Sie schreiben die ganze Nacht und lernen sich so schnell besser kennen.

Am nächsten Morgen wacht Lea überglücklich auf und schaut auf ihr Handy, in der Hoffnung, eine Nachricht von Sergej vorzufinden. Leider ist der Bildschirm leer, nur die Uhr ist zu sehen. Sie bemerkt, dass sie viel zu spät dran ist. Hektisch steht sie auf und macht sich auf den Weg zur Schule. Im Bus bekommt sie eine kurze Nachricht von ihrem Schwarm. Er schickt ihr seinen Lieblingssong von der Band, über den sie gestern gesprochen haben. Er handelt von Liebe und Schicksal. Sie hört ihn sich die ganze Busfahrt über an und denkt an Sergej.

In der Schule angekommen, sie hat nur wenige Minuten Verspätung, rennt sie in ihr Schulzimmer und erklärt der

Lehrerin die Situation. Ein einziger Platz ist leer, derjenige neben Lenny. Flüsternd fragt er sie, wo sie gewesen sei. Sie beginnt über die letzte Nacht zu berichten und schwärmt verträumt von Sergej. Lenny rollt seine Augen. «Geht das nicht ein bisschen zu schnell?», fragt er. «Du weisst doch viel zu wenig über ihn, nicht?» «Darum möchte ich ihn jetzt kennenlernen.» Lea lässt sich nicht von Lenny beirren und ist etwas beleidigt. Ihr bester Freund weiss manchmal echt nicht, was ihr gut tut. Sie gehen sich schliesslich den ganzen Tag aus dem Weg.

Kapitel 2 - Ein unvergesslicher Abend

Nachdem sich Lea und Sergej schon stundenlang per Handy unterhalten haben, wollen sie sich nun unbedingt nochmal sehen. Deshalb verabreden sie sich heute Abend in der Pizzeria Molino. Weil das Essen wirklich gut ist, hat es immer viele Gäste, die sich lauthals unterhalten. Die Wartezeit nimmt aber jeder gerne in Kauf, denn der Duft der Pizzen ist stets vielversprechend.

Sergej hat an diesem Tag Frühschicht und beschliesst, Lea bereits zu Hause abzuholen. Er überlegt sehr lange, wie er diesen Abend für Lea und sich unvergesslich macht. Sergej hat sich, das wird ihm immer klarer, schwer in Lea verliebt. So kommt er auf die Idee, ihr eine Pizza in der Form eines Herzens vorzubereiten. Sein Kollege muss sie dann nur noch in den Ofen schieben. Das wird sie bestimmt freuen, denkt er sich.

Lea hat sich sehr gefreut, dass Sergej sie zum Restaurant begleitet hat. Immer wieder schielt sie zu ihm rüber. Er sieht wirklich zum Anbeissen aus. Sie könnte ihn stunden- lang betrachten. Sie freut sich darüber, dass er ihnen einen kleinen Tisch in der Ecke des Restaurants reserviert hat. Es ist nämlich wieder rappelvoll und die Kellner sausen von Gast zu Gast. Die beiden können sich also, trotz des munteren Treibens, in Ruhe unterhalten. Ganz der Gentlemen hilft Sergej Lea, sich an den Tisch zu setzen. Sie schmunzelt, mag aber seine fürsorgliche Art. Plötzlich lässt er sie alleine und verschwindet hinter der Theke des Pizzaiolos. Kurz darauf kehrt er, einen Teller balancierend, zum Tisch zurück. Sergej präsentiert ihr die herzförmige Pizza und setzt sich ihr gegenüber an den Tisch. Als Lea die Pizza sieht, wird sie rot sie fühlt sich geschmeichelt. Sergej schneidet die Pizza in kleinere Stücke und schenkt ihr ein Glas Wasser ein. Während des Essens reden und lachen sie sehr viel. Lea erzählt Sergej von ihrem besten Freund Lenny, der Sergej ganz sympathisch scheint. Er würde auch Lenny gerne kennenlernen. Dann wechselt Sergej aber das Thema, um sich ganz Lea widmen zu können. Während des Gespräches fasst er nach ihrer Hand. Dass sie diese nicht zurückzieht, sondern seine Hand sanft drückt, freut ihn sehr. Er merkt, wie sehr ihn Lea fasziniert. Auch sie kann sich nicht an ihm sattsehen. Er ist wirklich ein Traummann.

Nachdem beide satt sind, stehen sie auf und verlassen das Molino. Als sie an einem Laden vorbeikommen, merkt Sergej, dass er durstig ist. Er möchte sich etwas zu trinken holen. «Ich hole mir eine Flasche Wasser. Willst du auch etwas Lea?», erkundigt er sich. «Oh, eigentlich hätte ich Lust auf einen Drink. Könntest du Wodka und Cola besorgen?», bittet sie ihn. Sergej wundert sich zwar, weil er gar nicht an Alkohol gedacht hatte, erfüllt ihr aber ihren Wunsch.

Die beiden beschliessen, in den Stadtpark zu gehen. Zu dieser Zeit ist es da nicht viel los. Sie setzen sich auf eine Parkbank und geniessen die letzten Sonnenstrahlen. Gerade sind sie in ein Gespräch vertieft, als Lenny ihnen plötzlich entgegenkommt. «Was für ein Zufall!», ruft er und begrüsst die beiden. Er ist gar nicht erfreut, Sergej mit Lea zu sehen. Leicht eifersüchtig will er wissen: «Was macht ihr denn hier?» Lea erklärt ihm: «Wir haben zusammen im Molino gegessen und wollten nun etwas Ruhe. Da war wie immer echt viel los.» Lenny möchte gerne bleiben, da er seine beste Freundin nur sehr ungern mit diesem Schönling alleine lässt. «Euch macht es sicher nichts aus, wenn ich mich zu euch setze», meint er beiläufig. Sergej aber kontert sehr schnell: «Nein, es ist unser Abend.» Diese Reaktion hatte Lenny nicht erwartet und wird richtig wütend. Er ist drauf und dran, Sergej eines auszuwischen. Lea, die ihren besten Kumpel kennt, springt rasch auf und geht dazwischen. «Seid doch nicht kindisch und hört auf, euch zu streiten!

Wir sehen uns morgen Lenny. Geh nach Hause.» Sie zieht Sergej am Arm weg und lässt Lenny stehen. Sie weiss, dass sich dieser wieder beruhigen wird. Es ist noch genügend Zeit, sich mit ihm zu unterhalten.

Sergej und Lea spazieren weiter, bis sie Lenny nicht mehr sehen. Es ist etwas kühl geworden und Lea ärgert sich, dass sie ihren Pulli vergessen hat. Sergej reicht ihr seine Jacke und nimmt sie in den Arm. Sie schlendern weiter und geniessen den Abendspaziergang schweigend. Der Disput mit Lenny lässt Sergej aber keine Ruhe. Also fragt er Lea, warum ihr bester Freund so wütend geworden sei. «Der hat wohl seine schwachen fünf Minuten eingezogen. Ich werde morgen mit ihm reden. Mach dir keinen Kopf», beruhigt sie ihn. Lea und Sergej suchen sich eine ruhige Stelle unter einem Baum und setzten sich dort ins Gras. Sie hören Musik, reden und mixen sich kleine Drinks. Dabei wird ihr Blickkontakt immer intensiver, so fasziniert sind sie voneinander. Etwas angetrunken schauen sich tief in die Augen. «Ich habe mich in dich verliebt!» platzt Sergej heraus. Er ist froh, es endlich ausgesprochen zu haben. Sie lächelt ihn an, nimmt seine Hände und küsst ihn sanft. «Was habe ich für ein Glück. Auch ich habe mich in dich verliebt», flüstert sie. Und sie küssen sich, immer und immer wieder. Beide sind überglücklich und haben nichts mehr anderes im Kopf als ihr Gegenüber. Sie kuscheln, knutschen und hören noch etwa eine Stunde Musik. Dass einige Mitschüler aus Leas Klasse vorbeigehen, merken sie sich nicht. Wie verabredet bringt Sergej Lea schliesslich nach Hause. Vor ihrer Haustüre bleiben sie stehen. Er nimmt sie in den Arm und küsst sie stürmisch. Sie können sich fast nicht voneinander lösen. Als sie die Tür öffnet, flüstert er ihr ins Ohr: «Ich liebe dich.»

Kapitel 3 - Wer ist das?!

Es ist Samstagmorgen und die Sonne steht schon hoch am Himmel. Sergej liegt in seinem Bett und denkt an das schöne Treffen mit Lea von gestern. Er überlegt sich eine Weile, ob er sie nach einem zweiten Treffen fragen soll. Nach einigen Minuten springt er entschlossen auf, nimmt sein Handy und tippt ihre Nummer mit zittrigen Fingern ein. Es klingelt kurz, bis eine helle Stimme erklingt. «Hallo?», tönt es durch den Hörer. «Hey, ich bin's Sergej. Ich wollte nur sagen, dass ich es gestern sehr schön gefunden habe», murmelt Sergej aufgeregt. «Ja, das fand ich auch», antwortet sie leise. Ein langes Schweigen folgt. Sergej nimmt allen Mut zusammen und durchbricht die Stille mit einem unverständlichen Stottern: «Ja...also...wie wär's, wenn...ähm...wir das wiederholen? » Lea, die nicht wirklich zugehört hat, antwortet verdutzt: «Ähm, ja, also diese Woche habe ich gar keine Zeit.» «Was meinst du damit? Was hast du vor?», fragt Sergej panisch. «Weisst du, ich muss noch ein Schulprojekt vorbereiten und meine Hausaufgaben nebenbei erledigen», versucht Lea zu erklären, «mich mit Lenny treffen, mein

Zimmer aufräumen und...» Plötzlich unterbricht Sergej sie und fragt leicht genervt: «Was bedeutet dir Lenny eigentlich?» «Ach, er ist nur ein guter Freund», gibt Lea lässig zurück, «aber ich muss jetzt los, meine Mutter ruft mich. Tschau.» Sprachlos, wütend und traurig bleibt Sergej am piependen Hörer zurück.

Im Laufe des Tages bekommt Lea mit einem schlechten Gewissen. Das Telefonat, das sie mit Sergej geführt hat, ist alles andere als gut verlaufen. Eigentlich war es miserabel. Doch wird ihr das erst jetzt, viel zu spät, bewusst. Sie will es wieder gut machen und Sergej eine Freude bereiten, indem sie ihn heute Abend bei seiner Arbeit abholt. Um 23.30 Uhr verlässt Lea das Haus Richtung Molino. Als Versöhnungsgeschenk hat sie eine Packung Toffifee dabei. Auf dem Weg überlegt sich Lea immer wieder, wie sie sich mit den richtigen Worten entschuldigen könnte. Angekommen versucht sie den Hintereingang des Restaurants zu finden. Ganz unerwartet entdeckt Lea Sergej mit irgendeiner Tussi rumflirten. Als wäre das nicht schlimm genug, gibt sie ihm sogar noch einen Kuss auf die Wange und umarmt ihn. Aus lauter Wut, Trauer und Eifersucht lässt Lea die Toffifee fallen und stürzt sich auf die Beiden. Ohne Vorwarnung holt sie aus und verpasst der dummen Kuh eine Ohrfeige. Schockiert zucken alle zusammen. Noch bevor jemand etwas sagen kann, rennt Lea mit Tränen in den Augen davon. Die ganze Nacht erhält sie Nachrichten von Sergej, der verzweifelt versucht, die Situation zu erklären.

Lea antwortet nicht, erfährt aber viel Interessantes von Sergej. Sie liest alle SMS nochmals durch: «Hey Lea bist du da? Was du beim Molino gesehen hast, ist ein riesiges Missverständnis. Das Mädchen, der du eine Backpfeife verpasst hast, heisst Susä. Ich sag's dir, da läuft nichts! Sie ist zwar meine Ex, aber ich fühle nichts mehr für sie. Susä ist nur eine gute Freundin.»

Montagmorgen ist Lea total müde und frustriert. Sie konnte die ganze Nacht nicht schlafen und plant daher, die Schule zu schwänzen. Doch ihr Vorhaben wird von Lenny durchkreuzt. Ausgerechnet heute steht er vor der Tür und will sie abholen. Sofort merkt ihr Kumpel, dass etwas nicht stimmt. «Ist alles in Ordnung mit dir Lea? Ist etwas passiert?», versucht Lenny ein Gespräch zu starten. Lea aber schweigt bloss. Ohne ein weiteres Wort auszutauschen, kommen sie in der Schule an. In der Pause versucht Lenny, seine Freundin aufzumuntern. Er dringt aber nicht zu ihr durch. Lea reagiert immer mit dem gleichen Spruch: «Es ist alles ok. Nichts ist passiert.» Das kauft er ihr nicht ab. Als Lenny mit Lea nach Hause gehen will, merkt er, dass sie schon weg ist. So überlegt er sich, ihr heute Abend einen Besuch abzustatten und mit ihr einer Packung Petit Beurre zu vertilgen.

Aufgrund des Missverständnisses fühlt sich Sergej schlecht. Er macht sich die ganze Zeit Vorwürfe. Am Abend des Vorfalls hat er noch versucht, Lea nachzurennen, doch konnte er nur die fallengelassene Packung Toffifee finden. Er nimmt sich also vor, sie am Abend zu besuchen und sich zu entschuldigen. Es wäre doch gelacht, wenn sie nicht eine Lösung finden können, wieder zusammen zu sein. Schliesslich kann er sich doch das alles nicht eingebildet haben. Eine Weile schon beobachtet Sergej das Haus. Alle Lichter sind bereits aus. Leider scheint er zu spät zu sein. Ein paar Meter vom Haus entfernt, sieht er plötzlich einen jungen Burschen vor der Tür stehen. Er scheint sich zu überlegen, ob er klingeln soll. Sergej stürzt sich voller Zorn auf den Unbekannten. Es kann doch nicht sein, dass Lea um diese Zeit von irgendeinem Jungen belästigt wird. Es muss mal deutlich gesagt werden, dass sich das nicht gehört. Sergej packt den Fremden an seiner Kehle und brummt: «Wer bist du denn? Und was willst du hier? Lea schläft, lass sie in Ruhe!» Dieser antwortet mit keuchender Stimme: «Ich bin Leas bester Freund, Lenny! Lass mich los! Bist du das Sergej?» Noch immer nicht ganz bei der Sache, hört Sergej nur den Namen Lenny. Er erinnert sich an das Treffen im Park, wo er beinahe alles ruiniert hätte und auch an das letzte Telefonat mit Lea und daran, wie sie ihn für diesen Kerl versetzt hat. Ohne weiteres Zögern haut Sergej dem Burschen die rechte Faust ins Gesicht. Daraufhin purzelt Lenny rückwärts und stösst einen Blumentopf, der auf dem Fenstersims steht, um. So ertönt ein lautes Schmettern, welches durch die leblose Strasse schallt. Lea, die zusammengerollt auf ihrem Bett liegt, hört das ohrenbetäubende Geräusch und schreckt auf. Sie läuft zu ihrem Fenster und sieht wie Sergej und Lenny sich miteinander prügeln. Schnell rennt sie die Treppe hinunter und geht raus vor die Haustüre. «STOP!», schreit Lea in die Nacht. Die beiden Jungs schauen erschrocken auf. «Was ist hier los?», fragt sie. «Du hast dich heute merkwürdig verhalten und da wollte ich dich aufmuntern. Doch plötzlich greift mich dieser Verrückte an!», antwortet Lenny. «Erstens, ich bin nicht verrückt», rechtfertigt sich Sergej, «zweitens, ich wollte mich bei dir wegen dem Irrtum persönlich entschuldigen.» Lea schaut die beiden Jungs an uns ist sichtlich erschöpft. «Ich muss mit euch beiden reden!», seufzt sie. So kommt es, dass Lenny mit einem zersplitterten Herz und seinen zerbrochenen Petit Beurre alleine nach Hause geht.

Sergej und Lea aber sprechen sich aus. Zusammen sitzen sie auf dem Treppenabsatz vor dem Hauseingang und geniessen die gemeinsame Zeit unter dem Mondlicht.

Die Sucht ist allgegenwärtig

Sergej steht in der Küche und kocht. Er wohnt in einer gemütlichen Einzimmerwohnung in Winterthur. Seine Küche ist gut ausgestattet, was sich für einen Koch gehört. Lea schaut ihm über die Schultern und ist sichtlich beeindruckt: «Das riecht lecker! Ich freue mich schon, dass du auch in Zukunft für uns kochst. Ich habe nämlich zwei linke Hände.» Sergej schmunzelt und küsst sie auf die Wange. Er kann es immer noch nicht fassen, dass er so eine tolle Freundin gefunden hat. Nach dem turbulenten Start ist Lea ist ihm in den letzten Wochen sehr ans Herz gewachsen. Er serviert gerade sein Menu, als ihm bewusst wird, dass er sich sein Leben genauso ausgemalt hat. «Wünschst du dir eigentlich auch ein Haus später? Ich träume zudem von einer grossen Garage für meinen CL 500!», schwärmt er. Lea grinst: «Naja, ich denke eine Wohnung ist viel praktischer. Wir brauchen aktuell nicht viel Platz. Und ein Auto fährst du doch gar nicht.» Sergej lässt die Gabel sinken, blickt sie an und meint lächelnd: «Das stimmt natürlich. Aber wenn wir mal Kinder haben, und ich will mindesten fünf, wäre ein Haus doch sicher das Richtige!» Lea prustet los: «Was, du willst fünf Kinder? Ich denke, zwei reichen völlig!»

Lea nimmt seine Hand und lächelt: « Wir haben alle Zeit der Welt. Aber Kinder mit dir zu haben, ist eine schöne Vorstellung. Vorher sollten wir aber heiraten.» «Damit bin ich einverstanden», antwortet Sergej glücklich.

Sergej fragt Lea, ob sie schnell in den Keller gehen könne, um eine Flasche Mineralwasser zu holen. Lea nickt und verlässt die Wohnung. Im Keller entdeckt sie unzählige Flaschen Wodka. Sie überlegt sich eine davon zu nehmen. Eigentlich weiss sie, dass dies eine dumme Idee ist. In der letzten Zeit trinkt sie wirklich zu viel. Dennoch greift sie nach einer der Flaschen. Plötzlich hört sie, wie jemand die Treppen herunter eilt. Ihr

Herz beginnt zu rasen. Sie stellt die Flasche hastig zurück. Genau in diesem Moment kommt Sergej in den Keller gelaufen, weil er denkt, dass Lea das Wasser nicht findet. Sie ist erleichtert, dass er sie nicht entdeckt hat. Er zwinkert ihr zu, schnappt sich die Flasche Wasser und nimmt sie an der Hand. Gemeinsam gehen sie wieder hoch in die Wohnung. Lea lässt der Alkohol keine Ruhe. Diese Gelegenheit ist zu verlockend, denn sie hat erst gestern ihr letztes Geld für Alkohol ausgegeben. Sergej bereitet gerade das Dessert vor, als sie sich mit «muss kurz auf die Toilette» entschuldigt und in Richtung Bad verschwindet. Leise schleicht sie aber aus der Wohnung. Schnurstracks flitzt sie in den Keller, nimmt die Flasche Wodka und lässt sie anschliessend in ihrer Handtasche verschwinden. Gerade rechtzeitig kommt sie zurück ins Esszimmer. Sergej hat Kerzen aufgestellt und romantische Musik aufgelegt. Er strahlt übers ganze Gesicht und ist sichtlich stolz auf sein Werk. Lea setzt sich mit einem sehr schlechten Gewissen und auch Angst. Sie könnte sich ohrfeigen, dass sie Sergej be- logen und bestohlen hat. Es wird ihr klar, dass ihr Verhalten alles andere als normal ist. Dass sie alkoholsüchtig ist, verdrängt sie aber weiterhin. Was würde er von ihr denken, wenn er das erfahren würde. Sie hofft, dass er ihre Gewissensbisse nicht bemerkt. «Na, schmeckt dir mein Dessert?», reisst Sergej Lea aus ihren Gedanken. Sie merkt, dass sie nicht länger bleiben kann, ohne sich zu verraten. Sergej möchte sie aber nicht weh tun und meint: «Ja, es ist wunderbar. Aber weisst du was, ich bin sehr müde. Sei mir nicht böse, aber ich möchte nach Hause.» Sergej hat wie immer Verständnis, zieht sie an sich und küsst sie sanft. Er flüstert: «Macht gar nichts Lea. Wir sehen uns ja schon bald wieder.» «Danke für den schönen Abend», haucht Lea, löst sich aus der Umarmung und verabschiedet sich.

Die eisige Nachtluft tut ihr gut. Sie ist erleichtert, endlich weg zu sein. Um die Schuldgefühle zu vertreiben, greift sie in die Tasche und zieht die Flasche Wodka heraus. Zögerlich öffnet sie sie, lässt dann aber der Versuchung nach und nimmt einen Schluck. Was für eine Wohltat!

Kapitel 4 - Leas Geheimnis

Lea torkelt völlig betrunken im Stadtpark. Die Flasche Wodka ist mittlerweile fast leer. Sie trinkt gleich noch einen letzten riesigen Schluck. Ein Wunder, dass sie ihren Mund überhaupt noch trifft. Lea lässt sich auf eine Bank plumpsen. Normalerweise laufen um diese Zeit keine Fussgänger durch den Park, doch heute sind so viele Leute in der Stadt, wegen der Musikfestwoche, die jedes Jahr in Winterthur stattfindet. Zufälligerweise geht eine Frau mit ihrer Tochter an Lea vorbei und schaut sie ganz verwundert an. Lea nimmt sie gar nicht mehr wahr. Sie rollt sich auf der Bank zusammen und schläft ein. Sie verbringt die ganze Nacht dort.

Am nächsten Morgen macht Sergej sich auf den Weg zu seiner Familie. Es ist Sonntag und sonntags frühstücken sie immer zusammen. Während des Essens plaudern sie über die letzten Wochen. Sergejs Mutter Maria kommt schliesslich auf ein junges Mädchen zu sprechen: «Gestern, als ich mit deiner Schwester an der Musikwoche war, sah ich ein total betrunkenes Mädchen. Es ist schon schlimm, dass sich manche Mädels so gehen lassen. So eine musst du mir nicht nach Hause bringen.» Sie geben ihr recht und lachen. Sergej wird ernster, räuspert sich und gesteht seiner Mutter: «Wo wir gerade beim Thema Freundin sind. Ich möchte ich dir endlich ein Foto von Lea zeigen. Du weisst ja, dass ich schon eine Weile mit ihr zusammen bin» Maria nickt und studiert das Bild, welches ihr Sergej reicht. Ihre Mine verfinstert sich und sie schaut ihren Sohn schweigend an. Dieser will wissen, was mit ihr los sei. Maria schaut ihn an und fragt: «Ist das wirklich deine Lea?» Sergej bejaht die Frage. «Das ist das Mädchen von gestern», platzt sie heraus und wirft ihm das Bild zu. Sergej ist verwirrt und sieht sie fragend an. Maria hilft ihm auf die Sprünge: «Das Mädchen, welches ich gestern gesehen habe. Das ist Lea gewesen!» Sergej kann es nicht glauben: «Bist du sicher?» «Ja, das ist sie», ist seine Mutter überzeugt, «und das ist DEINE Freundin?» Seine Mutter ist entsetzt und macht sich Sorgen: «Mein Junge, du musst sie verlassen. Sie wird dich nur verletzten. Das ist eine Süchtige.» Doch Sergej nimmt Lea in Schutz: «Ich kann mir nicht vorstellen, dass sie es keine Erklärung dafür gibt. Hör auf, so über sie zu sprechen. Du kennst sie doch noch gar nicht.» «Gut Sergej. Ich glaube dir und will eigentlich nicht vorschnell urteilen. Aber dann möchte ich sie kennenlernen», lenkt seine Mutter ein.

Sergej schreibt Lea erst am Abend, weil er über alles nachdenken muss. Er möchte sie so schnell wie möglich treffen. «Ich muss dringend mit dir sprechen. Bitte komm morgen in den Eulachpark. Du weisst wohin.», steht in seiner Nachricht. Lea befürchtet das Schlimmste. Sie bekommt kein Auge zu. Am nächsten Tag treffen sie sich wie verabredet an ihrem Platz. Lea geht bedrückt und voller Gedanken zum Treffpunkt. Sie sieht Sergej schon von Weitem. Dass er sie nicht, wie üblich, mit einem Kuss begrüsst, lässt sie Böses erahnen. Er redet nicht drum herum und kommt gleich zur Sache: «Ich habe gestern, wie du weisst, meine Familie getroffen. Bei dieser Gelegenheit habe ich meiner Mutter ein Bild von dir gezeigt. Sie behauptet, sie habe dich gestern Abend betrunken gesehen. Stimmt das?» Sergej hofft noch immer, dass dies nicht stimmt. Schliesslich hat Lea sich von ihm verabschiedet, weil sie müde war und nach Hause wollte. Es war keine Rede von den Musikfestwochen. Lea reagiert nicht. Sergej wird unsicher und wiederholt seine Frage. Daraufhin antwortet Lea schüchtern: «Ja, das stimmt.» Sergej schaut Lea enttäuscht an und sagt nichts. Die beiden schweigen.

«Warum hast du mir nicht gesagt, dass du noch an die Musikfestwochen gehen möchtest? Und warum warst du so betrunken?», möchte Sergej wissen. «Ich hatte Angst vor deiner Reaktion», meinte Lea. «Du weisst doch, dass du mir alles erzählen kannst!», versichert ihr Sergej. Lea schämt sich, beginnt sich aber zu öffnen und er- zählt Sergej von ihrer Sucht. Aufmerksam hört er ihr zu und streichelt dabei ihre Hand. Nach einer Wei- le spricht Sergej wieder: «Und jetzt? Was hast du vor?». «Ich weiss es nicht!», seufzt Lea. Sergej ermutigt sie, sich in Therapie zu geben und verspricht ihr, immer hin- ter ihr zu stehen: «Ich werde dir auch in dieser schwe- ren Zeit helfen Lea. Du weisst, wie viel du mir bedeu- test.» Sergej steht auf, umarmt Lea und gibt ihr einen zärtlichen Kuss.

Kapitel 5 - Lea muss Farbe bekennen

Einige Tage später erklärt Sergej Lea, dass seine Mutter sie kennen lernen will. Daher verabreden sie sich, um am Abend etwas mit Sergejs Mutter im Molino essen zu gehen.

«Hoffentlich kommt sie nicht zu spät», sagt Maria. Die- ser ist angespannt und weiss nicht, wie er darauf ant- worten soll. Als er zum Eingang blickt, ist er erleichtert, dass er Lea sieht. Sie läuft geradewegs zu ihnen und begrüsst sie freundlich: «Hallo zusammen». Die Mutter erwidert ihre Begrüssung nicht ganz so freundlich: «Hal- lo Lea». Sergej ist es sichtlich unangenehm, wie sehr seine Mutter Lea ausfragt. Es kommt ihm so vor, als wäre er Zeuge eines Verhörs. Gerade hört er, wie seine Mutter die nächste Frage stellt: «Wo gehst du eigentlich zur Schule? Bist du mit deinen schulischen Leistungen zufrieden?». Lea antwortet ruhig und offen, dass sie Im Lee zur Schule geht und gute Noten macht. «Dein Kleid ist sehr farbenfroh und schön», versucht Lea das Thema zu wechseln. «Danke sehr nett von dir», antwortet Maria. Nach einiger Zeit kommt der Kellner und beginnt, ihre Bestellungen aufzunehmen. Sergej antwortet daraufhin: «Ein hausgemachtes Steak mit Nudeln und einer Pfeffersauce». Maria nimmt eine Pizza Margherita und Lea einen gemischten Salat. Sergej entspannt sich sichtlich, als er merkt, dass sich langsam ein normales Gespräch entwickelt. Sie plaudern und merken dabei gar nicht, dass es schon spät ist. Maria blickt auf die Uhr, scheint aber nicht pressant zu sein. Im Gegenteil, jetzt schmeichelt sie Lea: «Du bist ja so witzig und gut erzogen noch dazu!» «Danke das ist sehr nett von dir», erwidert Lea überrascht. Maria räuspert sich. Sergej merkt, dass sie noch etwas auf dem Herzen hat. Lea weiss ebenfalls, was nun folgen wird, schliesslich weiss sie, dass Sergej mit ihr über ihr Alkoholproblem gesprochen hat. «Wie steht es mit deinem Alkoholkonsum?», will seine Mutter denn auch wissen. Sergej hat mit dieser Frage schon gerechnet, sagt aber nichts. «Ich trinke manchmal ein bisschen viel Alkohol, aber ich versuche seit einiger Zeit trocken zu werden», erklärt Lea ehrlich.

«Das mag vielleicht sein, aber was war denn an den Musikfestwochen los? Es sah nicht so aus, als wolltest du trocken werden», entgegnet Maria. «Das war ein kleiner Ausrutscher von mir. Ich bereue es ja selber», murmelt Lea und knetet ihre Hände nervös. Maria greift nach ihrer Hand, blickt bestätigend zu Sergej und meint: «Wenn du meine Unterstützung brauchst, so sagst du mir Bescheid. Sergej und auch ich sind für dich da.» Lea ist sichtlich gerührt und bedankt sich für diese Hilfe. Sie beschliessen, den Kellner zu rufen, um zu bezahlen. Lea will die Rechnung begleichen, aber Sergej kommt ihr zuvor und bezahlt. Sie stehen auf und verlassen das Molino.

Da Lea alleine mit dem Bus gekommen ist, schlägt Maria vor, sie mit dem Auto nach Hause zu bringen. Lea ist froh, nicht alleine heimgehen zu müssen. Dort angekommen bedankt sie sich für den schönen Abend. Maria blickt zu ihr und versichert ihr: «Ich glaube, dass ihr gut zusammenpasst. Wichtig ist, dass ihr stets ehrlich miteinander seid.». Sergej und Lea freuen sich darüber, dass Maria endlich kein Problem mehr mit ihrer Beziehung hat. Die beiden steigen aus dem Auto, umarmen sich kurz und küssen sich zum Abschied. Währendem Sergej und seine Mutter wieder losfahren, geht Lea ins Haus.

Kapitel 6 - Zu zweit in Lausanne

«Ich möchte über das Wochenende nach Lausanne fahren. Dort besitzt meine Familie ein Ferienhaus. Würdest du mitkommen?», fragt Lea. Sie liegt neben Sergej auf dem Bett und stellt sich vor, wie Sergej gerade aussieht. Er überlegt kurz und meint dann begeistert: «Wir müssten unseren Eltern aber Bescheid geben. Lass uns gleich mit ihnen reden.» Sie gibt ihm recht und die beiden beenden ihr Gespräch.

Schon reisst Lea die Zimmertür auf und ruft hinaus: «Vater, Mutter, ich werde dieses Wochenende mit Sergej in Lausanne verbringen. Wir haben das gerade abgemacht.» Kurz bleibt es ruhig, dann poltert es im Treppenhaus. Ohne anzuklopfen stürzen Leas Eltern in ihr Zimmer. Anastasia starrt sie geschockt an und meint streng: «Nach Lausanne gehen? Auf keinen Fall, vergiss es!» Ihr Vater bleibt teilnahmslos. Ihm ist es ziemlich egal, was Lea tut. Im Gegensatz zu ihm, wird Anastasia immer wütender. Sie fängt an, Lea anzuschreien: «Wenn du das machst, musst du hier gar nicht mehr auf- tauchen, hast du mich verstanden?» Lea lässt dies nicht auf sich sitzen und meinte kühl: «Was könnte schon Schlimmes passieren? Wenn ich alleine dorthin gehe, hast du ja auch kein Problem. Sergej könnte mir Gesellschaft leisten und mir bei vielen Dingen helfen.» Leas Mutter wird noch aufgebrachter: «Bei was sollte er dir helfen? Etwa beim Ausziehen deiner Kleidung?», sagte sie sarkastisch. Jetzt wird Lea klar, worauf ihre

Mutter hinauswill. «Und wenn das so wäre?», fragt sie provokant, verschränkt die Arme und zieht eine Augenbraue hoch. Anastasia zieht hörbar die Luft ein, doch sie sagt nichts mehr, weil sie diese Diskussion nicht mit Fäusten beenden will. Sie weiss, dass ihre Tochter sowieso hinfahren wird und ihr Mann ist keine Stütze. «Hoffentlich machen die beiden keine Dummheiten», denkt sie sich.

Bei Sergej sieht die Situation völlig anders aus. Seine Mutter Maria hat nichts dagegen einzuwenden. Sie kennt Lea und findet, dass ihr hart arbeitender Sohn auch mal wie- der eine Pause verdient hat. Sie freut sich für die beiden, schliesslich ist man nur ein- mal jung und so verliebt wie sie.

Etwas später treffen sie sich bei Sergej und planen vergnügt, was sie unternehmen wollen. Er packt seine Taschen. Lea hat alles, was sie benötigte im Ferienhaus. Beide sind beide total aufgeregt. Da Sergej einen Führerschein hat, müssen sie nicht mit dem Zug reisen. Das macht die Anreise einiges gemütlicher. Lea küsst ihn ein letztes Mal und verschwindet aus seiner Wohnung.

Am nächsten Tag fahren sie also mit dem Auto nach Chevroux. Die Fahrt ist sehr lustig, da Lea das Radio anmacht und laut dazu mitsingt. Sergej musst einmal so sehr lachen, dass sie beinahe in ein anderes Auto krachen. Trotz Navigationssystem dauert die Fahrt über zwei Stunden. Am frühen Nachmittag treffen sie schliesslich endlich ein. Zuerst packen Lea und Sergej ihre Sachen aus. «Soll ich etwas kochen? Wir haben noch nichts gegessen», will Sergej nach einer Weile wissen. «Das wäre fantastisch. Ohne dich bin ich aufgeschmissen», haucht sie, lächelt ihn an und drückt ihn einen schnellen Kuss auf die Schläfe. Danach schreibt sie eine Nachricht an Lenny. Er hat darauf bestanden, dass sie ihn schreibt, wenn sie in Lausanne angekommen sind. Er weiss nicht, dass sie nicht alleine unterwegs ist. Irgendwie ist sie froh, Lenny nichts vom gemeinsamen Wochenende erzählt zu haben. Nach wie vor ist er nicht sehr gut auf Sergej zu sprechen.

«Ich bin fertig!», ruft Sergej aus der Küche. Lea deckt den Tisch für zwei. Beide geniessen die Zweisamkeit. Das Essen ist köstlich. Lea ist im siebten Himmel. Mit vollem Mund fragt sie ihn: «Was essen wir eigentlich?» «Pelmeni», meint er belustigt.

Nach diesem göttlichen Festmahl beschliessen die beiden, ein wenig spazieren zu gehen. So kann Lea Sergej die Gegend zeigen.

Sie schlendern einen etwas höheren Hügel hinauf und können nun fast den ganzen See sehen. Auf einer Bank setzen sie sich und blicken auf den See. Sie giessen diesen gemeinsamen Moment. Ohne dass Lea es bemerkt, hat Sergej ihre Hand genommen. Er flüstert ihr ins Ohr: «Weisst du, ein Leben ohne dich kann ich mir nicht vorstellen. Bevor ich dich kannte, hätte ich niemals gedacht, dass ich für einen einzigen Menschen so viel

Liebe empfinden kann.» Verlegen sieht sie ihn an. Dann aber überwiegen ihre Gefühle und sie küsst ihn leidenschaftlich. Später gehen sie Hand in Hand wieder zurück zum Haus. Es ist ein wirklich heisser Tag im Mai. Kurzerhand schlägt Lea vor, noch zum See hinunterzugehen, um sich abzukühlen.

Das Wasser ist eiskalt. Doch nach einer Weile gewöhnt man sich daran. Es gibt im See kleine Flosse, worauf sie sich sonnen können. Bald darauf will niemand mehr ins eiskalte Wasser. Ohne Vorwarnung hievt Sergej Lea hoch und schmeisst sie hinein. «Das wirst du mir büssen!», funkelt sie ihn an, grinst dabei aber übers ganze Gesicht. Wieder im Ferienhaus, föhnt sich Lea die Haare, während Sergej eine Überraschung plant. Er sucht im Internet nach einem guten Restaurant, denn er will Lea heute aus- führen. «Wohin gehen wir?», fragt sie neugierig. Er schaut Lea schmunzelnd an: «Das wirst du noch sehen.» «Werde ich gerade entführt?», will sie wissen und beginnt ihn zu kitzeln. Sergej schüttelt lachend den Kopf.

Sergej parkt vor dem Restaurant de Port und die beiden steigen aus. Im Restaurant sind nur sehr wenige Gäste. Sie suchen sich ein Tisch für zwei mit Blick auf den See aus. Angeregt unterhalten sie sich über die Pläne für den nächsten Monat. Lea muss leider sehr viel lernen, da die Abschlussprüfungen für die Matura bald stattfinden. Aber sie wollen dennoch jedes Wochenende gemeinsam verbringen. «Ich möchte unbedingt in den Eu-

ropapark. Ausserdem könnten wir jederzeit wieder hier-
hin», beendete Lea das Gespräch.

Sie sind todmüde, denn es war auch ein langer Tag. So
machen sie sich auf den Weg. Lea schläft während der
Autofahrt ein, weswegen sie Sergej ins Haus trägt. Er
legt sie sanft auf das Bett und deckt sie zu. Danach
schmeisst er sich selber aufs Bett. Er schliesst seine
Augen und schläft sofort ein.

Kapitel 7 - Das Drama beginnt

Wie toll doch dieses Wochenende in Lausanne gewesen ist! Sergej denkt immer wie- der daran und träumt
von seiner Lea. Leider hat sie, entgegen ihrer Verspre-
chungen, meist keine Zeit, sich mit ihm zu verabreden.
Sie drückt die Schulbank und muss lernen. Sergej vermisst sie und hofft, dass sie sich bald wieder mehr sehen können. Heute ist ein wunderschöner Mittwoch-
nachmittag und Sergej kommt auf die Idee, sich einen
Mercedes AMG zu mieten. Er möchte einen ersten Eindruck von dem Auto er- halten, welches er sich später
kaufen möchte. Also geht er zur Mercedesgarage und
mietet sich einen G63 AMG. Er fährt ins nahe gelegene
Tösstal und postet ein Selfie von sich, seinem Auto und
einem schönen Bergpanorama auf Instagram. Susä,
Sergejs beste Freundin, reagiert sofort darauf und liked
sein Foto. Sie liebt Mercedes und fährt total auf dieses
Model ab. Sergej hat sie schon lange nicht mehr gesehen, insbesondere nicht, seit er mit Lea zusammen ist.

Susä und er sind schon lange befreundet und hatten vor Leas Zeit eine kurze Affäre. Sergej vermeidet es aber tunlichst, daran zu denken, denn sie gehört der Vergangenheit an. Nun muss er lachen. Typisch Susä, schon klingelt sein Handy. Sie möchte unbedingt mitfahren. Sergej überlegt kurz und sagt dann zu. Wenn Lea schon keine Zeit hat, kann er Susä problemlos mitnehmen. Also fährt er los, um sie abzuholen. Von Weitem sieht er eine junge Frau, mit langen dunkelbraunen Haaren und unglaublichen Kurven. Susä ist definitiv ein Hingucker wert. Ihr Körper ist der Wahnsinn und das Gesicht makellos und wunderschön. Sie hat tolle Augenbrauen und pralle Lippen. Susä war schon immer eine Wucht. Heute aber findet sie Sergej ungemein sexy. Sie geben sich ein leichtes Küsschen als Begrüssung, fahren danach gemeinsam auf den Goldenberg. Sergej merkt, wie sehr er sich noch von ihr angezogen wird. Er versucht aber, seine Gedanken zu Lea zu steuern – vergeblich. Zusammen geniessen sie den Sonnenuntergang und kommen sich jede Sekunde näher. Die Situation wird immer angespannter. Sie schauen sich tief in die Augen. In diesem Moment ist alles still, aber die Augen reden. Sergej kann nicht anders und küsst Susä. Er bemerkt dabei nicht, dass Lenny gerade den Goldenberg erreicht.

Auf seiner täglichen Joggingrunde dehnt dieser seine Muskeln jeweils auf der Terrasse des Goldenbergs. Lenny traut seinen Augen nicht, als er Sergej in einem protzigen Mercedes sitzen sieht. Er kann nicht genau erkennen, was im Auto geschieht. Allerdings kann er sehen, dass bei ihm eine Frau sitzt und diese sicher nicht Lea ist. Von ihr weiss er, dass sie zuhause lernt. Lenny versucht, sich etwas heranzupirschen. Nun kann er erkennen, wer bei Sergej ist. Es ist eine attraktive Brünette, welche ihm gerade über die Wange streicht. Lenny beobachtet die Szene weiter, entfernt sich aber etwas und zückt sein Handy aus der Hosentasche. «Lea, du glaubst gar nicht, was ich gerade beobachte!», flüstert Lenny. Lea lacht: «Spionierst du wieder einmal jemandem nach?» Ihr verschlägt es allerdings die Sprache, als Lenny ihr erzählt, was gerade passiert. «Und sie küssen sich wirklich?», fragt Lea mit zittriger Stimme. Lenny weiss, dass seine beste Freundin unglaublich verletzt ist. Dennoch berichtet er ihr brühwarm und detailgetreu, was er sehen kann. Er nimmt keine Rücksicht auf ihre Gefühle, weil er unbedingt einen Keil zwischen Lea und Sergej treiben will. Dass dieser ihm so eine Vorlage bietet, spielt ihm natürlich in die Hände. Er grinst insgeheim und meint sanft: «Ich komme sofort zu dir. Du darfst jetzt nicht alleine sein.» Er wirft noch einen letzten Blick zum Mercedes und kann sehen, wie sich die beiden im Auto umarmen.

Nach langem Zögern ruft Lea Sergej am späten Abend an. Sie hat den ganzen Nachmittag geweint. Zum Glück hat sich Lenny die Zeit genommen und sich getröstet. Sergej nimmt das Gespräch entgegen und begrüsst sie wie immer: «Hey Schatz, schön, dass du anrufst!» Lea wird fuchsteufelswild und schreit ins Telefon: «Was bist du denn für ein Armleuchter?! Du belügst und betrügst mich!» Sie fängt an zu weinen. Sergej überlegt fieberhaft, warum Lea bereits über seinen Fehltritt Bescheid weiss. Eigentlich hatte er nicht vor, es ihr zu erzählen. Schliesslich war das mit Susä nur ein dummer Ausrutscher und bedeutet ihm gar nichts. Er versucht also, sich rauszureden: «Lea, da ist gar nichts passiert. Ich habe mir mein Traumauto gemietet und bin mit Susä umhergefahren. Du hast ja keine Zeit für mich.» Lea kauft ihm das nicht ab. Sie bricht das Gespräch ohne etwas zu sagen ab und schaltet ihr Handy aus. Sie ist am Boden zerstört. Dass er nicht einmal zu seinem Fehler steht und ehrlich ist, verletzt sie ungemein. Sergej versucht fieberhaft, sie zu erreichen, doch nur die Mailbox geht an.

Am kommenden Abend, wartet Sergej vor Leas Schule und möchte ihr alles erklären. Er hat schlecht geschlafen und sich vorgenommen, ihr die ganze Wahrheit zu sagen und sich entschuldigen. Als Lea ihn erblickt, zögert sie erst. Dann kommt sie auf ihn zu. «Es tut mir alles so leid», bricht es aus ihm heraus. Wie verzweifelt er ist, merkt er erst jetzt. «Bitte komm zu mir, sodass wir in Ruhe über alles sprechen können», fleht er sie an und bricht in Tränen aus. Lea ist überrascht und etwas unschlüssig. Sie kann aber seinem traurigen Blick nicht widerstehen und geht mit ihm mit.

«Ich weiss, dass ich einen grossen Fehler gemacht habe Lea. Das wird nie mehr passieren, glaube mir. Ich liebe dich so sehr und möchte dich nicht verlieren», versichert ihr Sergej. Lea blickt ihn unsicher an. Sie weiss inzwischen von seiner Vergangenheit mit Susä. Auch seine Ausfahrt mit ihr hat er zugegeben. Dass er tatsächlich mit ihr herumgeknutscht hat, bestreitet er aber weiterhin. Er hat den Mut nicht, ehrlich zu sein, denn er will sie nicht noch mehr verletzen. Sie sieht ihn an und überlegt fieberhaft, ob sie Sergej glauben kann. Wenn Lenny sie tatsächlich angelogen hat, ist das unverzeihlich. Falls aber Sergej nach wie vor nicht die ganze Wahrheit sagt, könnte sie ihm nicht vergeben. Das will sie jedoch nicht glauben und meint niedergeschlagen: «Das weiss ich doch Sergej. Aber ich brauche Zeit, um über alles nachzudenken. Mir ist erst einmal wichtig, dass du den Kontakt zu Susä komplett abbrichst. Ansonsten sehe ich keine Zukunft für uns.» Sergej nickt und verspricht ihr, sich an ihre Bedingung zu halten. Als sie sich mit einer flüchtigen Umarmung verabschieden, hofft er innig, dass sie ihm eine zweite Chance geben wird. Sicher ist er jedoch nicht.

Sergej hat eine schlaflose Nacht, weil ihm Susä doch sehr wichtig ist. Er kennt sie schon lange und mal abgesehen davon, dass sie manchmal die Grenzen einer Freund- schaft überschritten, war sie ihm auch immer eine gute Freundin. Schnell wird ihm aber klar, dass Lea ihm viel wichtiger ist. Früh am Morgen setzt er sich also ins Auto und fährt zu Susä. Sie öffnet ihm verschlafen die Türe und möchte wissen, warum er sie geweckt hat. Sergej entschuldigt sich bei Susä und erklärt ihr: «Das mit uns war ein riesiger Fehler. Ich hätte nicht zulassen dürfen, dass wir uns noch einmal so nahekommen. Lea ist die Liebe meines Lebens und ich möchte sie nicht verlieren. Ich kann dich daher nicht mehr sehen Susä.» Susä grinst ihn und meint: «Das ist aber schade. Ich mochte unsere kleine Affäre. Aber ich verstehe dich. Geh und hol sie dir zurück!» Sergej sieht sie dankbar an und verschwindet, ohne ein weiteres Wort zu sagen.

Kapitel 8 - Eine heftige Auseinandersetzung

«Lea bitte, wie oft willst du es noch diskutieren? Es ist doch schon einige Wochen her. Ja, ich war mit Susä in diesem verdammten Auto. Ich habe aber, wie du es verlangt hast, den Kontakt abgebrochen. Wo liegt also das Problem?», fragt Sergej gereizt. Lea zieht eine Augenbraue hoch und schnaubt: «Du hast mir gesagt, dass du sie nicht geküsst hast. Und ich weiss einfach nicht, ob ich dir wirklich trauen kann.» «Warum glaubst du mir denn nicht einfach? Ich wünschte, du wüsstest nichts von meinem Ausflug. Woher weisst du überhaupt, dass ich mit ihr unterwegs war?», redet er sich in Rage und wird immer lauter. «Lenny hat euch gesehen», gibt Lea anklagend zurück. «Ja und? Was immer er dir erzählt hat. Es war keine Absicht», schimpft Sergej. Er ist so wütend, dass ihm auf einmal alles rausrutscht: «Gut, ich gebe zu, Susä und ich haben uns geküsst. Aber das war nicht geplant. Es hat sich einfach so ergeben und hat weiter nichts zu bedeuten.» Lea starrt ihn fassungslos und geschockt an: «Dann hatte Lenny also doch recht! Ihr habt euch geküsst! Wie konntest du nur? Du hast mich die ganze Zeit angelogen.» Er versucht sie zu besänftigen, aber nichts hilft. Sie beleidigt ihn zutiefst: «Du Bastard! Fahr zur Hölle oder irgendwo andershin. Ich will dich nie wiedersehen.» Lea kocht vor Wut und wirft ihm die Vasen ihrer Mutter entgegen. Schliesslich bricht sie weinend zusammen und sinkt zu Boden. Was sollte er jetzt machen? Er will sie beruhigen, kommt aber nicht an sie heran. Hilflos rauft er sich das Haar. Er könnte sich ohrfeigen, dass er nicht schon früher mit der ganzen Wahrheit herausgerückt ist. Davon überzeugt, seine Chancen bei ihr vertan zu haben, verlässt er mit schnellen Schritten das Anwesen.

Auch nachdem Sergej aus der Türe verschwunden ist, bleibt Lea weinend auf den Boden und schluchzt herzzerreissend. Sie weint immer noch, als sie das Chaos beseitigt.

Am Wochenende bleibt sie die ganze Zeit in ihrem Zimmer und weint sich die Augen aus. Auch als die Schule anfängt, bleibt sie zuhause und täuscht eine Erkältung vor. Ihre Eltern merken, dass es ihr nicht gut geht und entschuldigen sie. Plötzlich klingelt es an der Türe. «Es ist Lenny! Ich lasse ihn rein», ruft ihre Mutter.

Lea wirft sich in seine Arme und fängt wieder an zu weinen. Sie erzählt ihm alles, doch auch er kann ihr auch nicht helfen. Es wird ihm allerdings klar, wie sehr seine Freundin unter der Trennung von Sergej leidet. Noch nie hat er sie so erlebt.

Kapitel 9 - Leidende Herzen werden vereint

Lea erholt sich auch in den nächsten Tagen nicht. Sie ist enorm enttäuscht von Sergej. Immer wieder liest sie seine Nachrichten und träumt von ihrer gemeinsamen Zeit. Sie will nicht wahrhaben, dass das alles vorbei sein soll. Insgeheim hofft sie, dass Sergej um sie kämpfen wird. Aber dazu müsste er sich bei ihr melden und nach ihrem letzten Streit ist das so gut wie ausgeschlossen.

Sergej ist in seiner Verzweiflung zu Susä gefahren. Sie ist zwar überrascht, ihn wieder zu sehen. Schliesslich hatten sie vereinbart, sich nicht mehr zu sehen. «Ich wusste nicht, wo ich sonst hingehen sollte Susä. Du warst mir immer eine gute Freundin und ich brauche deinen Rat», seufzt er und sie lässt ihn hinein. Er weint sich so richtig bei ihr aus, muss sich aber auch eine riesige Standpauke von seiner Freundin anhören. Gerade wirft sie ihm vor: «Ich habe dich nicht gehen lassen, damit du nachher alles verbockst Sergej. Es wäre doch eine Kleinigkeit gewesen, Lea alles zu erzählen. Schliesslich haben wir ja auch beschlossen, dass dies ein einmaliger Ausrutscher gewesen ist. Wir passen einfach nicht zusammen. Und du bist viel zu verliebt in Lea.» Ihm ist klar, dass sie recht hat und falsch war, seine grosse Liebe zu belügen und zu hintergehen. Nun, da er sie endgültig verloren hat, bereut er alles bitterlich. Susä meint nur: «Schau, wenn sie dir wirklich so viel bedeutet, wie du sagst, musst du um sie kämpfen. Du kannst dich nicht einfach verkriechen und dich selbst bemitleiden. Das würde dir später sehr leidtun.» Als Sergej nach Hause fährt, sucht er immer noch nach einer Lösung. Nur eines ist sicher. Er liebt Lea und würde alles dafür geben, die Zeit zurückdrehen zu können.

Lenny versucht seit Wochen vergeblich, Lea aufzumuntern. Sie blockt ihn meist ab. Auch heute hat sie ihn wieder weggedrückt. Nachdenklich blickt er auf sein Handy und sorgt sich um sie. Dass sie Sergej derart liebt, hätte er nicht erwartet. Er weiss, dass sie ihm noch eine letzte Chance geben würde, sofern er sich bemüht. Lenny hat vergeblich versucht, ihr verständlich zu machen, dass sich Männer wie er nicht ändern. Leider ist Leas Herz stärker als der Verstand, muss er wieder einmal feststellen und schüttelt den Kopf. Plötzlich erscheint eine Nachricht auf seinem Display. Die Nummer kennt er nicht, aber er liest sie sehr aufmerksam durch. Susä schreibt ihm und bittet ihn um Hilfe. Woher kannte er nur diesen Namen? Lenny ist verwirrt und kratzt sich am Kinn: «Ach, da steht es ja.» Sie ist die ehemalige Freundin von Sergej. Diejenige, mit der er Sergej im Auto gesehen hat. «Was will die denn von mir?», fragt er sich und liest weiter, «Ruf mich an. Es ist dringend.» Lenny überlegt nicht lange und wählt ihre Nummer. Er ist viel zu neugierig, als dass er noch weiter zugewartet hätte. «Hey Susä», begrüsst er sie und fragte gleich, «warum hast du mich denn angeschrieben?» Susä kommt sofort zur Sache: «Sergej ist nun schon seit Wochen völlig durch den Wind. Er versteckt sich in seiner Wohnung, will niemanden sehen. Ich erkenne ihn nicht wieder. Er sieht aus wie eine wandelnde Leiche.» «Also sind beide nach wie vor todunglücklich. Da haben wir den Salat», seufzt Lenny. «Hör zu, ich habe eine Idee», meint Susä verschwörerisch und in den nächsten Minuten lauscht Lenny aufmerksam. Natürlich ist er erst nicht erfreut bei dem Gedanken, den beiden zu helfen, wieder zu- einander zu finden. Schliesslich ist er nicht gerade ein Fan von Sergej. Als er sich aber daran erinnert, wie traurig und deprimiert Lea die letzte Zeit war, lenkt er ein und erklärt sich bereit, Susä zu unterstützen. Schliesslich will er, dass Lea wieder glücklich ist. Susä beendet das Gespräch mit den Worten: «Also abgemacht. Ich informiere den Besitzer des Molinos und arrangiere, dass Sergej an diesem Abend für den Pizzaiolo einspringen muss. Echt cool von dir Lenny, dass du dabei bist. Wir müssen nach dieser Geschichte unbedingt mal zusammen ausgehen. Du scheinst ganz in Ordnung zu sein.»

Lea nippt an ihrer Cola. Sie ist im Molino und sucht Lenny vergeblich. Eigentlich hätte er schon seit zehn

Minuten hier sein müssen. Dass sie wieder einmal im Molino sitzt, hätte sie im Leben nicht gedacht. Erst wollte sie auch gar nicht herkommen, weil Sergej hier arbeitet. Lenny hat ihr aber versichert, dass dieser einen freien Tag habe. Soweit sie sehen kann, stimmt das auch. Ein ihr fremder Pizzaiolo steht hinter der Theke. Etwas enttäuscht ist sie dann doch, wenn sie ehrlich ist. Sie hat Sergej schon seit Wochen nicht mehr gesehen. Obwohl sie bereits einige Male versucht hat, Lenny zu erreichen, bleibt ihr Handydisplay dunkel. «Lenny, wo bleibst du nur?», murmelt Lea und versucht, den vielbeschäftigten Kellner zu sich zu winken. Hunger hat sie nämlich. Und wenn Lenny schon nicht auftaucht, will sie zumindest eine leckere Pizza essen. Sergej nimmt gerade den Hintereingang des Molinos. Er hat die Nachricht bekommen, dass der Pizzaiolo unerwartet krank geworden ist. Das kommt ihm gerade recht. Zuhause ist ihm die Decke fast auf den Kopf gefallen. Er vermisst Lea nach wie vor schrecklich. Er bindet die Schürze um und überprüft, welche Bestellungen auf ihn warten. «Na dann mal los», spornt er sich an und beginnt, den Pizzateig flachzudrücken. Er ist gerade so richtig in Fahrt, als er plötzlich im Augenwinkel ein Winken wahrnimmt. Es verschlägt ihm fast den Atem. Da sitzt Lea und bestellt gerade eine Pizza. Sie ist schöner, als er sie in Erinnerung hat. Fasziniert mustert er sie und überlegt fieberhaft, wie er sie auf sich aufmerksam machen könnte, ohne ein Drama heraufzubeschwören. Da hat er die zündende Idee.

Lea blickt irritiert auf ihr Handy. «Sorry, kann doch nicht kommen!», steht da. Lenny hat sie ohne eine weitere Erklärung einfach versetzt. «Was ist denn mit dem los?», mault sie leise und merkt gar nicht, dass ihr der Kellner die bestellte Pizza bereits serviert hat. Der Duft des Essens lässt sie aber das Handy weglegen. Sie erstarrt und ihr Herz beginnt schneller zu schlagen. «Das kann nicht sein. Er ist doch gar nicht hier!», flüstert sie zu sich selbst. Vor ihr liegt eine herzförmige Pizza. Sie wagt es kaum, den Blick zu heben. Tatsächlich, da steht er, genauso, wie sie ihn in Erinnerung hatte. Verlegen schaut er zu ihr, legt seine Schürze zögerlich weg und kommt langsam auf sie zu. «Es tut mir alles so leid Lea», beginnt er langsam und setzt sich zu ihr. «Ich habe es nicht verdient, dass du noch mit mir sprichst. Aber eines solltest du wissen. Es vergeht kein Tag, an dem ich nicht an dich denke. Du bist die Liebe meines Lebens und ich würde alles dafür geben, dass du mir noch eine letzte Chance gibst.»

Lenny und Susä, die sich die ganze Zeit hinter der Bar versteckt gehalten haben, grinsen über beide Ohren. Susä jubelt leise: «Yes, es hat funktioniert. Sie reden miteinander.» «Glaubst du, die beiden schaffen das?», fragt Lenny unsicher. «Da besteht kein Zweifel!», meint sie. Sie beobachten, wie Sergej Leas Hand nimmt. Diese zögert etwas, ist aber sichtlich gerührt. Er steht auf und flüstert ihr etwas ins Ohr. Lea sieht ihn ungläubig an und erhebt sich ebenfalls. Sie sehen sich lange in die Augen und lächeln sich an. Sanft streicht er ihr eine Haarsträhne aus dem Gesicht und schliesst sie langsam in die Arme.

«Lass uns was trinken gehen», wispert Susä aufgeregt und zieht Lenny aus dem Molino, «Das haben wir uns redlich verdient.»

Liebe auf den ersten Sip

Als die schüchterne und zurückhaltende Tiffany in der Apotheke auf den unauffälligen Ufuk trifft, stellte sich deren beider Leben ganz plötzlich auf den Kopf. Mit dem Gedanken, dass ein "Fremder" etwas von ihrer Leansucht mitbekommt, konnte sie ganz gut umgehen, aber als er auf ihrer Geburtstagsparty auftauchte, änderten sich ihre Ansichten und sie bat ihn darum das Ganze für sich zu behalten. Aus dem einen Partygespräch wurde schnell mehr und bei beiden drehte sich die Welt nach und nach nur noch um den Anderen. Wie in jeder normalen Beziehung gab es auch bei den beiden Ärger im Paradies. Ufuk stellte immer mehr in Frage, dass deren gemeinsamer Freund wohl mehr sein könnte als ein guter Kumpel. Endlich schien alles wieder perfekt, kam plötzlich eine Entscheidung auf Ufuk zu, die für die beiden alles hätte verändern können. Ein Wochenende in der Türkei hätte Klarheit bringen sollen, doch die schöne Zeit hielt nicht ewig. Tiffany war ausser sich, als sie hörte, dass Ufuk in die Türkei hätte ziehen sollen. Wie hatte sich Ufuk entschieden und hielt deren Beziehung dem Druck stand?

Klasse A3c mit Manuele Terzi

Kapitel 1:   Svenja Spadin

Kapitel 2:   Annika Wennberg und Lea Füglistaler

Kapitel 3:   Ezinne Uhlemann und Leila Bejtovic

Kapitel 4:   Cole Merlotto und Tim Heer

Kapitel 5:   Fabio Bozzi und Noah Thoma

Kapitel 6:   Jérémy Bockermann und Raffael Casutt

Kapitel 7:   Alessia Rico und Vanessa Rattà

Kapitel 8:   Dominik Simon und Elias Eymann

Kapitel 9:   Stefanie Moroni

Kapitel 10: Kim Eschenmoser und Zoe Debrunner

Kapitel 1

Sie legte die drei Flaschen auf den Tresen und hoffte innständig, dass niemand es sah. Aus dem Augenwinkel bemerkte Tiffany, wie sich ein junger Mann mit dunklen Locken neben sie stellte und nachdenklich die Menge an Hustensaft beäugte, die sie eben gekauft hatte. Nur ganz kurz hob Tiffany den Blick und sah ihm direkt in die Augen, aber schon ein paar Sekunden später, drehte sie sich weg und lief hastig aus dem Laden.

Am nächsten Tag hatte sie Geburtstag und verkündete, dass es am Abend bei ihr zuhause eine Party geben würde. Rin kam um die Ecke und gesellte sich zu ihr: „Hey, wie geht's dem Geburtstagskind?" „Ziemlich gut, du kommst doch auch zu meiner Party heute, oder?", fragte sie mit einem Lächeln, und er nickte bestätigend. Sie war wirklich froh einen so guten Freund zu haben wie Rin.

Die Schule verging wie im Flug und sie war erleichtert, dass sie noch Zeit hatte die Party vorzubereiten. Die ersten Gäste trafen schon früh ein und das Haus füllte sich nach und nach. Als Rin eintraf, bemerkte sie den Typen neben ihm und erkannte ihn auch sofort wieder: der Junge aus der Apotheke. Sie ging auf die Jungs zu, in der Hoffnung, dass Rins Kumpel sich nicht an ihr Gesicht erinnerte. Sie war noch nicht ganz bei den beiden angekommen, da rief Rin ihr zu, sie habe sich mal wieder selbst übertroffen mit der Party. Sie begrüsste ihn und sah daraufhin den Jungen neben ihm fragend an. Er sagte freundlich: „Hey, ich bin Ufuk." „Hi, Tiffany", antwortete sie zurückhaltend. Sie war noch nie jemand gewesen, der oft mit Fremden spricht oder sich gerne ins Rampenlicht stellte.

Rin hatte sie damals durch einen Zufall kennengelernt, als sie neu nach Kreuzberg gezogen war. Eines Tages stand er einfach an ihrer Tür und forderte sie auf mit ihm ins Schwimmbad zu gehen. Sie ging aus Anstand mit und so entstand eine gute Freundschaft zwischen ihnen.

Etwas später, als sie oben auf der Dachterrasse sass, hörte sie hinter sich das Kies knirschen. Sie drehte sich um und sah Ufuk auf sie zugehen. Er lächelte ihr zu und setzte sich neben sie auf die Bank. Sie sassen lange schweigend nebeneinander, bis er endlich das aussprach, was sie sich schon den ganzen Abend beschäftigte: „Du warst das heute in der Apotheke mit dem Hustensaft, nicht wahr?" Sie schwieg und atmete schwerfällig aus, was für ihn schon Antwort genug war. „Rin weiss nichts davon. Er glaubt, dass ich dich zum ersten Mal sehe.", als er den Satz beendet hatte, drehte sie sich zu ihm und sah ihn bittend an: „Kannst du es vielleicht auch in Zukunft für dich behalten, da wäre ich dir sehr dankbar." Ufuk lächelte ihr versichernd zu und meinte: „Klar, ich werde es keinem sagen. Aber darf ich fragen wieso?" Sie sah betreten auf ihre Füsse: „Ich habe einige Probleme, aber wenn es dir nichts ausmacht, möchte ich es gerne für mich behalten. Nicht, weil ich dich erst kurz kenne. Ich spreche nie mit jemandem über meine Sorgen.", antwortete sie sanft und etwas unsicher, weil sie nicht wollte, dass er es persönlich nimmt und verletzt ist, denn sie mochte ihn irgendwie. Ufuk merkte schnell, sie sprach nicht gerne über private Dinge. Das akzeptierte er und hakte auch nicht mehr nach.

Sie sassen noch lange dort und unterhielten sich über ihre Interessen und Familien. Tiffany fing bald an zu zittern vor Kälte und da er keine Jacke hatte, setzte er sich etwas näher zu ihr und legte den Arm um ihre Schultern.

Die Zeit verging leider viel zu schnell und ohne, dass sie es merkten, leerte sich das Haus. Erneut hörten sie Schritte hinter sich, drehten sich aber nicht um, um nachzusehen. Sie erkannten Rins Stimme sofort: „Tiffany, es sind schon fast alle weg. Wir sollten uns auch auf den Weg machen. Ufuk, kommst du?" Ein kläglicher Blick huschte über Tiffanys Gesicht. Sie realisierte erst jetzt, dass sie noch das ganze Haus aufräumen musste. Ufuk drehte sich um und meinte entschuldigend, dass er ihr noch helfen will. Die Jungs verabschiedeten sich und Tiffany begann aufzuräumen. Er gesellte sich zu ihr, war sich aber nicht sicher, ob er nochmal versuchen soll sich mit ihr zu unterhalten. Er entschied sich dafür einfach gar nichts zu sagen, denn Tiffany sah nicht wirklich so aus als wollte sie jetzt mit jemandem sprechen.

Als das ganze Haus wieder etwas besser aussah, wagte Tiffany einen Blick auf die Uhr und war überrascht wie spät es schon war. „Wie willst du eigentlich nachhause kommen?" Ufuk hob die Schultern und fing an seine Sachen zu packen. "Naja, ich werde wohl so gehen wie ich gekommen bin, zu Fuss.", sagte er und grinste sie süss an. Dieses Grinsen hatte eine stärkere Wirkung auf sie, als jemals etwas Anderes. Sie musste irgendetwas machen oder sagen, damit er nicht dieses Haus verlies:

„Nein, warte, du kannst doch nicht so spät nachhause laufen." Er sah sie verwundert an und fragte sie: „Was soll ich den deiner Meinung nach machen, ausser nachhause zu gehen?" Sie nahm sich ihren kleinen Vorrat an Mut zusammen und versuchte so locker wie möglich zu klingen: „Du kannst bleiben, wenn du willst." Sie warf einen Blick aufs Sofa, wo noch Abfall herumlag. Ufuk überlegte kurz, ob das auch wirklich eine gute Idee war, stimmte dann aber trotzdem zu. Er schrieb eine kurze Nachricht an seine Mutter und folgte ihr ins obere Stockwerk. Sie führte ihn zum Gästezimmer, gab ihm Zahnbürste, ein Shirt ihres Vaters und vergewisserte sich erst noch ob er auch wirklich alles hatte, obwohl sie eher wegen ihm als der Sachen Wegen bei ihm bleiben wollte. Er wünschte ihr eine gute Nacht und dann ging auch sie ihn ihr Zimmer.

Am nächsten Morgen wachte Ufuk spät auf. Er dachte an die Party und musste lächeln. Noch nie hatte er ein Mädchen kennengelernt, das wie Tiffany ist, auf jeden Fall keines, dass sich freiwillig mit ihm unterhielt. Als Türke war man nun mal nicht so beliebt bei hübschen, deutschen Mädchen und das, machte sie noch um Weiten interessanter. Tiffany hatte ihm total den Kopf verdreht. Nur schon die Tatsache, dass er bei ihr übernachtet hatte, hinterliess ein angenehmes Kribbeln in seinem Magen. Er zog sich sein Shirt vom letzten Abend an, ging in die Küche und setzte sich an den Tisch wo Tiffany schon wartete. Sie da sitzen zu sehen, mit ihrem freundlichen, einladenden Lächeln auf den Lippen, liess sein Herz höher schlagen. Tiffany reichte ihm ein Glas Orangensaft und begrüsste ihn grinsend. Er sah sie dankbar an und konnte nicht anders als zu lächeln „Ich sollte mich nachher langsam auf den Weg machen, nicht damit sich meine Mutter noch Sorgen macht." Sie sah ihn an und nickte, wenn auch etwas traurig, dass es schon vorbei war: „Ja klar, meine Eltern kommen auch bald zurück, dann sollte das Haus, bis auf mich, leer sein."

Sie entsorgten noch den letzten Müll, der herumlag, dann schnappte sich Ufuk seine Jacke und wollte sich verabschieden da nahm er seinen Mut zusammen und fragte sie nach ihrer Nummer. Tiffany schien sich über die Frage zu freuen und tippte sie bereitwillig in sein

Handy ein. Sie umarmten sich zum Abschied und er versprach, dass er ihr schreiben würde. Dann war das Haus wieder leer und Tiffany dachte an ihn, mit der Hoffnung, dass sie ihn wiedersehen würde.

Kapitel 2

Ein Surren ertönte. Tiffanys Blick sprang zu ihrem Handy, welches auf dem sauber gemachten Bett lag. Auf ihre Hausaufgaben, welche vor ihr auf dem Schreibtisch lagen, konnte sie sich momentan nicht konzentrieren. Mit ihrem Schreibtischstuhl rollte sie zu ihrem Bett hinüber und nahm erwartungsvoll ihr Handy in die Hand. Was sie auf ihrem Handybildschirm sah, brachte sie zum lächeln. Die schon lang ersehnte Nachricht von Ufuk hatte sie erreicht. Erwartungsvoll klickte sie die Nachricht an. „Die Party war echt schön". Sie konnte gar nicht aufhören zu lächeln. Ein Klopfen an der Tür hielt sie gerade noch vom Zurückschreiben ab. Hastig versteckte sie ihr Handy unter dem Kopfkissen. "Tiffany! Du weisst ‚dass dein Vater und ich erneut übers Wochenende ein Geschäftsmeeting haben und deshalb nicht hier sind?" "Ja klar", erwiderte sie schnell und distanziert. Ihre Mutter verliess mit schüttelndem Kopf ihr Zimmer. Keine Sekunde nachdem ihre Mutter ihre Zimmertüre hinter sich geschlossen hatte, nahm sie ihr Handy wieder in die Hand und drückte auf den Homebutton nur um die Wörter "offline" erkennen zu lassen. Fuck. Innerlich verfluchte sie sich gerade.

Warum hatte sie die Chance nicht genutzt und ihm einfach zurückgeschrieben. Zwar hätte sie wahrscheinlich richtig Ärger dafür bekommen, aber wenigstens hätten ihre Eltern dann mal ein paar Worte mit ihr gewechselt. Immer wurde von ihr verlangt das perfekte kleine Mädchen zu sein. Ohne jegliche Makel und Ausrutscher. Ihre Eltern waren nie zuhause und wenn schon, meckerten sie nur und ein Lob war selten bis gar nie zu hören. Sie hörte wie die Haustür halb zugeschmettert wurde, das Garagentor geöffnet und das Firmenauto ihrer Eltern davonfuhr. "Endlich Ruhe und mal kein Geschrei", flüsterte sie, obwohl sie auch so laut sein könnte wie sie wollte. Es hörte sie ja eh niemand. Sie raffte sich vom Bett auf, zog sich ihren dunkelblauen Lieblings Pulli über und rannte die Treppe runter, in die Küche. Schnappte sich ein paar Kekse, die noch offen auf der Theke lagen und eine Dose Cola aus dem Kühlschrank. Sie hetzte die Treppe zum Dach hinauf, wo sie öfters sass und über alles nachdachte. Von dort hatte man eine wunderschöne Aussicht über die Stadt und konnte die Gedanken schweifen lassen. Im Moment hatte sie ja genug zum Nachdenken. Vor allem natürlich über Ufuk, welcher momentan gerade zuhause mit seiner Gitarre in der Hand auf dem Balkon der kleinen Innenstadtwohnung sass und versuchte krampfhaft ein neues Lied zu komponieren. Die Autos unter ihm auf der Strasse hupten und waren laut.er konnte sich nur schlecht konsentrieren. Unbedingt wollte er über Tiffany, die er vor ein paar Tagen auf ihrem Geburtstag getroffen hatte, ein Lied schreiben. Die ihm seit dem Treffen nicht mehr aus dem Kopf ging. Rin war irgendwie schon ein Match Maker. Der fand immer Wege irgendwen mit irgendwem zu verkuppeln. "Ach was, scheiss drauf. Ich ruf sie jetzt einfach an". Er stand auf, ging hinein ins kleine Wohnzimmer und legte seine Gitarre sanft auf das schon etwas abgenutzte , braune Ledersofa, welches im Wohnzimmer stand. Ufuk nahm sein

Handy aus der Hosentasche und rief Tiffany an. Aber warum? Er hatte ihr eigentlich gar nichts zu sagen. Vielleicht wollte er einfach nur ihre Stimme hören, oder vielleicht wollte er, dass sie dachte er sei interessiert. Naja, er wusste es doch selber nicht. Er klickte auf das noch offene Chat Fenster von ihnen und dann auf das Telefonsymbol. Es rang für etwa fünf Sekunden und er wollte es sich schon anders überlegen als eine helle angenehme Stimme abnahm. " Hi Ufuk, ich habe schon gehofft das du mich anrufst" sagte sie fast flüsternd. "Hast du?" fragte er, als er wieder auf den Balkon hinauslief. "Ja". Stille trat ein, aber nicht die normale Stille, sondern eine angenehme und beruhigende Stille. Man hörte nur das zirpen der Heuschrecken und das leichte Atmen am Ende der Telefonleitung. "Ist was?" fragte sie nach fast einer vollen Minute. "Ähem, ja genau, was ich dir sagen wollte war, ob du vielleicht bald mal irgendwie halt..." "Ja?" "Ja sorry, was ich fragen wollte war, ob du vielleicht mal was unternehmen willst, mit mir?", sagte Ufuk mit einer Stimme die ganz danach klang, als würde er jetzt gerade im Boden versinken wollen. "Klar, gerne würde ich das machen.", antwortete sie. Puuh, er stöhnte vor Erleichterung auf. Ein Lachen ertönte auf der anderen Seite der Leitung. "Hast du ein Nein erwartet?", lachte sie immer noch. Hatte er das? Irgendwie schon. "Ähem ja wann hättest du Zeit?", fragte er. "Wie wärs mit morgen so um 14 Uhr?" antwortet sie nach kurzem Überlegen. "Ja passt! Wo treffen wir uns?", fragt er. "Wir können doch zum Tierpark gehen" schlug Tiffany vor. "Super Idee. Also morgen um 14 Uhr " stimmte er ein. "Jap., wir sehen uns dann morgen" erwiderte sie und legte schnell auf.. Sie nahm einen langen Zug und atmete den Rauch dann ganz langsam in die kühle Sommernacht hinaus. Eine warme Brise war zu spüren als sie sich den morgigen Tag, immer und immer wieder in ihrem Kopf abspielen liess. Beim Frühstück hing Ufuk mal wieder an seinem Handy und schrieb mit Tiffany. "Digga hast du dich rasiert?" fragte Data grinsend und haftete mit seiner Hand an Ufuks Backe. "Alta lass doch" sagte er genervt und schlug Datas Finger weg. "Lass es Data" sagte seine Mutter als sie sich gerad an den Tisch setzte. "Weisst du wenn man älter wird dann wirst du solche Sachen auch machen müssen und...". "Okayyy, jetzt reichts glaub auch", unterbrach Data genervt seine Mutter und lief in sein Zimmer. "Seni Seviyorum", sagte Ufuks Mutter, was so viel hiess wie ich liebe dich, als sie ihm durch die Haare streichelte. "Ich dich auch", antwortete er und stellte die leere Müslischale auf den Küchentisch. Er streifte sich seine Jacke über und rannte die Treppe des Hochhauses runter. Er nahm den N9 Bus und stieg bei Tiergarten aus. Beim Eingang wartete er auf Tiffany. Nervös schaute er auf die Uhr. Schon 14:20 Uhr. Vielleicht ist sie ja schon gegangen als sie auf mich gewartet hatte oder sie hat es vergessen, dachte er sich gerade als Tiffany um die Ecke gesprintet kam. "Hey. Es tut mir so leid. Ich bin zu Hause eingeschlafen und die Bahn ist ausgefallen und...".»Hey alles okay. Hol erst mal Luft sonst kippst du mir noch um" unterbrach Ufuk Tiffany belustigt; in ihrem Redeschwall. "Atme erst mal tief ein und aus.", lachte Ufuk. Jetzt musste auch Tiffany lachen. "Oh Gott es tut mir so leid. Was musst du nur von mir denken.", beschämt strich sie sich das blonde Haar aus der Stirn. "Wollen wir ein Stück gehen?" fragte Ufuk nach einer kurzen stille. "Klar", antwortete Tiffany. Die beiden schlenderten gemütlich durch den Park. Niemand sagte nur ein Wort. Sie liefen einfach nebeneinander her. "Spielst du eigentlich ein Instrument", unterbrach Ufuk die Stille. "Nee ist nicht so meins. Aber ich liebe Deutschrap über alles" sagte sie. "Hahaha, war ja klar. Leben ja auch in Berlin." lachte Ufuk lauthals. "Also jetzt aber im Ernst. Wer ist denn dein Lieblings Rapper?", fragte er. " Ja Mero! Wer denn sonst", sagte sie als wäre es so offensichtlich. "Deutschrap ist halt echt nicht so mein Ding. Ich spiel lieber Gitarre.", sagte er. Unerwartet stutzte sie kurz.

"Und du bist Türke? Hahaha", ärgerte sie ihn und gab ihm einen leichten Boxer in die Schulter. Aus dem Augenwinkel sah Tiffany wie Ufuks Mundwinkel sich zu einem leichten lächeln formten. So wie sie da nebeneinanderliefen könnte man sie schon fast als ein Paar durchgehen lassen. Erst jetzt bemerkte sie die leichten Sommersprossen auf seiner rosigen Backe und die einzelnen braunen Haarsträhnen die ihm ins Gesicht hingen. "Willst n`Eis?", fragte Ufuk Tiffany als er den kleinen Eiswagen erblickte. "Ich hab fett Hunger". Sie grinste Ufuk an und rannte schon in Richtung des Wagens. Er sprintete ihr hinterher. Als beide ihr Eis verputzt hatten setzte sich Tiffany auf eine Bank von wo man direkt auf die vielen rosafarbenen Blumen schauen konnte. Erst jetzt bemerkten beide wie lange und wie viel sie schon gelaufen waren. "Schon fast sechs Uhr", informierte er Tiffany, mit einem Blick auf sein Handy. "Haben wir ja noch ein bisschen Zeit zusammen", entgegnete sie ihm. Er setzte sich neben sie auf die Bank, als sie ihren Kopf auf seine Beine legte und die Augen schloss. Tiffany liess sich die, durch die Bäume strahlende Sonne auf ihr Gesicht scheinen. Sie genoss diesen Moment. Das Hier und Jetzt. Die Stille. Seine Wärme. Es war so als hätte jemand die Zeit für die beiden angehalten. Schnell wechselte sich Ufuks Überforderung in Entspannung und er legte seine Hand auf Tiffanys Kopf und strich mit seinen Fingern durch ihre Haare. Als Tiffany sich abrupt aufsetzte blickte sie urplötzlich in ein paar Dunkelbraune Augen. Wie hypnotisiert starrten sie sich an. Nicht lange. Aber es fühlte sich an wie eine Ewigkeit. Sein Blick haftete sich auf ihre Lippen und er überwand noch die letzten wenigen Millimeter zu ihren Lippen. Alles dreht sich um die beiden. Die Zeit stand still. Beide lächelten als sie sich aus dem Kuss lösten. Tiffany öffnete ihre Augen und blickte in die seinen. Sie brauchten keine Worte. Nach einiger Zeit unterbrach Tiffany das Schweigen. Auf Tiffanys Handy konnte man die Buchstaben R-I-N entziffern, der ihr gerade geschrieben hatte. "Oh Gott ich muss jetzt wirklich los. Ich habe die Zeit vergessen ", haspelte Tiffany ein wenig durch den Wind. Sie zuckte ihr Handy aus der Hosentasche und tippte ein kurzes, bin schon auf dem Weg, in ihr Handy. "War wirklich sehr schön mit dir", flüsterte Ufuk in ihr Ohr als er sie zur Verabschiedung in den Arm nahm. "Fand ich auch. Danke für alles.", Nuschelte sie in sein T-Shirt. Mit einem Abschiedskuss und einem Lächeln, rauschte sie auch wieder um die nächste Ecke. Als sich Tiffany mit dem Rücken zu ihm drehte, überkam Ufuk die Eifersucht. Wer hatte ihr wohl geschrieben und vor allem, warum hatte sie es nicht einfach ignoriert? War die Nachricht so wichtig oder war ihr die Person, die ihr geschrieben hatte, wichtiger als Er.

Kapitel 3

Rin hatte Tiffany vorher im Park geschrieben. Sie wusste das es sich nicht gehörte, jedoch wurde ihr im Moment einfach alles extrem zu viel. Sie nutzte die Situation aus um zu flüchten. Da Rin sie am längsten und besten von allen kannte und er über die Situation bei ihr Zuhause Bescheid wusste konnte sie auch nur mit ihm darüber reden. Rin hatte sie vorher auch gefragt wie es ihr ging, weil er sich schon denken konnte wie ihre Eltern auf die Geburtstagsparty reagiert hatten. Kurzerhand rief Tiffany Rin an. Sie fragte ihn ob sie zu ihm kommen konnte, weil es ihr momentan nicht so gut ging und sie jemanden zum Reden brauchte. Rin wollte natürlich sofort wissen was los war. Aber Tiffany wollte lieber mit ihm persönlich darüber reden.

Kurze Zeit später blieb sie vor dem großen Haus stehen, in dem Rin mit seinen Eltern wohnte. Sie klingelte und, als ob Rin auf sie gewartet hätte, öffnete er sofort die Tür. "Hi Tiffany! Komm rein". "Hi ". Tiffany ging schonmal in sein Zimmer, während er noch schnell etwas zu trinken aus der Küche holte. Während des Wartens bekam sie eine Nachricht von Ufuk in der er sie fragte was das zwischen ihnen eigentlich war. Aber Tiffany wusste es selber nicht und ignorierte seine Nachricht deshalb einfach. "Na, deine Eltern?", fragte Rin als er mit dem Wasser ins Zimmer kam. "Ja ich war einfach zu blöd. Es war ja klar das meine Eltern das mit der Party irgendwie rausfinden würden." "Und so wie ich deine Eltern kenne hast du jetzt Hausarrest bekommen." "Ja so wie immer. Meine Eltern kümmern sich einen Dreck um mich, aber wenn es um solche Sachen geht bekomme ich sofort Hausarrest", erzählte Tiffany ihm mit wachsender Wut. "Aber warum bist du dann hier und nicht Zuhause", fragte Rin. "Ich wollte mich unbedingt mit Ufuk treffen und als wir geschrieben haben war ich gerade mit ihm im Park". "Warum wolltest du denn mit mir reden, wenn du doch mit deinem Freund draußen warst. Du hättest ja auch mit ihm reden können." "Nein, das hätte ich eben nicht. Ich habe nämlich noch ein Problem". " Lass mich raten du hast ihm noch nicht erzählt wie deine Eltern zu Ausländern stehen?", riet Rin. "Du kennst mich einfach zu gut. Und meinen Eltern muss ich auch noch sagen das mein Freund ein Ausländer ist." Rin riet ihr, dass sie dies so schnell wie möglich hinter sich bringen sollte, bevor sie es selbst herausfanden. Nachdem er sie etwas beruhigt hatte kam er auf eine Idee. " Tiffany wir könnten doch ins Freibad gehen, damit du mal auf andere Gedanken kommst", schlug er vor. Tiffany fand dies auch eine gute Idee, da sie in letzter Zeit zu viel nachgedacht hatte und ihren Kopf mal freikriegen wollte. Also machten sie sich kurz darauf mit dem Auto von Rin auf den Weg ins Freibad. Währenddessen war Ufuk auch schon zuhause angekommen und wurde erstmal von seinem Bruder Data zu gelabert, welcher sich eine neue Frisur schneiden lassen wollte und ihm die ganze Zeit irgendwelche Bilder von coolen Haarschnitten zeigte und ihn nach seiner Meinung fragte. Genervt ging er erstmal in sein Zimmer. Dort konnte er jedoch nur die ganze Zeit darüber nachdenken mit wem Tiffany wohl geschrieben hatte. Und ob es vielleicht sogar ein Junge gewesen war. Dies nervte ihn selbst irgendwann so sehr, dass er beschloss doch ins Schwimmbad zu gehen, weil der Eintritt heute frei war. Er konnte sich das Schwimmbad meistens nicht leisten und wollte somit jede Gelegenheit nutzen. Tiffany wollte er nicht fragen da er im Moment einfach mal eine kleine Pause brauchte. Darum fragte er seinen Bruder Data, der auch sofort zustimmte.

Ufuk und Data waren mittlerweile im Freibad angekommen. Sie legten ihre Handtücher auf die angrenzende Wiese und sprangen direkt ins Wasser. Als nächstes gingen sie auf das 5 Meter Brett. Als sie oben standen meinte Data plötzlich: "Ey Ufuk ist das da drüben nicht dein Freund?" Ufuk hob seinen Blick und sah in die Richtung, in welche Data deutete. Dann entdeckte er seinen Freund Rin den Data gemeint hatte. Er wollte ihm gerade antworten als er stockte. Was er sah ließ ihn für einen Moment erstarren. Tiffany lag direkt neben Rin auf dem gleichen Handtuch und sie schienen sich gut zu unterhalten. Dies machte ihn rasend vor Wut. Ohne seinem Bruder zu antworten sprang er vom Sprungbrett und stieg aus dem Becken. Er lief geradewegs auf die zwei zu. Eine leise Stimme in seinem Hinterkopf sagte ihm das er gar kein Recht dazu hatte eifersüchtig zu sein, weil sie ja gar nicht zusammen waren. Aber dies interessierte ihn im Moment nicht. Bei der Wiese angekommen baute er sich vor den beiden auf und blitzte sie wütend an. Er versuchte seine Stimme ruhig zu halten was ihm nicht ganz gelang " Tiffany was machst du zusammen mit Rin hier?" fragte er. Erst als Ufuk angefangen hatte zu sprechen bemerkte sie ihn. Er sah etwas wütend aus, aber sie dachte sich noch nichts dabei. Rin hatte ihn jetzt auch bemerkt und stellte sich hin um ihn mit einem Handschlag zu begrüßen. Doch Ufuk ignorierte seine Hand einfach und schaute weiterhin Tiffany an. Tiffany jetzt etwas verunsichert stellte sich ebenfalls hin und sagte: "Hey Ufuk ich habe dich gar nicht gesehen. Rin und ich wollten einfach mal ins Freibad gehen." auch Rin bemerkte Tiffanys Unsicherheit und war selbst erstaunt, dass Ufuk ihn einfach ignoriert hatte. Also fragte er: "Hey Ufuk ist irgendwas passiert du siehst so wütend aus?" Dies machte Ufuk noch wütender, denn für ihn war es ganz klar was passiert war. Er ignorierte Rin weiterhin und fragte Tiffany ob sie kurz unter vier Augen sprechen könnten. Tiffany schaute ihn besorgt an willigte aber ein. Sie gingen ein paar Schritte weg und Ufuk fragte sie einfach gerade heraus "Tiffany läuft etwas zwischen dir und Rin?" Sie schaute ihn erschrocken an und fragte: "Nein wie kommst du darauf?" "Na weil du sehr viel mit ihm unternimmst und mir nicht darauf geantwortet hast als ich gefragt habe was das zwischen uns eigentlich ist." Sie erklärte ihm das zwischen ihr und Rin nichts lief. Sie erzählte ihm, dass sie verwirrt und ein wenig überfordert war mit der ganzen Situation und sich deshalb von ihm Distanzierte.

Nach dem Besuch im Freibad fuhr Rin Tiffany nachhause. "Hast du alles mit Ufuk geklärt?", fragte Rin Tiffany als sie um eine Ecke bogen. "Ja, wir beide waren einfach verwirrt, aber ich glaub wir sind jetzt schon in einer festen Beziehung", sagte Tiffany mit einem Grinsen. "Awww so cute" antwortete Rin Tiffany. "Ufuk ist echt toll und weiß wie man ein Mädchen behandelt". Das Auto hielt kurz vor Tiffanys Haus an und sie öffnete die Tür, um auszusteigen. Rin rollte das Fenster runter und verabschiedete sich von Tiffany. "Junge du rettest echt leben", sagte Tiffany als sie sich Umdrehte und Rin noch einmal einen freundschaftlichen Luftkuss zu schmiss.

Ufuk und Data waren auch schon zuhause angekommen. In seinem Zimmer langweilte Ufuk sich nur darum beschloss er sich bei Rin zu entschuldigen. Er schrieb ihm, dass es ihm leid tut ihn beschuldigt zu haben. Rin fragte Ufuk auch noch ob er jetzt eigentlich mit Tiffany zusammmen ist. Ufuk sagte das er es nicht genau was aber er schon denkt das sie jetzt so etwas wie eine Beziehung haben. Glückwunsch Alter.

Kapitel 4

Pläne für die Zukunft Kapitel 4 Tiffany wollte in ihr Zimmer, ohne dass ihre Eltern es bemerken, jedoch fiel es ihnen schnell auf. „Wo warst du Tiffany." Sie schaute ihre Eltern trotzig an und erklärte ihnen: „Ich habe einen

Freund, er ist Türke." Die Eltern von Tiffany fanden es schlimm, dass Tiffany mit einem Türken zusammen war. Sie waren geschockt und haben ihr gesagt, dass sie mit Rin zusammen sein solle. Doch Tiffany weigerte sich mit Rin zusammen zu sein. Trotzdem traf sie sich mit Ufuk im Görlitzerpark. Sie begaben sich auf eine Parkbank. Dort begannen sie über ihre Zukunft zu reden. Ufuk erzählte, dass er einmal berühmt werden wolle und mit dem Geld, das er verdienen werde, ein Haus für sich und Tiffany kaufen wird. Ufuk möchte mit Tiffany zu seinem Vater in die Türkei, um ihn zu besuchen und zu helfen. Tiffany erzählte ihm, dass ihre Eltern von dieser Idee nicht begeistert sein werden. Doch sie wollte unbedingt mit Ufuk in die Türkei. Was schon klar ist, dass sie mit dem Flugzeug in die Türkei fliegen und das mit Turkish Airlines. Plötzlich wechselte Tiffany das Thema. Sie erzählte, dass ihre Eltern an einem Wochenende weg seien und sie mit Ufuk etwas unternehmen will. Nach dem sie Ideen, wie zum Beispiel, ins Kino oder in den Park gehen, kamen sie auf die Idee, dass sie an diesem Wochenende das erste Mal haben wollen. Ein wenig später kam Ufuks Bruder Data mit seiner Ziege vorbei. Er kam zum richtigen Zeitpunkt, weil Tiffany sowieso nach Hause musste. Da sie noch Hausaufgaben zu erledigen hatte. Data band seine Ziege an den Baum neben der Parkbank fest und setzte sich zu Ufuk. Data fragte seinen Bruder, ob er einmal in einem Song mitmachen darf, da er ein grosser Fan von seiner Musik ist. Ufuk beichtete ihm, dass er sowieso den Plan verfolgte, einen neuen Song zu machen und er sehr gerne mal mitmachen darf. Doch Ufuk warnte ihn, dass einen Song zu machen sehr viel Zeit kostet. Vielleicht war es nicht die beste Idee, dass Data schon mit 15 einen Song machte, weil er noch in die Schule ging und dort sehr viele Hausaufgaben erledigen musste. Data liess sich aber von Ufuk nichts einreden und wollte schon möglichst bald einen eigenen Teil in seinem Song haben. Ufuk stand auf und sagte zu Data: „Lass in die Apotheke gehen, um Hustensirup zu kaufen." Sie waren schon ausserhalb des Parks, als Data bemerkte, dass er seine Ziege vergessen hatte. Also ging er allein die Ziege holen, Ufuk wartete solange am Strassenrand auf ihn. Während dem Data seine Ziege holte, fuhr Rin auf der Strasse mit seinem AMG vorbei. Doch er hielt nicht an, um Ufuk zu begrüssen, stattdessen fuhr er einfach weiter. Ein wenig später kam sein Bruder wieder. Während sie Richtung Apotheke liefen, fragte Data ob er überhaupt jemanden hätte der seine Beats macht oder ob er das auch selbst machen werde. Ufuk antwortete: „Am Anfang möchte ich alles selbst machen." Er erzählte auch noch von seinem Ziel, er wollte irgendwann sein eigenes Label haben, aber das würde noch lange dauern. Data möchte unbedingt Braids machen für das Musikvideo. „Wie würdest du das finden?" fragte Data seinen Bruder. Ufuk blieb stehen und antwortete: „Ja Bro geile Idee, aber wie willst du das unserer Mutter sagen?

Die wird das sicher nicht unterstützen." Nach Ihrem kurzen Gespräch begaben sie sich weiter Richtung Apotheke. Als sie bei der Apotheke ankamen, sahen sie das Auto von Rin auf dem Parkplatz. Ufuk fragte sich: „Was der denn da machte?" Sie sahen ihn nicht in der Apotheke, was Ufuk ein bisschen verwirrte. Da es schon spät war, hatte nur noch eine Kasse offen. Ufuk bemerkte, dass er nicht genug Geld hatte und sagte seinem Bruder: „Steh schon einmal an, ich komme gleich wieder." und verlies die Apotheke. Als er um die Ecke ging sah er Rin auf dem Boden mit dem Hustensirup in der Hand. Ufuk rief: „Rin was machst du da?" Rin antwortete geschwächt: „Mir geht es nicht gut, ich habe starke Halsschmerzen." Ufuk fragte ihn, ob er ihm 40 Euro leihen würde. Daraufhin zückte Rin seine Geldbörse raus und gab Ufuk 40 Euro. Rin sagte Ufuk, dass er das Geld morgen wiedersehen möchte, da er noch etwas bezahlen musste. Ufuk bedankte sich und ging wieder zu seinem Bruder zurück, der schon lange in der Apotheke auf ihn wartete. Ufuk wusste nicht wie er das Geld auf morgen beschaffen sollte. Als sie den Hustensirup gekauft haben und sich wieder Richtung Görlitzerpark machten, hatte er eine geniale Idee. Er sagte seinem Bruder, dass er schnell hinter den Baum etwas erledigen muss. Er rief Tiffany an und sagte ihr: „Hey Baby, kannst du mir vielleicht 40 Euro geben?" Daraufhin antwortete sie ihm: „Klar, komm noch schnell vorbei, dann kann ich sie dir geben." Ufuk ging wieder zu Data zurück und sagte ihm, dass er jetzt nach Hause gehen sollte, da er noch etwas erledigen musste. Data verabschiedete sich und machte sich mit seiner Ziege auf den Weg nach Hause. Ein paar Minuten später kam Ufuk an der Villa von Tiffany an. Er klingelte und sie machte die Türe auf. Sie umarmten sich und gaben sich ein Kuss. Anschliessend gab Tiffany Ufuk 40 Euro. Er bedankte sich nochmal und verabschiedete sich bei Tiffany. 15 Minuten später erreichte er seine Wohnung. Seine Mutter war schon am Schlafen. Sein Bruder war allerdings noch wach und hörte Musik. Seine Ziege lag neben seinem Bett und schlief auch schon. Ufuk ging in sein Zimmer und fragte: „Hast du die Idee mit den Braids unserer Mutter gesagt?" Data machte die Musik leise und antwortete: „Nein, noch nicht." Ufuk sagte nichts und ging in sein Zimmer schlafen.

5. Kapitel

«Nein Tiffany, er ist ein Ausländer,» sagte die Mutter. Tiffany läuft enttäuscht auf ihr Zimmer. Nachdem Tiffany auf ihr Bett sprang rufte sie Ufuk an. Sie erklärte ihm was ihre Mutter von ihm haltet. Ufuk war sehr geschockt von den Aussagen. Ufuk fragte wie es mit der Beziehung weiter geht doch Tiffany wollte es ihm persönlich erzählen. Sie sagte ihm wir treffen uns um 18:00 im Görlitzerpark. Es ist 18.00 Uhr, Tiffany kommt mit 15 min Verspätung. Tiffany bekam eine dicke Umarmung von Ufuk und einen kleinen Kuss als Begrüssung. Sie

kam auf die Idee das Thema mit ihren Eltern anzusprechen: «Ufuk, meine Eltern mögen keine Ausländer.» Er
war sehr geschockt und antwortete nicht. Tiffany probierte es ihm zu erklären, doch Ufuk wollte es nicht verstehen. Dah er ein sehr sensibler Mensch ist kamen ihm
die Tränen. Tiffany wusste nicht was sie sagen soll und
umarmte ihn. Ufuk war sehr traurig und fragte sie: « Wie
geht das jetzt weiter mit uns?» «Scheiss auf alle, die
bestimmen nicht unser Leben!» rief Ufuk. Er sagte « Ich
liebe dich Tiffany, egal was alle sagen.» Tiffany`s Ge-
sicht wurde Rot und sie küsste Ufuk. Als sie spazieren
gingen, sahen sie Rin. Sie sprachen mit ihm was die
Eltern von Tiffany über Ufuk denken. Rin war
entsetzt. ,,Was haben deine Eltern gesagt" Rin konnte
es nicht fassen. Er kannte Tiffany sehr gut und er wusste wie sehr tiffany ufuk liebte. Rin versuchte die Sache
ein bisschen zu beruhigen und redete mit Ufuk und Tiffany. Rin nahm Tiffany und ihn in den Arm und drückte
sie. Tiffany und Ufuk wahren sehr verliebt und wollten
sich auf   keinen fall trennen. Tiffany entschloss sich den
Eltern zu sagen sie habe Schluss gemacht, obwohl sie
noch mit Ufuk zusammen ist. Nachdem treffen im Görlitzerpark entschieden sie sich etwas essen zu gehen.
Sie gingen in das berühmte Restaurant Asador, in Berlin
Kreuzberg. Ufuk konnte es sich nicht leisten, also lud
Tiffany ihn ein. Sie setzten siech und sprachen nochmals über das Thema: Du sag mal warum haben deine
Eltern etwas gegen Ausländer, die kennen mich ja nicht

einmal." ,,Weisst du Ufuk meine Mutter findet, die wollen nur das Arbeitslosengeld und auf Kosten anderer Leben." Ufuk wollte es nicht verstehen warum man ein Hass auf solche Menschen hat. ,, Ufuk ich glaube meine Eltern müssen irgendwo ihren Frust auslassen und dann gegen Ausländer zu hetzen, hilft ihnen dabei." Data lief in Ufuks Zimmer du fragte: ,, Können wir zusammen ein Lied aufnehmen?" Ufuk schaute ihn an und sagte: ,,Können wir Bro." Data war sehr glücklich, er wollte schon lange Rapper werden und endlich konnte er ein Lied mit Ufuk aufnehmen. Data wollte unbedingt ein Lied über das Getränk Fiji machen. Er trank es sehr gerne weil es aus einer speziellen Quelle kam. Sie schrieben 5 Stunden lang an dem Text bis alles sauber sitze. Nach dem sie das Lied fertiggestellt hatten, fragte Data, Ufuk : ,,Ey bro sag mal was ist mit Tiffany?" Ufuk antwortete: ,, Bruder ich weis es nicht, niemand weis es, die Liebe ist etwas voller Überraschungen, du weisst nie was auf dich zukommt."

,,Was meinst du damit, lauft alles nach Plan?" erwiderte Data. :,,Du kannst keine Beziehung planen bro, morgen wollt ihr heiraten, übermorgen wollt ihr Schluss machen und 3 Stunden später ist wieder alles perfekt."

Es war 10 Uhr morgens und Ufuk sah die ersten Sonnenstrahlen durch seine Gardinen leuchten. Er ging in die Küche und bereitete sich essen vor. Plötzlich klingelte es an der Tür, es war Rin. Ohne was zu sagen ging er rein, setzte sich und fing an zu reden: ,, Hör mir zu

Ufuk, das mit Tiffany kann so nicht weiter gehen. Wir müssen etwas unternehmen damit diese Vorurteile aufhören."

,,Was schlägst du vor?" Rin sagte: ,, Wir müssen ein Essen organisieren, wo Tiffany mit ihrer Familie und du mit deiner Familie kommen." Ufuk wurde misstrauisch ob das funktionieren würde. Rin ging schon wieder und sagte: ,, Denk drüber nach bro!!"

Kapitel 6

Ufuks Mutter nervte ihn schon Wochen lang, dass er Tiffany zum Essen einladen soll. Ufuk möchte das lieber nicht, weil er dachte, dass seine Mutter nichts von Tiffany hält. Nach einer Unterhaltung war Ufuk doch damit einverstanden, dass seine Mutter Tiffany kennenlernt. Sie wollten in das Restaurant Spindler & Klatt. Tiffany erzählte es ihren Eltern, aber sie hielten nichts von dieser Einladung. Ihre Eltern sagten, dass sie nicht hingehen darf, weil sie etwas gegen Ausländer haben. Da sie aber unbedingt hingehen wollte, ist sie aus dem Haus geschlichen. Tiffany hat es geschafft zum Essen zu gehen, ohne dass ihre Eltern es bemerkt haben. Als sie dann im Spindler & Klatt ankam ging es ihr schon besser. Die Mutter von Ufuk verstand sich direkt mit Tiffany und sie unterhielten sich intensiv. Ufuk hatte nicht wirklich die Chance auch nur mit einer der beiden Frauen ein Gespräch zu führen. Sie unterhielten sich über alles und Ufuks Mutter war nun sehr positiv eingestellt gegenüber Tiffany. Sie war jedoch empört was die Meinung der Eltern von Tiffany gegenüber den Ausländern war. Sie wollte eigentlich die Eltern von Tiffany einladen, hielt das dann jedoch nicht für eine gute Idee. Als Ufuk dann endlich zur Rede kam waren sie alle schon beim Dessert. Ufuk bezahlte den aus seiner eigenen Tasche und das für alle. Ufuks Mutter ging kurz zur Toilette und da hatte Ufuk die Chance mit Tiffany zu sprechen. Tiffany gestand ihm: "Meine Eltern wissen nicht das ich draussen bin, sie denken ich bin zuhause im Bett". "Wenn deine Eltern das herausrausfinden werden sie dich nie mehr Ausgehen lassen", sagte Ufuk und wusste nicht mehr was er weiter dazu sagen soll. Gedanken drehten sich in seinem Kopf. Sie belog ihre Eltern für ihn. Noch nie hatte ein Mädchen sowas getan, nur um ihn zu sehen. Er merkte Tiffany war es ernst. Er wollte sie darauf küssen, doch da kam seine Mutter zurück. Sie assen ihr Dessert und Ufuk bezahlte. Als sie draussen waren sagte Tiffany Ufuks Mutter gute Nacht und Ufuk begleitete sie noch nachhause. Als sie dann ihn ihrem Bonzenviertel ankamen, küssten sie sich noch und Tiffany stieg durch das zuvor offengelassene Fenster. Als Ufuk sich umdrehte und zur nächsten Kreuzung ging stand dort Rin. "Was machst du um diese Zeit hier Bro". "Hab noch Tiffany nachhause begleitet, und du?". "Hab Stress mit meinen Eltern". Darauf verabschiedeten sie sich und gingen nachhause. Als Ufuk zuhause ankam, hörte er laute Schreie aus der Küche.

Er ging in die Küche und sah wie seine Mutter Data anschrie. Aber etwas war anders an Data. Es waren seine Haare, er hatte sich Braids machen lassen, was auch der Grund, der Schreie von seiner Mutter erklärte. Sie sagte, er sehe aus wie ein Drogensüchtiger und ging dann aus der Küche. Als Data Ufuk erblickte sah man auf beiden Gesichtern dasselbe Grinsen. "Sieht gut aus Bro". "Hahahaha danke Bro dacht is mal Zeit für nen neuen Haarschnitt". "Und wie war Schule"? "Joa hatte Chemie war chillig". Ihre Wege trennten sich und beide gingen schlafen. Als Ufuk in seinem Bett lag war ihm klar, dass Tiffany das Beste ist was ihm je passiert ist, aber trotzdem hat er Angst von ihr enttäuscht zu werden. Doch trotzdem blieb er positiv und hörte sich noch   einige neue Lieder von Luciano an. Einem Newcomer in der Deutschrap Szene. Er hörte sich sein neues Album Millies an und hatte sofort ein Lieblingslied. "Jean Paul Gaultier" hiess es, das Lied, dass er die ganze Nacht auf Dauerschleife hörte und dann schliesslich einschlief. Er wachte etwa um 10:00 auf. Das erste was er tat war Tiffany zu schreiben. Er fragte sie wie sie geschlafen habe und was sie heute macht. Jetzt lag er einfach in seinem Bett und wusste nicht was tun. Er ging auf Netflix aber fand dort auch nichts Spannendes. Er stand auf und ging rüber zu seinem Computer. Er arbeitete nun an einem neuen Beat. Plötzlich kam die ersehnte Nachricht von Tiffany. Sie schrieb "Hi, ich hab gut geschlafen und du?" Ufuk war froh, dass sie ihm endlich antwortete und schrieb hastig zurück, ob sie raus gehen könne. Sie antwortete mit einem Smiley und einem JA. Als er sich dann bereit machte, um sich mit Tiffany zu treffen, kam seine Mutter ins Zimmer. Sie sagte ihm, dass er noch immer nicht die Garage aufgeräumt habe und er das sofort tun solle. Also ging Ufuk genervt in die Garage hinunter, wo er einen Aufnahmeraum eingerichtet hat. Er hatte etwa 2 Stunden, um alles aufzuräumen und vergass dabei die Zeit. Als er aufs Handy sah sprintete er los. Seine Verabredung mit Tiffany wäre bereits vor einer Stunde gewesen. Sie wollten sich am Fluss treffen. Als er dort ankam war sie schon weg. Wie lange hat sie wohl gewartet? Verzweifelt will er sie auf dem Handy erreichen, doch der Akku ist leer. Er machte sich auf den Weg zu Tiffanys Haus und überlegt sich, ob sie jetzt sauer auf ihn sein könnte. Wegen dem Stress, den er mit seiner Mutter hatte, vergass er ihr zu sagen, dass es später wird. Als er dann endlich bei ihrem Haus ankam und klingelte, machte der Vater von Tiffany die Türe auf. Weil Ufuk weiss, dass die Eltern ausländerfeindlich sind, gibt er sich als Schulkollege aus. Der Vater erzählt ihm, dass Tiffany sich diesen Nachmittag mit einer Freundin verabredet habe, um in die Stadt zum Shoppen zu gehen. Vor fünf Uhr sei sie sicher nicht zurück, er soll ihr doch eine Nachricht schreiben. Zum Schluss fragt ihn der Vater nach seinem Namen. Ufuk sagt, er sei Martin und verabschiedet sich darauf schnell. Er hat Angst, dass der Vater gemerkt hat, dass er gelogen hat. Jetzt geht er zu Rin, der ganz in der Nähe zuhause ist. Seine Eltern begrüssen ihn herzlich und Ufuk ist froh, endlich seinen Freund zu sehen und mit ihm reden zu können. Ufuk erzählt was vorgefallen ist und will einen Rat von Rin, wie er sich am besten bei Tiffany entschuldigen könnte. "Erklär ihr doch einfach warum du nicht gekommen bist! Was ist dabei?" meint Rin. Zum Glück ist der Akku des Handys soweit geladen, dass Ufuk Tiffany eine Nachricht senden kann. Er schreibt, dass es im unendlich leid tut, dass er sie so hängengelassen habe. Er möchte das unbedingt wieder gut machen und fragt sie, was sie von ihm erwarte. Er habe sie gern und möchte nicht, dass sie schlecht von ihm denkt. Rin wollte Ufuk etwas aufmuntern und fragte ihn, ob er nicht noch Lust hätte rauszugehen und im Park etwas abzuhängen. Das wäre auch die Gelegenheit für Ufuk einmal auf das Skatebord zu stehen und vielleicht würde es ihm dann Spass machen, es nicht nur auszuprobieren. Im Skatepark ist viel los, trotzdem ist eine chillige Stimmung. Ufuk ist für kurze Zeit etwas abgelenkt, das tut ihm gut. Doch dann will er plötzlich nur noch nach Hause. Rin kann ihn nicht davon überzeugen noch mit ihm ein Eis essen zu gehen. Zuhause verkriecht sich Ufuk so schnell wie möglich im Bett. Er will keine Fragerei, wo er den Nachmittag verbracht hat und warum er so traurig aussieht. Er wälzt sich im Bett und kann einfach nicht einschlafen. Er denkt an Tiffany und fragt sich, warum sie ihm nicht zurückgeschrieben hat. Also steht er wieder auf und macht sich noch einmal hinter seinen Beat, den er am Morgen angefangen. Musik machen tut ihm gut und er ist für eine Weile beschäftigt. Jetzt kommt die Müdigkeit doch über ihn und er lässt sich in den Kleidern aufs Bett fallen und schläft sofort ein.

Kapitel 7

Ufuk wachte am Morgen auf uns sah direkt auf sein Handy. Er wollte sehen ob ihm Tiffany geschrieben habe. Er wollte sich unbedingt noch entschuldigen. Also fragte er sie ob sie sich treffen können. Circa 15min später schrieb sie ihm zurück. Sie trafen sich also im Görlitzerpark. Er begrüsste sich mit einer kurzen Umarmung. Er entschuldigte sich und begann zu Sprechen. Ufuk erzählte ihr das sein Vater krank ist und er dringend nach ihm sehen will. Er fragte sie ob sie auch mitkommen möchte. Tiffany stimmte zu. Ufuk sagte aber: Wir haben aber zu wenig Geld um die Reise zu finanzieren. Tiffany antwortete: Ich werde meine Eltern fragen. Sie gab Ufuk einen Kuss und ging nach Hause. Als Tiffany zu Hause ankam bat sie ihre Eltern um 800 Euro. Die Eltern fragten wofür sie das Geld brauchte. Sie antwortete: Ich will mit Ufuk in die Türkei und uns fehlt Geld. Die Eltern rasteten komplett aus und schrien sie sei dürfe nicht gehen und sie bekäme keinen Cent. Völlig Aufgelöst ging sie Richtung ihr Zimmer. Auf dem Weg fand sie 5 200er Euroscheine auf den Tresen und packte sie gleich ein. Völlig überrascht von ihrem Glück fing sie an zu weinen. Sie war so glücklich, sie konnte endlich mit Ufuk in die Türkei fliegen. Aber jetzt genug Geheule, sie wischte sich Ihre Freudentränen ab und rief sofort Ufuk an das es jetzt losgehen könne. Ufuk war sehr glücklich dass sie auch mitkommen kann und rief ein Taxi an für Ihn und Tiffany. Etwa eine Stunde später hörte Tiffany die Hupe des Taxis vor ihrem Haus. Jetzt ging es los. Sie schaute dass Ihre Eltern gerade in der Küche waren und ging bei der Hintertür raus zum Taxi. Als sie Ufuk sah machte Ihr Herz Freudensprünge. Sie begrüsste Ufuk mit einem kurzen Kuss auf die Lippen und sie stiegen ins Taxi. Während der Fahrt waren sie beide glücklich, vor allem Tiffany freute sich riesig. Das Taxi brachte sie zum Flughafen. Dort angekommen checkten sie ein und gingen ins Flugzeug. Während dem Flug schlief Tiffany ein, Ufuk sah sie an und dachte sich, das Wochenende würde ich schon gerne das erste Mal mit ihr haben sie ist so wunderschön. Später schlief auch Ufuk ein. Als sie beide wieder aufwachten sind sie schon in Istanbul angekommen. In Istanbul nahmen sie ein Taxi zum Bauernhof des Vaters. Ufuk war sehr nervös er freute sich sehr seinen Vater wieder zu sehen. Als sie auf dem Bauernhof des Vaters ankamen war alles sehr seltsam still. Sie gingen ins Haus und begrüssten den Vater. Auch wenn der Vater kein Deutsch konnte war er sehr erfreut Tiffany zu empfangen. Tiffany kochte für Ufuk und den kranken Vater eine Suppe. Als der Vater schlafen ging schauten die beiden einen Film auf Netflix. Jetzt wäre der perfekte Augenblick für das erste Mal, dachte sich Ufuk. An was er wohl jetzt denkt, dachte sich Tiffany. Jetzt oder nie, dachte Ufuk. Er fing an sie intensiv zu küssen. Tiffany war sehr geschockt aber fand es auch sehr anziehend das Ufuk auf einmal mit seinen Händen anfing sie auszuziehen. Was macht er jetzt, dachte Tiffany, Ich hatte noch nie sex will er jetzt etwa mit mir schlafen? Auch Ufuk hatte jetzt angefangen sich auszuziehen. Als die beiden nur noch halb nackt waren trug er sie ins Schlafzimmer. Tiffany war sehr nervös schliesslich war es Ihr 1. Mal. Langsam zogen sie sich die Unterwäsche aus, was wird das jetzt ficken wir fragte Tiffany Ufuk. Ja also möchtest du das denn nicht fragte er sie. Mit erröteten Backen flüsterte sie doch tuen wir es. Ufuk war sehr spitz in diesem Moment, er dachte sich: ja endlich kann ich diese heisse Frau vögeln! Er holte noch kurz ein Kondom dass er mitgenommen hatte und sie fingen an Liebe zu machen. Ufuk und Tiffany vögelten die ganze Nacht. Morgens um 8 Uhr wachte Ufuk erschöpft auf und er sah Tiffany zu wie sie schlief. Nach einiger Zeit wachte Tiffany auf und wünschte Ufuk mit einem Kuss auf den Mund einen Guten Morgen. Die beiden zogen sich schnell was an und liefen in die Küche wo auch schon Ufuk's Vater wartete. Ufuk's Vater schaute Ufuk die ganze Zeit an und schaute in lächelnd und etwas pervers an, denn er schien wohl zu wissen was er und Tiffany getrieben hatten. Nach dem Frühstück machten die beiden einen Spaziergang auf dem Bauernhof. Die beiden unterhaltenten sich über die heisse Nacht und Ufuk fragte sie: Fändest du letzte Nacht geil?. Tiffany nickte etwas schüchtern und sagte: Es war toll. Die beiden setzten sich vor den Tiergehegen und sie unterhielten sich sehr lange noch weiter. Einige Stunden später rief Ufuk's Vater nach Ufuk's Hilfe und die beiden gingen die Treppe hinauf wo sein Vater in schon erwartete. Es war dann Zeit für Ufuk's Vaters Mittagschlafs. Als sie ihn ins Bett gebracht hatten, gingen die zwei die Treppe nach unten bis dann aber auf einmal Tiffany unglücklich ausrutschte. Ahhhhhhhh schrie Tiffany. Ufuk rannte die Treppe hinunter und ging so schnell zu Tiffany, die weinend und schreiend am Boden lag. Ufuk fragte: Tiffany geht es dir gut? Weinend antwortete Tiffany: Ufuk ich kann mein Fuss nicht mehr bewegen. Aber hier in der Türkei sind die Ärzte nicht so gut antwortete Ufuk. Eine ganze Weile weinte sie weiter und Ufuk entschied sich sie in die Notaufnahme zu bringen. Bei der Notaufnahme angekommen mussten die beiden ein ganz Weile warten bis sie drankamen. Dann kam ein Arzt aus dem Untersuchungszimmer und begrüsste Ufuk und Tiffany. Ufuk erklärte dem Arzt was geschehen ist, da Tiffany kein Türkisch konnte. Der Arzt machte dann Röntgenbilder vom Fuss und es stellte sich heraus das sie sich den Fuss gebrochen hatte. Tiffany bekam ein Gips und Medikamente gegen die Schmerzen. Als der Arzt fertig war mit der Untersuchung machten sich die beiden auf den Weg nachhause. Dort angekommen wartete Ufuk's Vater schon besorgt und er fragte Ufuk was vorgefallen war. Ufuk erklärte ihm was geschehen ist und Ufuk's Vater schaute etwas besorgt aus. Dann assen sie zu Abend und brachten Ufuk's Vater ins Bett. Ufuk und Tiffany liefen in Richtung Zimmer wo sich die beiden ins Bett legten. Dann begann Ufuk Tiffany zu küssen und berührte sie. Tiffany wurde sehr schnell spitz und sie begann ihn oral zu befriedigen. Danach wollte Ufuk ein Kondom holen doch er fand keines, was ihn sehr unglücklich machte. Da sie kein Kondom hatten verhüteten sie so das als Ufuk kam er sein Penis rauszog. Als der Sex zu Ende war legten sich Ufuk und Tiffany ins Bett und Ufuk sprach mit Tiffany die ganze Nacht. Am nächsten Morgen hatten die beiden einen Flug nach Berlin gebucht und sie begannen zu packen. Dann verabschiedeten sie sich von Ufuk's Vater dem schon die Tränen kam als ihm klar wurde das sein Sohn zurück nach Berlin ging. Die beiden machten sich auf den Weg zum Flughafen. Dort mussten die beiden einchecken und dann gingen sie ins Flugzeug. Im Flugzeug bekam dann Tiffany wieder schmerzen am Fuss das sie sich entschieden in Deutschland ins Krankenhaus zu gehen. Nach einiger Zeit verging der Schmerz etwas und Ufuk beginn sie sanft zu streicheln damit sie einschlief. Einige Stunden später landeten die beiden in Berlin und machten sich auf den Weg nach Hause.

Kapitel 8

Für den Rückweg vom Flughafen nach Hause fuhren sie in einem Taxi, darin verhielt sich Tiffany sehr komisch und unruhig, sie rutschte auf ihrem Sitz die ganze Zeit hin und her, was Ufuk komisch fand. Als er seine Freundin fragte was los sei, antwortete sie mit einem Kurzen "nichts". Ufuk akzeptierte diese Antwort und fragte im Moment nicht weiter nach. Über die restliche fahrt herrschte ein unangenehmes Schweigen im Taxi, da Ufuk überlegte was mit Tiffany sein könne. Ufuk hatte Schuldgefühle, da er dachte er hätte etwas falsch gemacht. Als die beiden endlich zuhause ankamen fragte Ufuk nochmal nach, was denn los sei oder ob er etwas falsch gemacht hatte, diesmal antwortete sie mit der Wahrheit. Sie sagte ihm, dass er nichts falsch gemacht hatte und es auch nichts mit ihm zu tun hatte. Tiffany sagte ihm das sie Geld für die Reise von ihren Eltern gestohlen hatte. Ufuk wollte zuerst nicht glauben was er da hörte, denn er hatte so etwas von seiner Freundin nicht erwartet. In ihm kam Wut und Enttäuschung auf, die er aber unter Kontrolle hatte. Während er seinen Koffer auspackte konnte er sich nicht mehr kontrollieren und er fragte warum sie gemacht hatte. Ufuk verstand sein Leben nicht mehr, da er gerade so enttäuscht wurde wie noch nie zuvor. Schlussendlich musste Tiffany gehen und Ufuk blieb alleine Zuhause. Ufuk liess sich auf sein Bett fallen und dachte nach was gerade passiert war. Er machte sich Gedanken und

Vorwürfe, ob er vielleicht der Grund dafür war, dass sie Geld geklaut hatte. Im späteren Verlauf des Abends wollte Ufuk schlafen gehen, aber er konnte nicht schlafen. Als er um 2 Uhr in der Nacht immer noch nicht schlafen konnte, setzte er sich an seinen Computer und begann einen Beat zu bauen, da er nicht wusste wie er sich sonst ablenken konnte. Als er das Gefühl hatte, dass er jeden Moment eischlafen würde, legte er sich in sein Bett und versuchte zu schlafen, aber er konnte nur schwer einschlafen da er das Gefühl nicht loswurde, dass er der Grund dafür sei, dass Tiffany das Geld von ihren Eltern gestohlen hatte. Als er am nächsten Morgen aufwachte schaute er auf sein Handy, um zu schauen ob Tiffany ihm geschrieben hatte. Er sah, dass sie ihn angerufen hatte. Da Ufuk zum Zeitpunkt des Anrufs schlief erwartete er, dass sie ihm geschrieben hatte. Also schaute er nochmals nach, ob sie ihm eine Nachricht geschrieben hatte, aber da war nichts. Er rief sie an, aber sie nahm nicht ab. Er machte sich Gedanken ob ihr etwas zugestossen war, also rief er sie nochmals an, aber wieder nahm sie nicht ab. Er stand auf und ging in die Küche, um sich Essen zu machen. Er nahm aus dem obersten Regal eine Packung Müsli und aus dem Kühlschrank eine Packung Milch. Er setzte sich an den Tisch und begann zu essen. Fünf Minuten später klingelte Ufuks Telefon, es war Tiffany. Ufuk war froh und nahm ab. Sie begrüssten sich und Tiffany fragte ihn wie es ihm gehe, er sagte ihr, dass er immer noch enttäuscht sei, weil sie das Geld gestohlen hatte. Tiffany wollte ihm klarmachen, dass er nicht der Grund dafür sei, aber Ufuk hielt das für eine Ausrede. Tiffany sagte das sie aufhängen würde, da sie merkte das es nichts brachte. Ufuk wusste wieder nicht was er machen sollte und arbeitete an seinem Beat weiter, den er vor dem schlafen angefangen hatte. Ufuk hatte in der Nacht nicht viele Ideen für den Beat, doch jetzt kamen ihm so viele Ideen, dass er nicht mehr wusste was er machen sollte. Er entschied sich dafür rennen zu gehen, um den Kopf frei zu bekommen. Ufuk der sonst eigentlich nicht sportlich war, wollte die grosse Runde machen, damit er viel Zeit zum Nachdenken hatte. Als er nach einer gefühlten Ewigkeit nachhause kam, ging er ganz verschwitzt duschen, holte sich in der Küche Essen und setzte sich an seinen Computer. Ufuk begann einen neuen Beat zu machen, da ihm der den er letzte Nacht begonnen hatte nicht gefiel. Er wollte etwas kreieren, dass seine Stimmung wiederspiegelte, etwas Trauriges und Hoffnungsvolles so, dass wenn er den Song hörte sich wieder erinnert was los war und was ihn dazu brachte den Song zu machen. Als er fertig war, überlegte er sich was er für einen Titel nehmen sollte. Er wählte den Namen Alpträume, weil er wegen Tiffany Alpträume hatte. Der Song wiederspiegelte seine Gefühle so sehr, dass er den Song Tiffany zeigen wollte, damit sie verstand, wie es ihm ging. Also rief er sie an, sie solle zu ihm kommen. Sie sagte zu. Nach circa 15 Minuten läutete es an der Tür. Sofort öffnete Ufuk die Tür. Er küsste sie und begleitete sie in sein Zimmer. Dort zeigte er ihr sein Song. Nachdem er fertig war, war Tiffany zu Tränen gerührt. Sie entschuldigte sich bei ihm dafür, dass sie Geld geklaut hatte. Sie versprach ihm, dass es nie wieder passieren werde. Dann küssten sie sich ein paar Mal und dann bemerkte er, dass sie nach Lean roch. Er fragte sie, ob sie wieder angefangen hätte Lean zu nehmen. Da sie ihn nicht anlügen wollte, gab sie es zu. Da war er ein bisschen von ihr enttäuscht, aber er verstand es auch, wegen dem Streit. Aber als sie ihm sagte, dass sie nur wegen den Problemen wieder angefangen hätte und da jetzt die Probleme weg waren, würde sie auch wieder aufhören. Sie küsste ihn noch einmal und dann ging sie. Als sie weg war, war er überglücklich, dass diese Sache ein für alle Mal aus dem Weg geräumt war. Dann ging er Abendbrot essen und anschliessend schlafen. Am nächsten Morgen rief er Tiffany an und fragte ob sie etwas unternehmen könnte. Sie antwortete, dass sie am Abend ins Kino gehen könnten. Als er dann aufgehängt hatte, war ihm jedoch langweilig. Also rief er Rin an und fragte ihn ob er abmachen könnte. Er sagte zu. Sie wollten sich in einer halben Stunde beim Fussballplatz treffen. Als sie dort ankamen begrüssten sie sich und fingen an zu spielen. So circa nach einer Stunde hörten sie auf und gingen noch einen Döner essen. Dann verabschiedeten sie sich. Als Ufuk zuhause ankam ging er duschen und freute sich auf den

Abend mit Tiffany. Am Abend trafen sie sich vor dem Kino. Als Ufuk sie küsste freute er sich darüber, dass sie nicht mehr nach Lean roch. Als der Film fertig war, machten sie noch einen Spaziergang und setzten sich auf eine Bank. Dort hielten sie Händchen und sagten nichts. Nach zehn Minuten war es für Tiffany Zeit zu gehen. Sie küsste Ufuk und ging dann. Als Tiffany Zuhause ankam, fragten ihre Eltern wo sie war. Sie antwortete "draussen" und ging in ihr Zimmer. Dort schaute sie noch einen Film auf Netflix und ging dann schlafen. Am nächsten Morgen wollte sie eine Runde joggen gehen. Auf dem Rückweg nach Hause traf sie Rin. Er fragte sie, was sie gerade machte. Sie sagte, sie wäre gerade am Joggen. Rin fragte sie, ob alles gut sei zwischen ihr und Ufuk. Sie antwortete, "Ja, alles super". Das freute Rin. Er fragte sie, ob sie nachher mit ihm Mittagessen wolle. Sie antwortete, "Ja, das wäre super". Danach ging Tiffany duschen und sich umziehen. Sie holte kurz Rin ab und gingen mit ihm in den Mc Donalds essen. Als sie fertig gegessen hatten, begleitete Rin Tiffany nachhause und dann verabschiedeten sie sich. Als sie sich auf ihrem Bett langweilte, rief sie Ufuk an und fragte ihn, ob sie zu ihm kommen könnte. Er sagte zu. Nach 15 Minuten läutete es an der Tür. Er rannte zu der Tür und öffnete sie. Ufuk küsste sie zur Begrüssung und dann gingen sie in sein Zimmer. Dort setzten sie sich auf sein Bett und fingen an einen Netflix Film zuschauen. Zusammen schauten sie bis spät am Abend.

Dann wurde es Zeit für Tiffany zugehen. Er küsste Tiffany und anschliessend ging sie nachhause schlafen.

Kapitel 9

Am nächsten Tag ging Tiffany wieder einmal zu Ufuk nachhause. Als Tiffany bei Ufuk angekommen war, fragte er, ob Ihre Eltern von der Reise eigentlich wüssten. Aber sie antwortete nicht weil es Ihr peinlich war, weil er sie so doch gar nicht kannte. Er fragte sie erneut, doch sie antwortete immer noch nicht. Er fragte sie noch einmal mit wütender Stimme, sie schrie zurück: NEEEEEIIINN, okay, nein. Sie erzählte ihm, dass Ihre Eltern nichts von der Reise wussten. Das war der ausschlaggebende Satz, der zu einer kleinen Diskussion führte. Sie hatte ihren Eltern erzählt, dass sie bei einer Freundin übernachtete. Ufuk fand das gar nicht in Ordnung, weil er eine ehrliche Beziehung führen möchte. Sie entschuldigte sich bei Ihm dafür, dass sie es ihm verheimlicht hatte. Nachdem sie sich ausgesprochen hatten schien alles wieder in Ordnung zu sein. Doch dann erwähnte er, dass er mit ihr in einer Woche in die Türkei ziehen wolle. Sie war erst einmal wie erstarrt vor Schreck. Jedoch, als sie sich wieder fassen konnte rastete sie erst einmal komplett aus. Er hatte Ihr noch nie gesagt, dass er vorhätte mit Ihr in die Türkei zu ziehen. Sie hatten zwar davon geredet später ein Haus zu besitzen und zusammen zu ziehen, aber nicht in einem anderen Land. Vor allem wollten sie dies zusammen entscheiden. Sie fühlte sich in diesem Moment so sehr unter Druck gesetzt, dass sie nichts mehr sagen konnte. Ufuk riet ihr, erst einmal tief durch zu atmen und sich zu beruhigen, doch das funktionierte nicht, weil alles so plötzlich und viel zu schnell kam. Er war Ihr erster Freund, sie hatte gerade einmal vor kurzer Zeit mit ihm das erste Mal Sex und ausserdem ist sie noch minderjährig. Wie werden Ihre Freunde, Familie, Rin und Ihre Eltern reagieren? Vor allem würden ihre Eltern sie niemals alleine in die Türkei ziehen lassen, geschweige denn mit jemandem den sie selber nicht mögen, weil er Ausländer ist. Aber am wichtigsten, wollte sie das überhaupt? Einfach so heute auf morgen mit jemandem, den sie noch nicht mal ein Jahr kennt in die Türkei wegziehen? Weg von allem was sie hier liebte, brauchte und mit dem sie vertraut war. Eigentlich wollte sie das gar nicht. Weil es töricht wäre und sie weiss, dass Beziehungen mit Liebe und Vertrauen auch über Monate, wenn nicht sogar über Jahre entstehen. Aber sie kann auch nicht nein sagen, weil sie ihn doch liebt und ihn nicht enttäuschen wollte. Weil sie ihn doch soooo sehr liebte und deshalb alles für Ihn und die Beziehung tun würde. Auch wenn dies heissen könnte, dass sie Ihn die Türkei ziehen müsste. Als sie sich wieder ein wenig beruhigt hatte fragte sie ihn, wieso er plötzlich mit Ihr in die Türkei ziehen möchte. Zuerst antwortet er nicht, aber dann erzählt er: "Dass er seinen Vater extrem vermisse seit sie Ihn besuchten. Und seine Mutter möchte, dass er in die Türkei ziehen würde um sich um seinem Vater zu kümmern." Auch wenn seine Mutter ihm die Entscheidung frei lässt will er doch gehen, um sich um ihn zu kümmern. Er sagt ihr:" Aber wenn du nicht mitkommen willst, gehe ich auch nicht. Sie ist mit dieser Aussage erst einmal komplett überfordert. Einerseits will sie nicht mit und andererseits will sie nicht, dass er wegen ihr nicht gehen kann, oder sie Schluss machen müssten. Sie bittet ihn, ihr ein wenig Zeit für ihre Entscheidung zu lassen, weil es eine sehr wichtige Frage ist, die man nicht sofort beantworten sollte und auch nicht kann. Komplet überfordert und mit rauschenden Gedanken rennt sie nach Hause. Zuhause angekommen geht sie in Ihr Zimmer und flüchtet unter die Decke. Ihre Eltern haben natürlich mitbekommen das Tiffany so schlecht gelaunt nach Hause kam. Ihre Mutter beschliesst mit Tiffany zu sprechen. Erstaunlicherweise erzählt sie ihrer Mutter alles und tut nicht so als ob nichts wäre, so wie sonst immer. Auch wenn Tiffany Angst vor der Reaktion ihrer Mutter hat wegen Ufuk braucht sie doch bei der Entscheidung die Hilfe und auch die Zustimmung ihrer Mutter, um zu gehen. Ihre Mutter ist erst einmal ausser sich wegen Ufuk und das er mit Ihr in die Türkei ziehen will. Doch dann beruhigt sie Ihre immer noch total verwirrte Tochter erst einmal. Sie versucht ihre Tochter jedoch diesen albernen Wunsch, in die Türkei zu ziehen, auszureden. Das funktioniert jedoch weniger. Obwohl Tiffany selber nicht weiss was sie überhaupt will bemerkt ihre Mutter, dass sie Tiffany nicht abhalten kann zu gehen. Bei jedem Satz denn sie dagegen sagte, kämpfte Tiffany dagegen an und man merkt, dass sie unbedingt gehen will, weil sie in wirklich liebt und nicht nur ihm zuliebe mitgehen will, auch weil sie es selber will und sie mit ihm in der Türkei zusammen sein und eine Familie gründen will. Also entscheidet sie Tiffany gehen zu lassen, um mit Ihm zusammen sein zu können. Tiffany war nach dieser Nachricht noch viel verwirrter, aber auch extrem glücklich und entschlossen zu gehen. Sie umarmt und bedankt sich bei Ihrer Mutter dafür, dass sie ihr bei der Entscheidung geholfen hat, aber vor allem das ihre Mutter sie gehen lässt. Sie beschliesst, sofort zu Ufuk zu gehen und ihm ihre Entscheidung mitzuteilen. Gesagt getan, sie macht sich auf den Weg zu ihm. Aber auf dem Weg zu Ufuk trifft sie Rin. Sie unterhält sich ein wenig mit ihm und erzählt ihm die gute Nachricht, dass sie jetzt zu Ufuk geht und mit ihm nächste Woche in die Türkei zu Ufuks Vater ziehen wird. Rin findet diese Nachricht offenbar nicht so verlockend. Daraufhin fragt Tiffany Rin was los ist. Dieser erzählt ihr mit aufgeregter Stimme, dass sie nicht einfach so in die Türkei wegziehen kann. Wegen Ihrer Familie und Ihren Freunden, die sie so vermissen werden wenn sie geht. Und er sie am meisten vermissen wird. Daraufhin wird sie ganz still und realisiert, dass sie doch nicht gehen kann. Weil sie alle viel zu sehr vermissen würde und nicht ohne sie leben kann. Ihr wurde bewusst, dass egal wie glücklich sie mit Ufuk in der Türkei sein wird, es die ganze Sache nicht wert ist, auch wenn sie ihn über alles liebt und für immer mit ihm zusammen sein möchte. Sie kann nicht ohne ihre Eltern, Familie und besten Freunde leben. Rin, der von Ihrer Entscheidung gerade eben nichts mitgekriegt hat bemerkt, wie traurig Tiffany plötzlich geworden ist und fragt sie was los ist. Sie erzählt ihm daraufhin, dass sie doch nicht gehen wird. Doch sie muss schnell weiter zu Ufuk um es ihm zu erzählen und verlässt ihn, ohne sich richtig zu verabschieden denn etwas verwirrten, aber überglücklichen Rin. Bei Ufuk angekommen fragt er sie, ob sie sich schon entschieden hat. Sie antwortet darauf:" Ja, ich habe mich entschieden. Und ICH MACH MIT DIR SCHLUSS". Nach diesem Satz entstand eine gefühlt ewig dauernde Stille im Raum. Er war zuerst einmal komplett schockiert und sie bemüht sich, nicht in Tränen auszubrechen. Beide sahen sich genau an und fragten sich was gerade passiert war. Er fragte sich, wieso sie mit ihm Schluss machen will. Er versuchte diese Antwort in ihrem makellosen Gesicht, ihren glitzernden blauen Augen, ihren wunderschönen zitternden Lippen und dem Blick, aus dem er so viel entnehmen konnte, unter anderem auch die Traurigkeit und die unangenehme Stille, welche schon seit zwei Minuten in der Luft lag, zu lesen. Aber nicht wieso? Wieso hatte sie mit ihm Schluss gemacht, war das gerade wirklich passiert? Und wie war es eigentlich dazu gekommen. Als sie es nicht mehr aushielt, durchbrach sie das Schweigen indem sie ihm erzählte, wie sie zu diesem Entscheid kam. Sie erklärt ihm, dass sie nicht mit in die Türkei kommen wird. Aber sie weiss, wie extrem wichtig ihm das ist und das er auf jeden Fall gehen soll, um sich um seinen Vater zu kümmern. Er wollte gerade erwidern, dass er zwar will, aber nicht ohne sie. Doch bevor er dazu kam unterbrach ihn Tiffany und sprach einfach weiter, dass ihm nichts anderes übrig blieb ausser weiterhin still zu zuhören. Tiffany sprach einfach unbeeindruckt und sicher weiter. Dass sie es nicht ertragen würde eine Fernbeziehung zu führen und sie deshalb mit ihm Schluss macht, um ihn gehen zu lassen. Als er realisiert, was gerade passiert ist, schickt er mit gebrochenem Herzen und Enttäuschung in seinen Augen Tiffany nachhause. Er beschliesst daraufhin, alleine in die Türkei zu seinem Vater zu ziehen und Tiffany nie wieder zu sehen.

Kapitel 10

Da Ufuk und Tiffany Schluss gemacht hatten, musste Ufuk alleine in die Türkei reisen. Sein Herz schmerzte immer noch von der Trennung mit seiner Freundin. Mit seinem gepackten Koffer und Tränen in den Augen, fuhr er mit dem Taxi zum Flughafen Tegel in Berlin. Nachdem er für die 22-minütige Taxifahrt bezahlt hatte, machte er sich auf den Weg zum Abflugs Gate. Er war sich nicht so ganz sicher ob er wirklich in die Türkei ziehen könnte. In seinem Kopf war nur Tiffany, also hatte er eine große Entscheidung zu fällen. Entweder geht er zu seinem kranken Vater in die Türkei und pflegt ihn, oder er geht zurück zu seiner Liebe und hofft, dass sie ihn wieder zurücknimmt. Bis kurz vor dem Abflug war er immer noch ratlos und wusste nicht wie es weiter gehen sollte. Ohne zu wissen ob dies die richtige Entscheidung war, entschied er sich schlussendlich dafür, in das Flugzeug zu steigen, seinem kranken Vater zu helfen und ihn gesund zu pflegen. Auf dem 3 Stündigen Flug in die Türkei hatte er viel Zeit um über die Beziehung nachzudenken, er dachte über das Kennenlernen, ihren ersten Kuss und all die schönen Erinnerungen nach und bereute es, sie im Stich gelassen zu haben, so wie seine Entscheidung in die Türkei zu gehen. Ebenso, dass Ufuk so eifersüchtig war und ihr kein Vertrauen geschenkt hatte. Nach der Landung machte er sich sofort auf den Weg zu seinem Vater. Nach mehreren Wochen Pflege verbessert sich der Zustand seines Vaters nicht. Er merkte wie es ihm immer schlechter ging und Ufuk wusste nicht was er noch machen sollte. An einem betrübten Sonntagabend hörte das Herz des Vaters unerwartet auf zu schlagen. Nach dem Tod seines Vaters bemerkte Ufuk, dass das Leben sich augenblicklich ändern kann, und wusste, dass er Tiffany zurückgewinnen musste. Immer noch angeschlagen von dem plötzlichen Tod seines Vaters aber doch zielbewusst fliegt er zurück nach Deutschland, um sich dort bei Tiffany zu entschuldigen und zu hoffen, dass sie seine Gefühle erwidern kann und ihn so in seiner Trauer unterstützen könnte. Als Ufuk in Deutschland angekommen war, ging er sofort zu Tiffanys Haus und betätigte die Klingel. Als Tiffany aufmachte war sie schockiert und zugleich auch wütend. Ohne etwas zu sagen geschweige ihm zu zuhören drehte sie sich um und schlug die Tür hinter sich zu. Tiffany ging schweigend in ihr Zimmer und fragte sich warum Ufuk in Deutschland war. Sie überlegte den ganzen Tag ob sie ihm wieder verzeihen sollte und fragte sich ob er sie überhaupt noch wollte. Um dies endgültig geklärt zu haben, beschloss sie sich auf den Weg zu Ufuks Wohnung zu machen. Dort angekommen, öffnete Ufuk direkt die Tür und sie redeten Stunden lang. Er erzählte ihr von dem plötzlichen Verlust seines Vaters. Ganz geschockt von dieser Nachricht tröstete Tiffany ihn und sie umarmten sich. Sie redeten noch bis in die Nacht hinein und über die Vergangenheit von ihnen und ob es doch eine gemeinsame Zukunft geben könnte.

Da es schon so spät in der Nacht war entschied sich Tiffany bei Ufuk zu übernachten und war erleichtert, dass sie nicht alleine nach Hause gehen musste. Am nächsten Morgen lief Tiffany nach Hause und Ufuk begleitete sie natürlich. Als sie bei Tiffanys Haus angekommen waren wussten sie nicht so recht wie sie sich voneinander verabschieden sollen. Sie wussten beide, dass sie nicht ohne den anderen leben könnten also küssten sie sich und so wurden sie auch wieder ein

Paar. Sie telefonierten und trafen sich jeden Tag. Nach zirka einer Woche unterhielt sich Ufuk mit seinem Bruder und seiner Mutter, da sein Vater in der Türkei verstorben war fand die Beerdigung auch in der Türkei statt. Das würde heißen sie müssten alle in die Türkei reisen. Ufuk hatte Angst es Tiffany zu erzählen, weil sie vielleicht ihn wieder verlassen würde. Am nächsten Tag trafen sich Ufuk und Tiffany und er erzählte ihr das er wieder in die Türkei reisen müsse wegen der Beerdigung seines Vaters. Tiffany hat das verstanden und hat vorgeschlagen mitzukommen und ihn und seine Familie zu unterstützen. Ufuk war erleichtert und war froh, dass sie mitkommen würde. Tiffany redete noch am gleichen Abend mit ihren Eltern und überraschenderweise waren sie damit einverstanden. Sie rief Ufuk an und erzählte ihm, dass sie mitkommen kann. Zwei Wochen später war es soweit, sie reisten in die Türkei. Tiffany hat sich auch dazu bereit erklärt Ufuks Familie Geld für die Beerdigung zu geben. Sie hatte auch ein sehr schlechtes Gefühl, weil sie nicht mit in die Türkei wollte und seinem Vater nicht helfen konnte. Als sie in der Türkei angekommen waren mussten sie gleich alles für die Beerdigung organisieren. Ufuks Mutter war sehr froh, dass Tiffany dabei war, weil sie eine sehr grosse Hilfe war. Die Zeit verging wie im Flug und es wurde Zeit wieder zurück nach Deutschland zu gehen. Angekommen in Deutschland wollte Ufuk sich endlich mit Tiffany treffen, um ein sehr heikles aber in seinen Augen ein wichtiges Thema anzusprechen. Sie trafen sich wie gewöhnlich im Park, dort begrüßten sich die zwei mit einer Umarmung und einem Kuss und setzen sich anschließend auf eine der dort stehenden Parkbanken. Tiffany wunderte sich schon was der Grund für dieses Treffen war und warum Ufuk so angespannt wirkte. Er erklärte ihr, dass es ein Ende haben muss mit ihrer Hustensaft-Sucht. Sie wiederspricht ihm und sagt, dass sie nicht aufhören möchte, weil es ihr Spass machte und den Hustensaft brauche. Daraufhin gabt es wieder eine riesen Diskussion, aber Tiffany gab irgendwann nach, weil sie Ufuk nicht schon wieder verlieren wollte. Ufuk war froh, dass Tiffany sich ändern wollte und dass er das Gespräch endlich hinter sich hatte. Einige Wochen später war alles wieder so wie früher.

Tiffany und Ufuks Eltern verstehen sich sehr gut und treffen sich regelmässig.

Liebe mit Tod

Ein Mädchen namens Viktoria lernt die App Lovoo kennen in dem sie mit ihrer besten Freundin Christin Wahrheit oder Tat spielt. Sie findet einen attraktiven Jungen, der Alec heißt. Sie schreiben sich eine Woche lang, bis Alec sie auf ein Date fragt. Zusammen mit Chris geht sie auf das Date mit Alec. Im Park flirtet Christin mit Alec, was Viktoria überhaupt nicht gefällt. Ein paar Wochen später erfährt Viktoria das ihre beste Freundin Chris ebenfalls in Alec verknallt ist. Die ganze Situation spitzt sich zu und es wird schlimmer, schlimmer und ....

Klasse A3d mit Thomas Bechtiger

Kapitel 1:   Nihan Düzel, Greis Dulli, Anina Lüthi

Kapitel 2:   Tahsin Hossain, Florian Meier

Kapitel 3:   Erik Plachel

Kapitel 4:   Mayra Campos Schmid, Dana De Durpel

Kapitel 5:   Romana Mühlebach, Karthiga Sivachelvan

Kapitel 6:   Rhea Steiger, Lara Milicic

Kapitel 7:   Pascal Roffler, Noah Pfiffner

Kapitel 8:   Nihan Düzel, Greis Dulli, Anina Lüthi

Kapitel 9:   Donat Boletinaj, Francesco Giglio,
             Joel Käser

Kapitel 10: Ummeunaiza Butt, Tasja Lazic

Kapitel 1 - Es ist ein Match

Wie immer traf ich meine beste Freundin Chris nach der Schule. Uns war langweilig, deshalb beschlossen wir Wahrheit oder Tat zu spielen. Ausnahmsweise wählte ich Tat. Meine Aufgabe, war einen Jungen auf Lovoo anzuschreiben. ,,Victoria es ist nicht so schlimm, mach es einfach", klagte Chris . Sie kann leicht reden, für sie ist eh alles einfach. Ich nahm all meinen Mut zusammen und öffnete Lovoo. Der erste Junge, der meine volle Aufmerksamkeit gewann, war gutaussehend mit braunen Locken. Als ich sein Profil öffnete, fand ich heraus, dass er Alec Baker heißt und 18 Jahre alt ist. Gerade als ich kneifen wollte, nahm Chris mein Handy und fing an ihm zu schreiben. ,,Man Chris du kannst nicht einfach mein Handy klauen!", schrie ich. Versteht mich nicht falsch ich liebe Chris, aber manchmal geht sie mir echt auf die Nerven. ,,Reg dich nicht so auf, er wird eh nicht zurückschreiben." Ich war beleidigt und wütend auf Chris. ,, Egal ich muss jetzt nach Hause gehen, bis morgen", sagte ich leise. Ohne ein weiteres Wort zu sagen ging ich aus dem Haus. Kaum zuhause angekommen, vibrierte mein Handy. Aufgeregt nahm ich es aus meiner Tasche und erstarrte als ich mein auf meinen Bildschirm sah. Eine Nachricht von jemanden. Nicht nur irgendjemand, sondern Alec, ja der Alec. Von wegen, dass er mir nicht zurückschreibt, Christin schuldet mir etwas. Als ich ins Haus ging zog ich so schnell wie möglich meine Schuhe aus und ging in mein Zimmer.

Da meine Eltern fast nie zuhause sind, habe ich mich daran gewöhnt die meiste Zeit alleine zu leben. Oben im Zimmer angekommen, kuschelte ich mich, immer noch nervös mein Bett und entsperrte mein Handy, um die Nachricht ganz zu lesen. Ich hatte kühle, leicht schwitzige Hände und zitterte ein bisschen. Meine Augen starrten sehr gespannt auf den Bildschirm. Tatsächlich, Alec hat nett zurückgeschrieben. Er hat mich nicht zurückgewiesen, sondern mir eine offene schöne Nachricht geschickt. Meine anfängliche Angst verschwand. Es lag nun an mir zu entscheiden, ob ich nochmals antworten soll. Eigentlich ist die "Tat" aus dem Spiel "Wahrheit oder Tat" erfüllt und es gab keinen Grund, nochmals zurückzuschreiben. Es wäre auch egal, wenn ich es nicht machen würde, denn ich kenne Alec nicht! Trotzdem lässt es mich nicht los. Mein Herz schlug höher und ich spürte, dass ich nochmals zurückschreiben will. Da wurde ich wieder nervöser, denn was sollte ich zurückschreiben? Ich wollte ein bisschen Zeit vertreiben lassen, ich wollte nicht direkt online mit ihm chatten, sondern hoffte, dass er vielleicht schon ins Bett ging und meine Antwort erst am nächsten Morgen sehen würde. Gleichzeitig wollte ich zurückschreiben, bevor meine Eltern nach Hause kommen, ansonsten wäre ich zu nervös geworden. Meine Eltern sollten mir nichts anmerken. Gegen 23 Uhr fasste ich mir Mut und schrieb ihm zurück. Er sollte nicht denken, dass ich Gefühle für ihn habe, aber mein Innerstes wollte dennoch, dass er spürt, dass ich von ihm dann auch nochmals eine Antwort bekommen möchte. Ich war so müde und nervös, dass ich mich nicht mehr genau erinnere, was ich geschrieben habe, aber ich weiss noch, dass ich mit einem guten Gefühl eingeschlafen bin. Am nächsten Morgen war ich schon kurz vor dem Wecker wach und mein erster Gedanke war bei meinem Handy. Ich wollte sofort nachschauen, ob ich eine Antwort bekommen habe und tatsächlich, das hatte ich. Ja, von Alec. Ich wollte immer noch nicht direkt online mit ihm chatten, also entschied ich, erst wieder am Abend zu antworten. Das ging ein paar Tage lang so weiter. Wir erzählten uns immer ein bisschen mehr, was wir am Tag erlebt haben, was uns wichtig ist und was wir mögen. Natürlich nicht zu persönliche Dinge. Ich antwortete immer spät und am nächsten Morgen hatte ich schon seine Antwort. Doch Heute war es anders. Ich schrieb, wie immer spät. Nach nur zwei Minuten kam eine Antwort. Okey klar Heute ist Freitag und er kann wohl am Morgen ausschlafen und geht heute auch spät ins Bett. Ich fasste meinen Mut und schrieb ihm zurück. Wir chatteten ziemlich lange und langsam entwickelte sich ein Gefühl von vertrauen. Wir erzählten einander mehr, was uns wirklich bewegt, unsere Gedanken und Gefühle, etwas über die Familie und doch was alles sehr neu und ungewiss und beide blieben noch vorsichtig. Es ging ein paar Wochen so weiter und ich merkte, dass ich es vermisste, wenn die Antwort nicht sofort kam. Wieso eigentlich? Ich kenne

Alec gar nicht wirklich. Hatte ich tatsächlich Gefühle für ihn entwickelt? Plötzlich wurde es anders Alec fragte mich, ob wir uns nicht mal treffen wollen. Meine Gefühle waren gemischt, zuerst freute ich mich, dann hatte ich aber Zweifel. Was, wenn Alec auch mit seinem Alter geschummelt hat? Was wenn er nur mein Vertrauen gewinnen wollte, mich treffen wollte und mir dann etwas antun will? In diese Nacht schlief ich nicht gut eigentlich gar nicht. Ich wollte Alec treffen und hoffte, dass er der nette anständige 18-jährige Junge ist, und hatte gleichzeitig Angst, dass er vielleicht ein 65-jähriger Verbrecher sein könnte, der mir etwas antun wollte.

Kapitel 2 - Die erste Begegnung

Plötzlich kam mir die Idee, dass meine beste Kollegin Chris mit mir kommen könnte, zum Glück hat sie ja gesagt. Ich schrieb Alec, dass ich mit meiner Kollegin kommen würde und er könne natürlich mit einem Kollegen kommen, "Warum können wir uns nicht alleine treffen", erwiderte Alec. Ich erklärte ihm, dass meine Mutter sehr streng sei und wenn sie mich alleine mit einem Jungen sähe, würde sie sehr wütend werden. Darauf meinte Alec, dass er in diesem Fall auch mit einem Kollegen kommen würde, sein Kolleg Steve meinte, dass es am besten wäre, wenn wir uns am Samstag um 14 Uhr treffen würden. Ich und Chris sollten uns um 13 Uhr am Bahnhof treffen. Ich wollte mich für diesen Tag komplett in weiß anziehen. Am Samstagmorgen war ich sehr glücklich, ich zog mich um und schminkte mich, doch etwas Schreckliches passierte, ich bekam meine Periode, deswegen musste ich mein Outfit wechseln, Ich habe etwa noch 30 Minuten gebraucht, weil ich nicht wusste was ich anziehen sollte, weil das Outfit das ich gewählt habe war jetzt schmutzig. Ich kam zu spät zur Verabredung. Am Bahnhof war Chris nicht zu finden. Ich wusste nicht wo sie ist, ich rufte sie an, was sie gesagt hat, fand ich ein bisschen komisch, sie war schon gegangen, also sie war jetzt mit Alec und sie sagt das ich schnell kommen soll, weil es war schon 15 Uhr. Ich verpasste den Zug und der nächste kam erst in 20 Minuten. Als der Zug ankam stieg ich ein, holte meine Kopfhörer raus und steckte sie an mein Handy. Die ganze fahrt lang beschäftigte ich mich mit dem Handy, weil ich so abwesend war mit Bildern liken, verpasste ich meine Haltestelle und fuhr zu weit. Nachdem ich es bemerkte stieg ich aus und nahm dieselbe Linie zurück. Angekommen an der richtigen Haltestelle lief ich zum Treffpunkt. Alec und Chris waren dort, sie sitzten neben einander und sie haben gar nicht bemerkt das ich schon 2 Minuten vor denen stand, ich fühlte mich wieder ein bisschen komisch. Er sah so gut aus, dass ich mich in ihn direkt verliebte. Er war wunderschön, er kam zu mir und umarmte mich, sein Parfum riechte sehr gut. Er fragte nach warum ich so spät bin, ich antwortete:" Ich bin eine Station zu weit gefahren tut mir echt leid". Ich fragte nachher wo Steve ist, er antwortete das er Fußball Training hat und er musste gehen. Wir gingen in einen Park und redeten über Sachen die nun mal in den Sinn kommen. Er lächelte mich die ganze Zeit an, seine braunen Augen strahlten. Am Ende wollte mich Alec küssen, aber Chris zog mich zurück, ich war so wütend auf sie, denn ich wollte ihn auch küssen. Aber ich sagte nichts. Chris erinnerte mich das ich nach Hause gehen soll, weil ich um 19 Uhr zu Hause sein musste und ich hatte noch ein Stück bis nachhause. Alec umarmte mich und sagte das er mich noch mal treffen wollte, ich sagte: " Sicher, wir schreiben heute Abend noch". Ich und Chris gingen nach Hause. Ich bin 10 Minuten zu spät zuhause angekommen, weswegen meine Mutter mir mein Handy bis zum nächsten Morgen weggenommen hatte. Das war mir aber relativ egal da ich an nichts anderes denken konnte ausser an Alec.

Kapitel 3 - Das Chaos beginnt

Als ich mich dann seit eher längerer Zeit wieder mit Chris traf, sah sie nicht gerade so aus als dass man es für sie als normal bezeichnen könnte. Ich suchte das Gespräch mit ihr, doch sie blieb selbst vor mir verschlossen. So langsam machte ich mir zunehmend Sorgen um sie. Ich dachte, ob es vielleicht wegen der Freundschaft zwischen mir und Alec liegen könnte, doch diesen Gedanken vertrieb ich mir schnell wieder, da ich mich nicht schuldig deswegen fühlen wollte. Vielleicht war das auch falsch also dachte ich eine längere

Zeit darüber nach und kam zu dem Entschluss, sie anzurufen. Also wankte ich suchend umher, fasste das Telefon und wählte ihre Nummer. Nun war es mir sicherlich klar, dass sie nicht beim erstem mal an den Hörer gehen wird. Trotzdem blieb ich hartnäckig, sprach kontinuierlich auf den Anrufbeantworter und probierte ihr zu erklären, wieso sie mit mir reden sollte und was mit ihr los sei. Doch nach geraumer Zeit hörte ich ihre eher raue, ruhige Stimme in den Hörer flüstern. «Ja? Hallo? Hier ist Christine. Kann ich dir helfen Vic?»

«Du könntest mir helfen indem du sagst was mit dir los ist.» Sie stockte. «Mit... mir?... was... was soll schon mit mir sein? Es ist nichts wirklich. Ich hab nur nen' schlechten Tag. Morgen wird 's besser.» Ich dachte, sie noch «hoffe ich» dazugefügt zu haben, doch anscheinend war es nur ein scheues Gemurmel. Ich hackte, um zu realisieren, dass meine beste Freundin mir nicht sagen wollte, was mit ihr los war. Man merkte die Stille und die Sorge die so langsam vorherrschend in mir wurde. «Ok. Na dann... Ähm... Hättest du denn Lust mit mir und Alec irgendwohin zu gehen? Vielleicht bei dem Kaffeeladen...» Sie beendete meinen Satz mit einem schlichtem «Nein». Danach war es still am anderen Ende. Sie hatte einfach aufgelegt! Die Sorge um sie wurde schnell zur Wut gegen sie. Entzürnt knallte ich den Hörer gegen den Tisch und stütze mich an ihm, um Halt zu finden. Zudem liess ich mir die Situation nochmals durch den Kopf gehen, atmete tief durch und fand ein wenig Ruhe. Hatte ich irgendetwas falsches gesagt? Irgendetwas was sie aufgeregt hatte? Ich verstand es einfach nicht. Irgendetwas in meinem Kopf sagte mir, dass ich mich nicht länger darum kümmern sollte. Aber trotzdem wollte ich der Sache nachgehen, war aber einfach zu müde um noch irgendetwas zu machen. Also zog ich mein Oberteil aus, fläzte mich aufs Bett, schloss meine Augen und hoffte Ruhe zu finden. Am nächsten morgen wachte ich schon früh auf, doch wurde im Unterricht bei Mr. Crumble schnell wieder müde. Es war Donnerstag, dass hiess, der Tag war zwar relativ kurz, doch leider auch sehr langweilig. Oft musste ich mich selbst mit einem kurzen Kneifen wachhalten. Nachdem Mr. Crumble uns wieder etwas unnötiges beigebracht hatte, ging ich langsam den langen Gang unserer Uni entlang. Das Telefongespräch von gestern war mir immer noch im Kopf geblieben. Mir kam die Wut von gestern wieder hoch. Nun wollte ich unbedingt Chris treffen um endlich herausfinden was mit ihr war und wieso sie in letzter Zeit so komisch zu mir ist. Ich sah sie gerade ihr Klassenzimmer verlassen, als ich zügig um die Ecke kam. Schon von weitem erkannte sie mich, senkte ihren Blick und mischte sich unter die Menschen. Ich krächzte ihr noch heiser hinterher, doch sie kümmerte sich überhaupt nicht um mich oder meine Gefühle oder irgendetwas das im Moment gerade passierte. Sie wollte nur aus dem Gebäude. Ich rannte ihr hinterher, wohlwissend, dass ich nicht gerade die beste ihm Turnen war. Doch ich denke, wenn Mrs. Caroll mich jetzt rennen sehen würde, wäre ich bestimmt im 80m Lauf an einem besserem Punkt für eine genügende Note. So langsam holte ich deutlich auf. Es wurde zwar auch immer schwieriger durch die Menge zu kommen. Mein Atem wurde immer schwerer, doch nun kriegte ich ihre Haare zu fassen zog fest daran und sie landete mit dem Rücken auf dem Boden. Sofort scharrte sich eine kleine Menschenmenge um uns und beobachteten die nächsten Augenblicke. Ich begann sie anzufauchen: «Wieso läufst du weg? Ich wollte nur mit dir reden! Verdammt! Du zerstörst eine langjährige Freundschaft wenn du so weitermachst und mir nicht sagst was los ist! Jetzt sag mir was mit dir ist! Sofort!». Ich sah Tränen in ihren Augen. Es war mir nicht klar, was gerade passiert war. «Sag mal... alles noch ganz senkrecht bei dir? Was fällt dir ein, einfach meine Haare auszureissen?». Ich war verwundert, dann geschockt, als ich den doch deutlich grossen Haarbüschel in meiner Hand sah. Geistesgegenwärtig öffnete ich meine Hand und liess die Haare fallen. Immer noch war sie tränend am Boden mit der Hand an ihrem Kopf wütend zog sie mich an meiner Jacke zu ihr und schrie mir heftig ins Ohr: «Unsere Freundschaft ist jetzt beendet!». Nun war ich vollends am Boden zerstört. Die Tränen von mir flossen über meinen ganzen Körper und über ihren Arm.

Alles was ich noch herausbringen konnte war nur ein schniefendes Genuschel. Sie liess mich los und rammte mich auf den Boden. Mit leichtem Schwindel sah ich über die glatte Bodenfläche. Ich sah schon, wie Mr. Porter und Mrs. Caroll anrennen. Zum Glück war ich weg bevor die Lehrer da waren. Ich war auch eher froh darüber, denn sie hackten ziemlich bei allen nach, die unseren kurzen Streit gesehen hatten. Was mit Chris geschehen war, hatten meine Augen nicht mehr wahrgenommen. Doch ich weiss noch was sie mir gesagt hatte, als sie mich auf den Boden gedrückt hielt. „Alec gehört mir! Und du wirst es bald merken!". Das blieb mir noch lange im Kopf. Ich rief Alec an, mehrmals, aber er nahm einfach nicht ab. Als meine Beine dann endlich die Haustüre von dem Appartement, welches ich gemietet hatte erreichten, klappte ich innerlich zusammen. Kurz schaute ich noch auf mein Handy, doch da war nichts. Als ich mich vom Bildschirm wegdrehte, machte es kurz: Ping! Zögernd blickte ich auf den Bildschirm und hoffte, dass es eine Nachricht von Alec war, doch es war ein Bild. Ein Screenshot. Und dann noch von Christine. Wütend tippte ich auf mein Handy und schaute mir das Bild an, nachdem ich Chris auf allen sozialen Netzwerken blockiert hatte. Das Foto zeigte einen Chatverlauf auf dem sich Chris mit Alec gut versteht. Sehr gut sogar. Je länger ich das Bild anstarrte, desto wütender und verwirrter wurde ich. Wen liebte Alec denn jetzt? Mich? Christine? Oder jemanden ganz anderen? Schniefend schaute ich auf und ab. Nichts machte mehr Sinn. Ich warf mein Handy weg und begrub meinen

Kopf unter meinen Armen. Wieso? Wieso diese ganze Verwirrung? Und wieso ich? Ich verstand nichts mehr. Vielleicht musste ich das auch gar nicht. Zu viele Fragen, zu wenig Antworten.

Kapitel 4 - Die Entscheidung

Ich war verwirrt, wollte er jetzt was von mir oder von Chris. Kann der Junge sich nicht einmal Entscheiden? Dieses hin und her brachte mir Kopfschmerzen ein. Der schrille klang meines Handys holte mich aus aus meinen Gedanken raus."Hallo? Victoria hi hier ist Alec. Hast du kurz Zeit?" Scheisse...Ich hatte nicht gekuckt wer mich angerufen hat."Ja? Also kannst du kurz deine Tür aufmachen? Ich bin vor deinem Haus. WAS?!?!" Ich rannte schnell zu meiner Türe und riss sie auf. Ein gutaussehender Kerl stand vor meiner Tür. Ich ging nach draußen und fragte ihn was er hier überhaupt wollte."Komm ich werde es dir bei einem kleinen Spaziergang erzählen, antwortete er." Ich fragte ihn über was er überhaupt sprechen wollte und schaute ihn fragend an. Er fasste meine Hand und schaute mir tief in die Augen und sagte:"Ich habe mich für dich entschieden." Meine Augen wurden gross und ich fing an zu grinsen."Wie bist du auf den Entschluss gekommen? Also ich weiss das ist scheisse aber ich hatte auch Kontakt zu Chris..."antwortete er. Ich teilte ihm mit das ich es schon wusste und distanzierte mich von ihm. Ich fragte ihn ob er noch Gefühle für Chris hatte. Er schaute mich angeekelt an und antwortete"Nein?!?!?!

Als ich mit ihr Kontakt aufbaute merkte das sie nicht die richtige für mich ist, sondern du bist es."Meine Augen füllten sich mit Tränen. Plötzlich griff er nach meiner Hand und zog mich an ihn heran und sagte:" Komm wir gehen jetzt ein Eis essen."Auf dem Weg dort hin schwiegen wir nur. Beide von uns schielten in ihren eigenen Gedanken. Plötzlich blieb er stehen was mich zum Lachen brachte. Er lachte ebenfalls und sagte:"Wir sind angekommen." Ich musste mir das keuchen verkneifen und sah das wir unter dem leuchtenden M vor dem McDonald standen. Drinnen nahmen wir je einen Mc Flurry und er führte mich zum Park. Dort liefen wir gemütlich um den See und führten Smalltalk. Als ich meinen Mc Flurry fertig gegessen habe und ihn weggeworfen habe, kamen wir bei einen kleinen Brunnen an der am Rand des Sees war. Also hielt ich an um etwas Wasser zu trinken. Kurz bevor ich etwas trinken konnte, spürte ich etwas Nasses im Gesicht. Erschrocken und erbost schaute ich auf. Dieser Bastard hatte mich tatsächlich nass gespritzt und lachte mich dabei noch aus. Ich spritzte ihn an und fing an zu lachen. Ich war schockiert als ich sah das er seinen leeren Becher hervor nahm, es mit Wasser füllte und mich nass spritzte. Sofort kam mir eine Idee in den Sinn. Ich sagte ich hätte eine Überraschung für ihn und verdeckte seine Augen mit meiner Hand. Ich führte ihn zum Ufer vom See der ci.20 Meter weiter vorne lag. Als wir dort ankamen nahm ich eine Hand voll Wasser und spritze ihn nass. Sein Blick in diesen Moment war unbezahlbar. Er holte wieder seinen Mc Flurry Becher hervor und befüllte es mit Wasser. Ich wollte nicht wieder nass werden und sprang nach hinten. Nur leider schaute ich nicht hin wohin ich sprang und landete in den See hinein. Aber genau in diesem Moment gab es eine Strömung und es zog mich weiter in den See hinein. Alec wusste das ich nicht schwimmen konnte und sprang ebenfalls hinein um mich zu retten. Unglücklicherweise zog die Strömung Alec auch hinein. Naja... Zumindest war ich nicht mehr alleine. Wir liessen uns von der Strömung treiben und hofften bald Hilfe zu sehen. Ungefähr zehn Minuten später sahen wir ein Häuschen und schwammen dort hin. Das Häuschen war ziemlich unheimlich... Als Alec und ich bei dem Häuschen angekommen waren, klopften wir an der Türe an. Keiner machte auf, beim zweiten Mal klopfen machte wieder keiner auf. Also versuchte ich mit meinen zittrigen Händen die Türe zu öffnen und diese schwang auf. Ich schaute in fragend an, nachdem er kurz überlegt hatte ging er einfach mit mir rein und zog die Türe hinter uns zu! Ich krallte mich an seinem T-Shirt fest und versuchte was zu erkennen. Nach einer weile hatten sich meine Augen an das schwache Mondlicht gewöhnt. Plötzlich fand ich einen Lichtschalter und sofort kam Alec um ihn zu betätigen. Warmes Licht umhüllte uns und jetzt konnten wir erkennen das wir in einem und einzigen Raum dieser Hütte standen. Man konnte ein Esstisch mit Stühlen und einem Schrank erkennen. Vor Erleichterung seufzte ich auf als ich das Sofa nahe bei einem Kamin entdeckte. Alec wurde darauf aufmerksam und führte mich vorsichtig zu dem Sofa um sich dann dem Kamin zu widmen. Ich schaute mich genauer um und fragte mich ob es in dieser Hütte auch ein paar Streichhölzer existieren um das Holz in dem Kamin anzuzünden. Alec und ich suchten und suchten. Nach einer gefüllten viertel Stunde fand ich in einem Regal eine kleine Schachtel. Ich reisste sie sofort auf. Ah war leider nur ne alte Schachtel mit ein paar Euros drin. Alec rufte mich laut und deutlich. Ich eilte schnell zu ihm rüber. Als ich ihn anschaute sah ich, dass er eine Packung voll Streichhölzer in der Hand hielt. Wir freuten uns beide sehr und rasten zu dem Kamin. Alec zündete das Holz an. Schon nach drei Minuten war es ein richtig schönes und gemütliches Feuer geworden. Wir fühlten uns ziemlich wohl in diesem Haus obwohl es auf den ersten Blick sehr gespenstigt aussah. Wir hatten den Drang nach einer Decke. Die holten wir uns auch aus einer Truhe vor dem Sofa heraus. Nichts fehlte uns. Es gab nur Alec und ich. Ein wirklich unglaublich schöner Moment war das. Er schielte zu mir rüber und schmunzelte leicht. Ich schaute nur verwirrt zurück. , Willst du dich nicht ausziehen um trocken zu werden? '' dabei grinste er mich an. Ich wurde rot. ,Kannst du vielleicht wegschauen? '' Kam leicht beschämend aus mir heraus. ,, Und was ist, wenn ich zuschauen möchte?" Er lachte leicht als er meine Reaktion sah, drehte er sich aber dennoch weg. Ich lief in eine entfernte Ecke und zog mir die Blouse und die Hose aus, bedacht darauf nichts auf den Boden fallen zu lassen.

Ich hank meine Sachen über einem Stuhl auf und trocknete mich schnell mit dem zerzausten Tüchlein ab das auf einer Kommode rumlag. Eingewickelt in das Tuch schmiess ich mich aufs Sofa. ,Darf ich jetzt wieder gucken? " fragte Alec. ,, Jap du kannst dich jetzt auch umziehen." Als er dann auch ausgezogen und abgetrocknet hatte, lag er sich neben mich hin auf das Sofa. Eng aneinander gekuschelt. Ich war verwirrt aber dennoch fühlte ich mich sicher bei ihm und ich schlief geborgen ein. Der Morgen war angekommen. Das ganze Getzswitschere der Vögel machte uns hellwach. Yeah, wir waren ganz trocken und es ging uns gesundheitlich gut. Das Problem war nur.. Wie zur aller Welt sollen wir hier wegkommen um nach Hause zu gehen? Alec und ich suchten nach einem Telefon. Ausgerechnet ein Telefon war nicht in diesem Hause vorhanden. Na dann mussten wir uns etwas anderes überlegen. ,,Heyy wir könnten einfach alles wieder zurück schwimmen." Schlug Alec vor. ,,Wie bitte??? Willst du dich dem Tod stellen in dieser ganzen Strömung oder was ist das hier bitte!" beklagte ich mich ängstlich. Alec antwortete gleich darauf :,, liebes das war nur ein Scherz." Ich war erleichtert. Völlig unter Druck gesetzt suchten wir nach einer Lösung. Ich fing an ganz laut ,,Hilfe" zu schreien. Doch keiner konnte uns hören. Wir gaben es auf und umarmten uns fest. Nach zwei Stunden kam endlich eine Menschenseele. Es war ein Fischer. Er schaute die beiden ganz verblüfft an und fragte sich was so ein süsses Pärchen hier will. Ich stand sofort auf und erklärte ihm alles. Alec unterstützte mich. Der Fischer fands in Ordnung und hat uns angeboten mit ihm zurück zu fahren. Wir sagten nicht nein. Schon nach circa fünfzehn Minuten waren wir wieder in unserem Viertel. Alec und ich bedankten uns aufrichtig bei ihm. So jetzt war es höchste Zeit nach Hause zu gehen. Unsere Eltern bekamen zum Glück nichts mit, weil es erst halb sieben am morgen war. Gott sei dank war es Sonntag. An Sonntagen schlafen unsere Mamas und Papas immer aus. Alec und ich machten für nächste Woche ab, um zusammen abzuhängen.

Kapitel 5 - Es wird richtig heiß!

Wir hielten an und wir standen vor einem wunderschönen, modernen Haus. Im Vorgarten gab es einen Teich, neben an stand ein Gerüst, der mit stark duftenden Blumen bedeckt war. Er öffnete die Türe und ich ging hinein. Alec berührte mich an den Schultern, ich spürte wie sein Atem meinen Hals streifte. Er zog mir langsam und liebevoll die Jacke aus. Ich fühlte wie es in meinem Bauch kribbelte. Unsere Blicke trafen sich und er küsste mich. Als eine Stimme von Oben kam, zuckten wir zusammen und ich sah in fragend an. Als eine weibliche Stimme erneut rief: " Alec, bis du das?". Er lächelte und rief, "Ja!", Alec sah mich an und erklärte mir das, dass seine Mutter war. Mit lauter Stimme rief sie:" Ich habe deine Wäsche gewaschen, es liegt oben auf deinem Bett!" Sie kam runter und lächelte mich an:" Du bist bestimmt Victoria, Alec hat viel von dir erzählt". Ich zog meine Augenbraue hoch und sagte: "Wirklich". Sie sagte: "Ja, aber keine Sorge, ich und mein Mann werden gleich gehen". Alec wurde leicht rot und fragte:" Wann werdet ihr gehen!", sie sagte: "Gleich, ich warte bis deinen Vater kommt. Wollt ihr was essen?" Weil ich höflich sein wollte sagte ich:" Ja, sehr gerne". Sie schnitt eine Brotscheibe ab und ich beschmierte es mit Butter und Schinken. Ich biss in das Stück Brot hinein, als plötzlich Alecs Vater hineinkam. Sein Vater hieß Mr. Johnson, er hatte graue Haare und ein grimmiges Gesicht, was ihn nicht sehr sympathisch aussehen ließ. Seine Frau Mrs. Johnson trug ein schönes, rotes, halblanges Kleid an. Ihr Mann dagegen hatte einen ganz normalen schwarzen Anzug an. Als sie endlich aus dem Haus gingen waren wir nur noch zu zweit. Alec entschuldigte sich für das peinliche Benehmen seiner Mutter. Langsam wurde es dunkel und wir schauten uns einen Krimi Film an. Der Film stoppte und seine Hand fuhr durch meine Haare. Ich wollte ihn unbedingt, meine Hand fuhr vorsichtig durch seine süßen lockigen Haare. Er flüsterte mir ins Ohr:" Wollen wir nicht im Bett fortfahren"? Ich lachte und er hielt meine Hand und führte mich in sein Schlafzimmer. Alec schmiss mich auf sein Bett, er zog sein T-Shirt aus und man konnte sein unglaublich schönes Sixpack sehen, der sich anspannte als er sich über mich beugte und sich an meinen Hals zu schaffen machte. Ich griff mit meinen Händen um seinen Nacken und vergrub meine Finger in seine Haare. Er küsste mir den Hals entlang bis zu meinem Ausschnitt. Ich merkte wie er ungeduldig wurde und mein T-Shirt auszog. Ich umfasste sein Gesicht mit meinen Händen und zog ihn zu mir runter, um ihn in einen Kuss zu geben. Seine sanften Berührungen an meinem Bauch brachten mich zum keuchen. Als ich mich im entgegen bog und mich an seinen Rücken festkrallte musste auch er leicht stöhnen. Ich wurde ungeduldiger und ungeduldiger. Meine Lust stieg mit jedem Kuss. Ich fing an seine Hose auszuziehen, ohne den Kuss zu unterbrechen danach fing er an meine Hose auszuziehen. Ich fing an zu stöhnen und er versuchte in diesem Moment meinen BH auszuziehen. Er unterbrach denn Kuss und fragte ob ich es wirklich wollte. Ohne zu antworten presste ich meine Lippen wieder an seine und zog ihn so fest an mir ran, dass kein Abstand zwischen uns war. Er hatte anscheinend schon vorher ein Kondom unter dem Kissen versteckt, welches er jetzt hervor nahm. Ich packte es aus und zog es über sein Glied. Er fing an meine Brüste zu küssen danach meinen Bauch. Er ging weiter runter und kitzelte meinen Schwachpunkt. Er kam wieder hoch und dann kamen wir so richtig zu Sache. Er steckte sein Prachtstück in mich hinein und ich fing an zu stöhnen. Ich wusste jetzt schon das es ein zweites Mal gibt. Am Anfang spürte ich einen kleinen Schmerz aber der interessierte mich nicht. Schon nach ca. zwei Minuten fing es an sich besser anzufühlen. Ich spürte so richtig seine leidenschaftliche Liebe zu mir. Es war einfach ein unfassbarer Moment. Viele sagten das erste Mal ist nie perfekt, doch für mich war es der schönsten Momente in meinem Leben. Eine lange Zeit lang fühlte ich mich nie bereit, aber als Alec und ich uns körperlich näher kamen hatte ich so ein selbstbewusstes Gefühl mit Sicherheit dazu. Als ich dann gekommen war, tränten meine Augen, das Gefühl war unglaublich gut. Als auch er fertig war, lagen wir erschöpft auf dem Bett. Weil ich keine Kleider zum schlaffen hatte, bot er mir ein großes T-Shirt an. Ich ging ins Badezimmer und versuchte mit Wasser und Taschentücher mein Gesicht zu waschen. Als ich fertig war sprang ich auf das Bett und kuschelte mich zu Alec. Ich merkte wie müde mein Körper wurde. Er hielt mich in seinen Armen fest, bis wir einschliefen.

Kapitel 6 - OOP.-

Als ich meine Augen öffnete, spürte ich als erstes seine zärtlichen Berührungen an meinem Oberschenkel und schaute ihm ganz tief in die Augen. Als ich an das denke, was gestern geschehen ist, beginnt mein Herz ganz schnell an zu pochen, mir wird ganz warm und ich beginne gleich an zu strahlen. Gleich in diesem Moment schiesst mir ein Gedanke in den Kopf, ich muss es gleich meiner Besten Freundin sagen. Ich drehe mich auf die Seite und suche mein Handy, als ich es dann endlich mal finde, stelle ich leider fest, dass es keinen Akku mehr hat. Da sie gleich nebenan wohnt, ziehe ich mich schnell an und sprinte zu Ihr hinüber. Schliesslich als ich bei ihr ankomme, klingle ich ganz aufgeregt. Sie öffnet mir völlig verschlafen die Türe. Ich weiss nicht wie ich anfangen soll, es Ihr zu erklären. Sie schaut mich ganz verwirrt an. Ich kann es nicht mehr aushalten und fange gleich an zu reden. Bis in das genauste Detail möchte sie es wissen. Wie hat es sich angefühlt? Hattest du keine Angst? War es nicht komisch, dass du ihn nackt gesehen hat? Doch ich weiss nicht, wie ich ihr die Gefühle beschreiben soll. Am späten Abend gehe ich endlich nach Hause. Die Woche war sehr anstrengend, doch irgendwie kann ich mich nicht zum Schlaf zwingen. 3:00 Uhr, mir ist sehr übel und ich muss brechen. 03;30, Ich mache mir auf den Weg zur 24h Tankstelle und kaufe mir sicherhalbsweise einen Schwangerschaftstest, denn ich habe das Gefühl, das das Kondom gerissen ist, schliesslich ist das Ereignis schon eine Wo. 03;45 ich bin endlich Zuhause angekommen und habe bereits auf den Test uriniert. 04;00 Meine Hände zittern und ich schaue sehr nervös auf den Test, in meinen Augen flossen gleich Tränen. Ich weiss nicht ob ich glücklich oder traurig sein soll. Der Test ist positiv. Mir gehen tausende von Gedanken durch den Kopf. Soll ich enttäuscht oder traurig sein? Wie wird sich mein Leben verändern. Abtreiben ist für mich ein absolutes Tabu Thema. Ich werde mich morgen gleich beraten lassen. Was die beste Option für mich ist. Wie soll ich das nur Alec erzählen? Ich versuche mich zu beruhigen und mich ein bisschen auszuruhen. Ich glaube das Beste für mich ist, dass ich es morgen, gleich meiner Mutter erzählen darf und sie nach einem Rat fragen kann. Ich versuche jetzt zu schlafen und hoffe, dass alles gut kommt. Als ich aufwache hoffe ich, dass das alles nur ein Traum war, doch im Hinterkopf weiss das alles Realität ist. Ich packe meinen ganzen Mut zusammen und laufe zu meiner Mutter ins Wohnzimmer. So aufgeregt war ich noch nie, wie wird meine Mutter reagieren? Hoffentlich schreit sie mich nicht an. Ich habe Angst..., doch ich muss es ihr sagen. Schliesslich muss sie es erfahren... Endlich fertig, ich habe ihr alles erzählt, sie hat so gut und ruhig reagiert, ich bin sehr erleichtert. Meine Mutter hat gleich einen Termin beim Frauenarzt gemacht, doch der Termin ist erst in zwei Wochen und für einen Notfalltermin wäre es viel zu teuer. Die grösste Hürde für mich ist, die Sache mit Alec. Wie soll ich ihm die Schwangerschaft gestehen? Wie wird er echt reagieren?Was ist, wenn er abhaut? In meinem Kopf stürmen tausende von Gedanken rum. In diesem Moment sollte ich mich vor allem auf meine Ausbildung konzentrieren und mir nicht zu viele Gedanken über das ganze machen. Das kommt schon alles gut, hoffe ich auf jeden Fall. An diesem Punkt ist es einfach nicht so einfach alles positiv zu sehen, schliesslich geht es um Leben oder Tod.

Kapitel 7 - Hilfe

Eines Morgens wachte ich sehr früh auf und ich merkte sofort das etwas mit mir nicht stimmte. Ich wankte aus dem Bett, trödelte ins Bad und schaute in den Spiegel. Doch da war nichts, dass mir fehlen würde. Trotzdem war da etwas, was nicht üblich war. Also rief ich Alec an. Nachdem ich ihm die Situation geschildert hatte, riet er mir zum Arzt zu gehen, leider konnte er nicht mitkommen. Beim Arzt empfing mich die Sekretärin. Ich sagte ihr was mir fehlte und sie begleitete mich ins Wartezimmer. Nach einer gefühlten halben Stunde ohne Gewissheit holte mich der Arzt persönlich ab. Ich sagte ihm ebenfalls was ich hatte. Nach ein paar Fragen meinte er es wäre keine Krankheit sondern ich wäre schwanger. Es war ein paar Minuten ruhig, dann erklärte ich ihm das das nicht möglich sei. Er riet mir trotzdem zur Apotheke zu gehen, um mir einen Schwangerschafts-Test zu kaufen. Ich befolgte seinen Rat und machte mich auf den Weg. Auf dem Weg überlegte ich mir, wie das passieren konnte, doch der Weg war zu kurz um Nachzudenken. In der Apotheke fragte ich die Apothekerin wegen einem Schwangerschafts-Test. Sie händigte mir den Test aus. Kurze Zeit darauf machte ich mich auf den Heimweg. Als sie Zuhause angekommen war, konnte ich es kaum abwarten. Das Resultat war für mich erschreckend. Ich war schwanger!!! Nach einigen Minuten entschied ich, es meinem Freund Alec mitzuteilen. Jedoch wusste ich nicht ob ich es ihm Face to Face oder über WhatsApp mitteilen sollte. Ich überlegte kurz und entschied mich anschließend, dass wir uns treffen sollen. Wir trafen uns eine paar Minuten später auf dem Feldweg. Dort angekommen wartete er schon aufgeregt auf mich. Ich teilte ihm die neue Nachricht schon nach der ersten Sekunde mit. Zuerst war es ruhig, doch dann kam es so rüber als würde er sich freuen. Wir diskutierten noch eine Zeit lang über so Sachen die so typisch für werdende Eltern sind. Dann ging ich nachhause. Zuhause war ich so froh, dass er die Nachricht gut aufgenommen hat.

2 Tage Später

Ich schrieb und schrieb ihm aufs Handy, doch er antwortete nicht. Langsam machte ich mir sorgen, am dritten Tag war ich verzweifelt. Ich machte mich auf den Weg zu Alec, als ich bei ihm geklingelt habe kam nur seine Mutter an die Tür. Nach einer Herzlichen Begrüßung fragte ich sie wo er sei. Sie antwortete warmherzig "verschwunden" :(. Ich machte mir solche Sorgen und war am verzweifeln. Ich holte Hilfe von einer Fachfrau, ich ging zu einer Psychologin. Mein erster Termin war schon nach 3 Tagen. Ich musste nur einmal gehen, denn mein Fall hatte sie schon oft und sie brachten den Ablauf in 45 Minuten rein. Ich war sehr froh, dass ich mit einer Frau über dieses Thema sprechen

konnte. Nach diesem Termin überlegte ich mir wo er sein konnte und wieso er abgehauen ist. Leider fand ich auch nach 20 Minuten keine Antworten auf diese Fragen. Ich rief ihn noch ein paarmal an und schrieb ihm noch ein paar Nachrichten. Eine Woche später sah ich eine Nachricht von ihm auf meinem Handy. Er schrieb, dass ich ihn in ruhen lassen soll. Das schockte mich sehr ich wusste gar nicht was ich machen sollte. Ich beschloss noch einmal zu der Psychologin zu gehen. Ich sagte ihr was passiert ist und sie sagte mir ich solle ihn in Ruhe lassen. Ich setzte mich im Park auf eine Bank und überlegte mir:" Was sind meine nächsten Schritte."

Kapitel 8 - Trauer

Als hätte ich noch nicht schon genug Probleme, kamen noch mehr dazu. Nach dieser emotionalen Nacht wollte ich wie gewöhnlich in den Tag starten und beschloss meinen Eltern die ganze Wahrheit zu erzählen. Noch nie fiel mir den Weg ins Schlafzimmer meiner Eltern so schwer. Vor der Tür meiner Eltern stieg meine Nervosität noch höher. Tausend Gedanken wirrten mir im Kopf herum. Mit meiner zitternden Hand klopfte ich sanft an die Tür. Da keine Antwort kam, beschloss ich langsam die Tür zu öffnen. Ich ging rein und platzte mitten in ein Gespräch meiner Eltern. Es war nicht nur mir unangenehm, sondern meine Eltern wirkten auch angespannt. Daher konnte ich erahnen, dass sie mir ebenfalls etwas sagen wollten. Damit hatte ich nicht gerechnet. Sie teilten mir mit, dass sie sich aus einander gelebt haben und in Zukunft Abstand brauchen. Ich brach in Tränen aus. Ich konnte es nicht übers Herz bringen, meinen Eltern zu sagen, dass ich ein Kind erwarte. Später auf meinem Zimmer wurde mir erst wirklich bewusst, was gerade passiert ist. Doch obwohl mich das innerlich verletzte hatte ich zurzeit noch ganz anderes im Kopf. Ich beschloss meine Beichte auf Morgen zu verschieben. Den ganzen Tag konnte ich nicht klar denken. Wie sollte ich meinen Eltern bitte sagen, dass ich schwanger bin, nachdem Sie mir so eine Nachricht überbringen? Den ganzen Tag habe ich nicht gegessen und ich musste mich dreimal übergeben. Meine Mutter sorgte sich um mich und sagte mir das es nur eine Erkältung sei, wenn sie nur wüsste. Den ganzen Tag habe ich über mein Leben nachgedacht. Meine kaputte Beziehung zu Alex, das Lebewesen in meinem Bauch und die Scheidung meiner Eltern. Aber eine Frage beschäftigte mich am meisten, werde ich das Baby behalten? Einerseits ist es mein eigenes Fleisch und Blut, aber andererseits hätte es kein Vater und mein ganzes Leben wäre zerstört. Ich brach in Tränen aus, wieso passieren mir so viele schlimme Sachen auf einmal. Ich muss wohl, während dem ganzen heulen eingeschlafen sein, denn als ich aufwachte war schon Morgen. Mein erster Gedanke ging an meine Eltern. Heute war der Tag, an dem ich Ihnen es sagen werde. Ich bin schwanger. In der Zwischenzeit habe ich es langsam akzeptiert, dass ich ein kleines Lebewesen mit mir trage und es jeden Tag noch mehr wächst. Ich stand auf und beobachtete mich im Spiegel. Meine Augen waren rot und ich hatte noch nie so grosse Augenringe. Enttäuscht wendete ich mich vom Spiegel ab und ging langsam zur Küche. Dort fand ich meine Eltern in Stille am Essen. ,,Guten Morgen, sagte ich leise. ,,Guten Morgen, wie geht es dir heute Victoria?", fragte meine Mutter mit einer besorgten Stimme. Mein Vater lächelte mich schnell an und ging wieder an seinem Frühstück ran. ,,Ich muss euch etwas beichten" , kam plötzlich aus mir raus. ,,Was ist den Victoria?", fragte mein Vater verwirrt. Ich wusste nicht was ich sagen sollte. ,,Ich ..." , fing ich an. ,, Na sag es schon", sagte meine Mutter ungeduldig. ,, Ich bin schwanger", sagte ich, Tränen schossen mir aus den Augen. Es war für gefühlt fünf Minuten Stille. Ich hatte noch nie so Angst in meinem Leben. ,,Victoria ich habe keine Zeit für deine Witze", sagte meine Mutter mit einem inzwischen genervtem Gesicht. ,, Ich mache aber keine Witze, ich... ich bin echt schwanger", schluchzte ich. Es war so demütigend, der Blick meiner Eltern, voller Enttäuschung. Sie wussten nicht was sie sagen sollten und wenn ich ganz ehrlich bin, ich wüsste auch nicht was ich zur meiner schwangeren 17-Jährigen Tochter sagen sollte. ,, Geh bitte auf dein Zimmer ich und deine Mutter müssen das besprechen", sagte mein Vater mit einer kalten Stimme. Ich zuckte, ich habe ihn noch nie so ernst gesehen, er ist immer so liebevoll und warmherzig. Genau in diesem Moment war er weit entfernt von dem. Ich hasste das Gefühl, das Gefühl meine Eltern zu enttäuschen. Langsam ging ich auf mein Zimmer. Zur Beruhigung wollt ich frische Luft schnappen und meinen Kopf frei kriegen. Zu Beginn war es auch wirklich beruhigend, doch als ich mich für höchstens fünf Minuten auf eine Bank setzen wollte, bekam ich einen Schrecken. Ich dachte ich bekam einen Herzinfarkt. Nur etwa drei Bänke entfernt sassen Alec und Chris. Ich merkte wie mein Gesicht rot wurde. Und natürlich genau in diesem Moment blickten mir beide genau ins Gesicht. Am liebsten wollte ich einfach wegrennen, aber dann würde es nur noch peinlicher werden.

Sie kamen langsam auf mich zu und ich bemerkte, dass sie sich ganz seltsam verhielten. Als die beiden dann vor mir standen, wusste ich nicht was ich sagen sollte. Zum Glück begangen sie zu reden, so war die komische Stimmung durchbrochen. "H..Hey Victoria" sagten die Beiden. Ich war überfordert und das einzige was aus meinem Mund kam war "Na was geht". Der Rest des Gesprächs verlief noch peinlicher. Ich erfuhr das sie mit einander gehen und das schon seit längerem. Ich bekam einen Wutanfall. Wie konnten sie mir sowas antun? Eine Unverschämtheit. Es verschlug mir die Sprache. Jetzt war mein Leben offiziell vorbei!

Kapitel 9 - Depressionen

Alles wurde zu viel für mich. Ich konnte einfach nicht mehr. Mich quälten Selbstmordgedanken und ich schaffte sie einfach nicht aus meinem Kopf zu kriegen. Mit Drogen, Ritzen und Rauchen versuchte ich meine Depressionen loszuwerden.

Aber es kam wie es kommen musste, ich verlor meinen Bezug zur Realität und kam in eine harte Psychose, die diese Situation um ein Vielfaches verschlimmerte.

Mein Selbstbewusstsein war nicht mehr vorhanden, daher beschloss ich, eine Klinik zu besuchen, bevor diese Situation eskalierte. Die weiteren Wochen fühlten sich für mich wie die Hölle an, bis ich dann in die Klinik eingeliefert wurde. Die ersten Tage empfand ich als sehr schlimm, was auch logisch ist, da ich keine Person dort kannte. Das änderte sich aber relativ schnell und ich lernte neue Menschen kennen. Jedoch sass der Schmerz immer noch tief. Ich hatte ein Kind in meinem Bauch, von einem Typen, der mich nicht mal mehr wollte.

Die Situation mit meinen Eltern belastete mich auch noch. Ich war am Boden zerstört. In der Klinik, hatte ich viel Zeit, um nachzudenken. Auch wenn es mir schwer fiel, entschied ich mich dazu, das Kind zu behalten. Ich konnte es nicht über mein Herz bringen, das Baby abzutreiben.

Dann fing die dunkelste Zeit in meinem Leben an. Ich hätte nicht gedacht, dass mein Leben noch schlimmer werden könnte, doch es geschah. Das Baby starb in meinem Bauch. Mein Körper war zu schwach, um es auf die Welt zu bringen. Ich fühlte mich noch nie so leer, wie in diesem Augenblick. Ich wusste nicht wie es in meinem Leben weiter gehen soll.

Die nächsten paar Tage brachte ich kein Wort aus meinem Mund. Ich hatte niemanden zum Reden, keine Freunde und nicht mal meine Eltern. Ich träumte in den letzten Nächten alles andere als schön. Meine Träume bestanden aus extrem skurrilen und verrückten Dingen. Letzte Nacht beispielsweise, träumte ich von Dämonen, die mit mir begannen zu reden, als ich sie anschaute. Sie erzählten mir, dass mein Leben für immer erfolglos weiter gehen wird und dass ich niemals etwas erreichen würde. Meine Alltage waren immer unmotiviert, traurig, und deprimierend. Meine Depressionen waren so stark, dass nicht mal eine Behandlung etwas nützte.

Kapitel 10 - Der Suizidgedanke

Es sind schon vier Monate vergangen seit ich Selbstmord begangen habe. Am Anfang war ich voller Willenskraft, stark für mein Kind zu sein. Langsam verlor ich immer mehr meinen Optimismus, dass ich eine gute Mutter sein werde. Ich sah einen letzten Lichtstrahl mit Hoffnung auf Hilfe. Es brachte mich zum vielen Nachdenken über mein trauriges Leben. Meine Entscheidung verlief so dass ich einen letzten Versuch starten wollte, um meinem Leben eine letzte Chance zu geben. Meine beste Freundin lieferte mich in eine Klinik ein. Dabei erhoffte ich mir halt, Halt um zu leben. Nach einigen Wochen fühlte ich mich immer noch nicht besser, also plante ich einen geheimen Akt. Der Plan war Suizid zu begehen. Zuerst suchte ich mir den perfekten Ort aus und dann die richtige Zeit. Viele Gründe tauchten auf warum ich bleiben sollte, doch der Tod holte mich ein. Nachdem ich zwei Tage verschwunden war benachrichtigten meine Eltern mich bei der Polizei als vermisst. Eine Stunde darauf wurde meine Leiche im Michigansee gefunden. Als meine Eltern am Tatort ankamen konnten sie meine Leiche auf den ersten Blick identifizieren. Chaos brachte in meiner Familie aus. Sie fanden sofort einen Schuldigen für meinen Suizid, nämlich Alec. Er war auch völlig am Boden zerstört, auch wenn er das

Kind nicht annehmen wollte. Einen Monat nach der Tat lief die Trauerfeier am grossen Friedhof vom Michigan. Alle waren anwesend sogar Alec schlich sich dort hin und versteckte sich hinter einen Baum. Keiner bemerkte ihn. Er war wie ein unsichtbarer Schatten, den man wegen rascheln der Blätter nicht hörte. Es war ein kalter Herbsttag im mitten vom Oktober. Der Wind wehte und die Haare der Gäste flogen ihnen leicht ins Gesicht. Meine beste Freundin war auch anwesend, obwohl sie lieber für sich trauern wollte. Alle gingen nach Hause, doch sie blieb bis zum Morgengrauen. Ihre Trauer besiegte ihren Ehrgeiz für das Leben. In der Schule war sie grauenhaft oder sie fehlte ganz einfach. Ihr Inneres war schwarz und sie hatte keinen Grund zur Freude. Zu meinen Eltern gibt es nichts mehr zu sagen. Sie wollten einen neuen Lebensabschnitt beginnen, dabei packten sie ihre Koffer und zogen nach Holland. Keiner hat je wieder was von ihnen gehört. Nun wieder zu meiner besten Freundin. Ich habe euch nicht die ganze Wahrheit erzählt. Als ich von Alec enttäuscht wurde war holte ich mir Trost bei Chris, meiner BFF. Zuerst suchte ich nur einen freundschaftlichen Rat, aber dann entwickelte sich etwas zwischen uns. In den Sommerferien trafen wir uns jeden Tag heimlich. Immer an verschiedenen Orten. Unser Lieblingsort war der Michigansee, bei dem wir innig den Sonnenuntergang genossen. Durch die Zeit zusammen verschwand unsere Einsamkeit. Wir verliebten uns unendlich ineinander. Nach den hin und her in meinem Leben ging es mir endlich gut. Doch dann kam ein unerwarteter Schicksalsschlag. Plötzlich fingen in meinem Bauch innere Blutungen an. Meine Eltern fuhren mich ins örtliche Krankenhaus. Die Ärzte versuchten mein Kind auf die Welt zu bringen, da es schon mein 8 Monat war. Sie schafften es leider nicht mein Kind zu retten. Nachdem ich es erfahren habe änderte sich mein Glück drastisch. Ich konnte kaum mehr schlafen und ich entwickelte einen geheimen Plan, um meinem Leben einen Schlussstrich zu erteilen. Mit Chris redete ich kaum, da sie so tat als wäre nichts geschehen. Alec versuchte sich bei mir anzunähern, doch ich wies es ab. In meinem Leben lief es sonst nicht so goldig, dann tauchten noch Gerüchte auf. Es wurde rumgetuschelt, dass ich mit Chris geschlafen habe. Bald schon konfrontierte mich Alec und ich gestand alles. Alle fingen mich an zu hassen wegen der Umstände mit Alec. Keiner wollte sich mehr mit mir abgeben und Suizid war die einzig wahrhaftige Lösung. Chris bekam einen heftigen mental breakdown und sie schlich sich vom Waisenhaus weg, bei dem sie lebte, weil sie sowieso bald 18 werden sollte. Sie konnte so einsam nicht mehr weiterleben und erhängte sich an einem Baum am Michigansee mit einem fetten Seil. Unsere Seelen sollten dort verschmelzen. An jener Nacht sah Alec ein Mädchen in einer Bar, das Original so aussah wie ich. Dann fragte er sich ob das wohl ich sein konnte, da er meine Leiche nicht gesehen hatte. Er verfolgte sie bis zu ihrer Wohnung und war sich dann sicher, dass ich es war. Darüber zerbrach er sich die ganze Nacht den Kopf und er entschied sich bei ihr vor der Haustüre zu erscheinen. Ich war es lebendig und wahrhaftig. Als ich die Tür öffnete war ich doch froh zu sehen. Wir fingen am stundenlang zu reden und er versuchte mich zu überreden wieder zurück zu kommen. Dabei kam mir dieser eine Gedanke. Würde ich mich besser fühlen, wenn ich wieder zu Hause wäre? Es erschien mir gut dem eine Chance zu geben. Alec erzählte mir, dass Chris tot ist und meine verschollen in Holland. Das traf mich stark in meinem Herzen, doch ich wollte diesmal stark bleiben. Meine Eltern wollte ich schnell auswendig machen, um einen neuen Lebensabschnitt mit wenigstens ein wenig Glück zu beginnen. Dies gelang mir. Mein Leben rief rund. Zwei Jahre später nachdem ich meine Eltern fand lebte ich mit meinem neuen Freund glücklich in der Hauptstadt Hollands an einem Bach in einem kleinen Häuschen mit einem Hund. Kinder wollte ich keine mehr nach dem tragischen Unglück vor paar Jahren.

Das war die Geschichte meines Lebens genauer gesagt wie ich den Kampf durch die Depressionen durchstand.

Ein Liebesroman

Schicksalhafte Begegnung

AB3e

Schicksalhafte Begegnung

Als die 21-jährige, arme Stella in der Bank auf einen jungen Mann trifft, bei dem sich herausstellte, dass er der Bankbesitzer ist, entsteht ein komischer Zufall. Oder doch Schicksal? Mit einem Zusammenstoss, begonnen mit einer nicht einverstandenen Mutter, entsteht eine perfekte Liebe.

Klasse AB3e mit Lurdes Dias

Kapitel 1:   Nadine Grob

Kapitel 2:   Mirjam Degiorgi, Joana Eichenberger

Kapitel 3:   Julijana Todosijevic, Roya Khaliki

Kapitel 4:   Amin Velija, Baran Türkmen

Kapitel 5:   Jan Kober, Mattias Cascio

Kapitel 6:   Luana Nikolic, Tomás da Costa Bilro

Kapitel 7:   Remo Wälchli, Rodrigo Viamontes Tavares

Kapitel 8:   Emelie Christensen, Sipitha Sivachandran

Kapitel 9:   Mario Paolo Belardo

Kapitel 10: Nicola Daniele De Cinque, Joshuah Fitsch

Zusatzkapitel von Carolina Silva Matos

Klappentext von Joel Fontana

Kapitel 1 - Die erste Begegnung

Es ist Abend. Wegen des kalten Wetters tummeln sich
noch wenige Leute im kleinen Starbucks am Rande einer Kleinstadt. Stella, die schlanke junge Brünette, arbeitet schon eine ganze Weile dort, sowie auch zwei
weitere Mitarbeiter. Sie bereiten noch einige Kaffees für
die Gäste zu, die sich noch nicht in die Kälte hinausge-
wagt haben. Es dauert nur noch ungefähr zwei Stunden
bis auch Stella in die eisige Abendluft entlassen wird.
Kurz vor Schichtschluss tritt plötzlich die Chefin in den
Vorraum und ruft Stella zu sich. Etwas verwirrt legt sie
den Lappen beiseite, mit dem sie gerade die einzelnen
bekrümmelten Tische abwischte und die ausgetrunke-
nen Frappuccino- Becher in den Mülleimer hinter der
Theke warf. Daraufhin ging sie in den Hinterraum, in
dem sie bereits von der lieben Chefin freundlich empfangen wird.

"Hey Stella, du arbeitest schon wirklich lange hier und
ich vertraue dir sehr. Da ich noch einiges zu tun habe,
wollte ich dich fragen, ob du dazu bereit wärst das ver-
diente Geld auf unser Bankkonto zu bringen. Ich müsste
dich dafür zwar in das kalte Wetter schicken, aber die
Bank ist ja nicht weit weg und ich bräuchte die Zeit wirklich für dieses Rechnungschaos hier." Stella fühlt sich
geehrt und nickt, sodass ihre braunen Haare ihr um den
Kopf fliegen. Danach begibt sie sich in den Kassenbe-
reich und holt das Geld. Doch bevor sie gehen konnte,
wurde sie von ihrer treuen Arbeitskollegin aufgehalten:

"Hey Stella, Schätzchen, das ist deine Chance. Schau dich um nach´nem süssen Typen, ja? Angel dir einen reichen, hübschen Bänker. Ich meine besser kann es nicht mehr werden.", grinst sie schelmisch und beginnt zu kichern, sodass sich sogar einige der noch übrigen Kunden sich zu ihnen umdrehen und ihnen verwirrte Blicke zuwerfen. Schnell drehen sie sich um und ihre Kollegin macht sich nun ans Tische putzen, was Stella ja nicht fertig geschafft hat. Währenddessen schüttelt Stella nur grinsend den Kopf über den Kommentar ihrer Freundin und Arbeitskollegin und macht sich auf den Weg in die grosse, nichtweit entfernte Bank. Nach kurzem Überlegen entscheidet sie sich zu Fuss zu gehen, da es trotz des kühlen Wetters nicht weit ist und ihr die Abkühlung nach diesem langen, anstrengenden Arbeitstag ganz gelegen kommt.

In dem grossen Eingangsbereich der Bank angekommen, läuft sie gedankenverloren durch den langen Korridor, in dem viele Bankautomaten und Informationsschalter stehen und gelangweilte Angestellte darauf warten bis jemand die leere Bank betritt und sie die Kundschaft mit ihren unnötigen Fragen durchlöchern können, bis sich der bereits genervte Kunde dazu entscheidet wieder zu gehen und sie sich ihr nächstes Opfer aussuchen können. Den Blick auf ihr Handy gesenkt, um auch ja nicht unnötig angesprochen und aufgehalten zu werden, läuft sie geradeaus als sie plötzlich gegen eine fremde, gutgebaute Gestalt läuft. Ihr Handy wie auch ihre Unterlagen fielen zu Boden. Erschrocken entschuldigt sie sich schüchtern bei dem grossen, jungen Mann, der sich ebenso entschuldigt und bückt sich, um ihre Sachen aufzuheben. Anders als erwartet bückt sich der Bankangestellte und hilft ihr, in dem er schnell ihr Smartphone aufhebt, während sie die einzelnen Blätter zusammensammelt und in das Mäppchen zurücksteckt. Dankend nimmt sie das Smartphone, das er ihr hinhält, und begutachtet es. Glücklicherweise hat es den Sturz überlebt. Freundlich lächelt sie ihn an und bedankt sich bei ihm. Genau so freundlich fragt er sie nun, "Geht es Ihnen gut? Kann ich Ihnen irgendwie behilflich sein?" Glücklich nickt sie und erklärt ihm, dass sie an ihr Bankkonto müsse, da sie bei Starbucks arbeite und das Geld abgeben wolle. Also fordert er sie dazu auf ihm zu folgen und begibt sich in sein grosses, ordentlich eingerichtetes Büro, das mit ein bis zwei Pflanzen geschmückt ist, um mit ihr das Fach zu öffnen und das Geld abzulegen. Nachdem sie das erledigt hat, wollte sie eigentlich bereits gehen, da sie die Hoffnung besass, noch bevor ihre Schicht endet, zurück zu sein. Allerdings macht ihr der gutaussehende Bänker einen Strich durch die Rechnung und fragte sie, ob sie vielleicht noch ein Weilchen Zeit habe und er sich mit ihr unterhalten könne.

Anfangs ein wenig verwundert, folgt sie ihm daraufhin in sein Büro, wo sie sich ihm gegenüber hinsetzt und ihn abwartend ansieht. Er lächelt sie nur etwas verpeilt an:

"Eigentlich...", fängt er auf einmal etwas schüchtern an, "...wollte ich sie ein wenig kennenlernen, sie waren sehr sympathisch. Okay, ich merke bereits das klingt jetzt wahnsinnig komisch, aber ich denke einfach es wäre nett sie kennenzulernen.", beendet er seinen Satz und schaut ihr in die grünstrahlenden Augen. "Mhm, gerne aber bitte nennen sie mich Stella, ich mag es nicht gerne so formell.", antwortet sie lächelnd und niedliche Grübchen kommen zum Vorschein. "Na gut Stella, ich bin Lorenzo. Freut mich dich kennenzulernen."

Nach einer Weile, in der sie sich mehr oder weniger in einer ziemlich peinlichen Stille befanden und keiner von beiden so recht wusste was sagen, begann Lorenzo von seinem Beruf zu erzählen, dass er früher gar nicht auf einer Bank arbeiten wollte. Doch sein Vater besass diese Bank hier und Lorenzo musste, als einziges Kind der Familie, nach seinem Tod diese Bank erben. Auch Stella begann zu erzählen, dass sie in dem Starbucks ganz in der Nähe arbeitet und eigentlich tagtäglich nicht viel mehr macht wie Kaffee ausschenken und dieser Ausflug in die Bank eine gelungene Abwechslung sei. Sie erzählt, dass sie auch nicht weit entfernt wohne. Er verriet ihr, dass er 23 Jahre alt sei und im Gegenzug sagte sie ihm sie sei 21. Sie erklärte ihm, dass ihre Familie nicht hervorragend verdient und sie dies eigentlich nicht gerne verriet, aber ihm dies jetzt nun mal anvertraut. Sie müsse viel arbeiten, um genau gleich viel zu verdienen, wie er täglich. "Sowas ist doch nicht schlimm, das Geld macht den Menschen nicht aus. Geld verändert die Leute nur, sie werden geizig und arrogant. Man sieht den wahren Wert einer Person nicht mehr, man betrachtet die Person nur noch als gut oder schlecht. Das wirklich Wichtige wird dabei total vergessen: Charakter und Gefühle. Von der Gesellschaft wird schon den Kindern eingetrichtert, dass man sich ändern müsse, wenn man gut ankommen will. Sowas ist doch totaler Schwachsinn. Die Wahrheit ist, dass man einfach sich selbst sein soll.", erzählt Lorenzo und seine Augen bekommen dieses Glitzern, das Stella schon anfangs beobachten konnte. Über seine Meinung kann sie nur freundlich lächeln, genau das denkt sie sich nämlich auch immer. Vielleicht war ihr Treffen Schicksal, vielleicht auch einfach nur Zufall, aber eins wusste Stella mit Sicherheit. So schnell lässt sie diesen jungen Herren nicht mehr gehen, auch wenn sie dafür kämpfen muss. Auch Lorenzo wusste genau, Stella ist etwas Spezielles und er will sie besser kennenlernen. So kommt es, dass er seinen kompletten Mut zusammenpackt, einmal tief ein und ausatmet und dann fragt, ob sie vielleicht ihre Nummern austauschen können, um sich mal zu treffen. Stellas Gedanken schlagen gerade wilde Purzelbäume und sie denkt an den Kommentar ihrer Arbeitskollegin, auf das sie breit beginnt zu grinsen und Lorenzo ihre Nummer diktiert.

Kapitel 2 - Der erste Kuss

Als Stella am nächsten Tag auf ihr Handy schaut, erblickt sie eine Nachricht von einer unbekannten Nummer, aber als sie die Nachricht öffnet, ist es klar von wem die Nachricht ist und sie schmilzt dahin, denn sie ist vom gutaussehenden Lorenzo. In der Nachricht schlägt Lorenzo ein Treffen nach ihrer Wahl vor. Stella muss nicht lange überlegen und entscheidet sich für eine Verabredung am Vierwaldstättersee um 16 Uhr. Den ganzen Tag lang ist Stella so hektisch, dass sie das Salz mit dem Zucker verwechselt und nichts hinkriegt. Lorenzo hingegen ist gelassen wie immer. Nachdem beide ihren Arbeitstag beendet hatten, eilten sie nach Hause, um sich frisch zu machen. Stellas Gefühle fahren Achterbahn, denn sie ist sich nicht sicher ob sie ihm vertrauen kann, aber zugleich ist sie von seinem Charm entzückt. Lorenzo ist nun auch nervös geworden und prüft ob sein Körpergeruch in Ordnung ist, denn er fängt in der Nähe von schönen Frauen schnell an zu schwitzen. Beide eilen schon früh los, doch plötzlich bemerkt Stella, dass sie gar keinen genauen Treffpunkt vereinbart haben. Hektisch kramt sie in ihrer Tasche und holt ihr iPhone heraus, das sie von ihrer Oma bekommen hat. Sie ruft die Nummer an, von der sie die Nachricht bekommen hat. Es meldet sich am anderen Ende eine tiefe angenehme Stimme, bei der sich vermuten lässt, dass sie zu Lorenzo gehört. Sie verabreden sich beim Schiffsteg an der Kasse. Genau um 16:00 Uhr wartet

Lorenzo nervös vor der Kasse und friert, aber zum Glück hat er seine neue Winterjacke an, die er bei Ralph Lauren gekauft hat. Um 16:10 Uhr stürmt eine junge hübsche Frau, die Ähnlichkeit mit Stella hat, aus dem Bus, eilt auf Lorenzo zu, sieht ihn entschuldigend an und keucht: "Tut mir leid, der Bus hatte Verspätung, hast du lange warten müssen?", sagt Stella entschuldigend, "Komm wir gehen ein Stück, sonst frierst du noch ein und das wollen wir doch nicht." Sie laufen nebeneinander und unterhalten sich eine Weile über dies und das. Es ist wunderschön am Vierwaldstättersee entlang zu gehen. In dieser Jahreszeit sieht man nicht viele Menschen, denn es ist schon sehr kalt und eisig geworden. Leider ist noch kein Schnee gefallen. Langsam wird es immer dunkler und kälter, deshalb setzten sie sich ins Gespräch vertieft auf eine Bank unter einer hell leuchtenden Strassenlaterne. Nach einer Weile fragt Lorenzo: "Hast du Lust auf etwas Warmes zu trinken, hier draussen ist es etwas kalt geworden, wir können auch später wieder hier zur Bank zurückkehren, wie findest du das?" Stella antwortet erfreut: "Oh ja, das klingt nach einer guten Idee!" Stella und Lorenzo diskutieren noch kurz, wo sie ihren Kaffee holen sollen und dann eilen sie frierend ins nächste gelegene Coffeehouse. Zum Glück gibt es eine lange Schlange vor der Kasse, um sich noch ein wenig aufwärmen, während sie sich überlegen, welchen Kaffee sie nehmen sollen. Nach langem Warten sind sie endlich am Anfang der

Schlange, Stella bestellt einen Schwarzen Kaffee und Lorenzo ordert einen Latte Macchiato. Es ist für Lorenzo selbstverständlich, dass er Stella einladen sollte, doch sie will natürlich selbst bezahlen. Lorenzo meinte: "Du musst deinen Kaffee nicht selbst bezahlen, es war meine Idee einen Kaffee zu holen und deshalb bezahle ich auch." "Du musst nicht meinen Kaffee bezahlen, das mache ich schon selbst", zickt Stella und pfeffert das Geld auf den Tressen. Lorenzo fährt erschrocken zurück. So einen Ton hatte er noch nicht von Stella gekannt. Später, als sie wieder bei der von einer Laterne beleuchtenden Bank sitzen, schweigen beide und trinken ihren Kaffee. Keiner traut sich etwas zu sagen, denn beide haben Angst von der Reaktion des Anderen. Stella ist die Erste die, die Stille bricht: "Tut mir leid, ich reagiere manchmal einfach ein bisschen zu heftig, wenn es um mein Geld geht, denn ich möchte nicht, dass ich vom Geld anderer Leute lebe, da bekomme ich immer ein schlechtes Gewissen." Lorenzo, der noch immer an seinem Kaffee nippt, blickt auf und macht ein endschuldiges Gesicht:" Ich wusste das nicht, sonst hätte ich auch nichts gesagt, aber das nächste Mal zahle ich wirklich, egal was du sagst. Ist das okay für dich?", "Ja, wenn du schon so fragst natürlich gerne." Sie sitzen eine Zeit lang in der Stille da, nach kurzer Zeit, aber, wird sie vom ersten Schneefall abgelenkt. Beide sind fasziniert, Lorenzo sieht Stella Minuten lang von der Seite an und denkt sich, sie sei wunderschön und entdeckt, dass sie ganz viele feine Sommersprossen auf der Nase hat. Nach einer Weile bemerkt sie, dass er sie anschaut und dreht sich zu ihm. Beide sind peinlich berührt und schauen weg. Lorenzo und Stella geniessen noch ein wenig die Aussicht bis Lorenzo seinen Arm um sie legt und sie zu sich hinzieht, da er bemerkt, dass sie friert. Sie lehnt ihren Kopf an seine starken Schultern und geniesst es in vollen Zügen. Währenddessen legt er ihr die Jacke, die er schon ausgezogen hat, über ihre Schultern. Dankbar blickt sie zu ihm hoch und verliert sich in seinen tiefblauen Augen, die so klar und blau wie der Ozean sind. Lorenzo streicht ihr vorsichtig eines ihrer hellbraunen Haare aus dem Gesicht. Ihre Haare sind so seidig weich wie die eines Engels und riechen nach Vanille. Langsam näheren sich ihre Gesichter weiter und weiter bis ihre Lippen auf einander treffen. Seine Lippen schmecken nach Latte Macchiato und er riecht nach Aftershave, es ist kein intensiver Geruch, sondern ein angenehm leichter Duft. Der Kuss, der anfangs sehr zaghaft war wurde immer leidenschaftlicher. Es war kein feuchter Kuss, wie Stella sie kannte. Es war einfach ein perfekter Kuss, wie ihn sich Stella erträumt hatte. Stella sitzt nicht mehr neben ihm, sondern auf seinem Schoss und so ist es auch angenehmer, denn so muss sie nicht mehr so weit nach oben schauen, um ihm in die Augen zu schauen. Lorenzo findet, dass Stella die beste Küsserin ist, die er je geküsste hat und das sollte was heissen, denn Lorenzo hat schon viele Frauen geküsst. Der

Kuss beendete mit einem lauten Schmatzer. Beide hocken noch eine Weile so da und beobachten die langsam herunterfallenden Schneeflocken, die aus vielen kleinen Eiskristallen bestehen. Stella hat nun gar nicht mehr kalt, denn von Lorenzo geht eine Wärme aus, die nur ein Mann wie Lorenzo ausstrahlen konnte und das ist so anziehend, dass sie sich nur noch näher an ihn schmiegt. Sie spürt sein pochendes Herz nah an ihrem. Nach einer Weile flüstert Lorenzo ihr etwas zum dahin schmelzen Romantisches zu, Stella reckt ihren Kopf in die Luft, um ihm einen langen Kuss auf den Mund zu drücken. Lorenzo nimmt sie nun nochmal zärtlich in den Arm und gibt ihr einen weiteren Kuss auf ihre vollen Lippen. Die Landschaft rund um sie herum ist nun dunkel und man sieht nur so weit wie das Licht der Strassenlaterne reicht. Im Licht kann man die langsam fallenden Schneeflocken beobachten. Während es nun langsam kälter wird, schlägt Stella vor, sich ein bisschen zu bewegen, um wieder warm zu bekommen. Lorenzo, der nur einen schwarzen Pullover trägt stimmt ihr nickend zu. Hand in Hand spazieren sie am dunklen See entlang, der bei Nacht etwas Bedrohliches an sich hat, denn das Wasser ist schwarz wie die Nacht. Plötzlich fragt Stella: "Was für Zeit haben wir jetzt?" Lorenzo antwortet: "Zeit sich eine Uhr zu kaufen." Stella kichert und antwortet mit einem sarkastischen Ton in der Stimme: "Du bist ja witzig! Diesen Witz habe ich noch gar nicht gekannt." Lorenzo lacht und meint: "Es ist gerade Mal

halb acht, wir haben den ganzen Abend noch vor uns."
Er legt seinen Arm um sie und sie laufen weiter durch
die dunkle Nacht. Später am Abend sind sie noch in
einem romantischen Restaurant etwas Essen gegangen. Dazu trinken sie einen teuren Champagner. Sie
reden über verschiedene Dinge, wie zum Beispiel, über
ihre Familien und Freunde, aber auch über ernste Themen wie die Politik und die Arbeit. Am Ende des Abends
haben beide das Gefühl den andern schon seit Jahren
zu kennen. Stella erfährt auch, dass Lorenzos Vater, der
Gründer der UBS, vor zwei Jahren an einem Herzinfarkt
verstorben sei. Er hatte seine Kindheit in einem grossen
Haus mit Pool in Zollikon verbracht. Dort war er dann,
eine Privatschule besucht. Sein Vater hat nicht so viel
Zeit zuhause verbracht, denn er war eher im Büro. Von
Stella erfuhr Lorenzo, dass sie in Luzern in einem Mehrfamilienhaus aufgewachsen war und einen drei Jahre
älteren Bruder hatte. Als Lorenzo, Stella um 23:00 Uhr
nach Hause begleitet, müssen sie durch ein Quartier
laufen, das nicht gerade vertrauenserweckend aussieht.
Schliesslich sind sie 20 Minuten später bei einem heruntergekommenen Mehrfamilienhaus angekommen,
von dem der Putz abbröckelt. Er begleitet sie bis in den
5. Stock vor ihre Haustür, die nicht mehr so einen stabi-
len Eindruck macht. Stella bedankt sich für den wunderschönen Abend, den sie sehr genossen hat und an den
sie sich sicher noch lange erinnern wird. Leider gibt es
nicht viele solche Abende, denn sie muss immer früh

schlafen gehen, weil sie meistens Frühschicht in Starbucks hat. Nur Morgen muss sie erst um 10:00 Uhr dort sein. Sie drückt ihm einen Abschlusskuss auf den Mund und verschwindet eilig im inneren der Wohnung.

Kapitel 3 - Eifersucht

Lorenzo arbeitet sehr viel im Büro, an der anderen Seite der Luzernerstrasse 36, und wegen seiner hohen Position in der Bank, hat er sehr viele Bekanntschaften. Stella trifft sich draussen mit ihrer besten Freundin Clara um 19 Uhr, um spazieren zu gehen. Sie erzählt Clara alles über das romantische Erlebnis und wie glücklich sie sich fühlt: "Ich fühle mich wie in den Wolken und ich glaube, dass ich bald fliegen kann." Clara berichtet, dass sie Lorenzo kennt, denn ihre beste Freundin arbeitet in seiner Bank. Sie sagt ihr, dass viele Frauen ihn aufsuchen und besonders eine Frau, die mit ihm arbeitet. Stella ist eine eher eifersüchtige Frau und hat es nicht gern, wenn Frauen sich in seiner Nähe befinden und mit ihm flirten. Stella macht sich Gedanken über was ihre Freundin ihr gerade erzählt und hat Angst, dass Lorenzo sie genau wie ihr Ex- Freund betrügen wird.

Eine halbe Stunde später, ruft Stellas Mutter sie an und sagt, dass alle bereits auf sie warten, um essen zu gehen. Mit voller Aufregung hatte sie bereits vergessen, dass sie heute zu ihrer Mutter eingeladen wurde. Clara verabschiedet sich und geht nach Hause. Nach dem

Abendessen bei ihrer Mutter geht sie direkt nach Hause. Sie duscht sich, wäscht sich und macht sich bequem. Es ist schon neun Uhr abends. Stella nimmt ihr MacBook und schaut einen Film auf Netflix und nach kurzer Zeit schläft sie ein. Am nächsten Morgen klingelt ihr Wecker um sechs Uhr, sie steht auf und geht ins Badezimmer, um sich vorzubereiten. Sie zieht ihre Winterschuhe an holt Waffeln und einen warmen Kaffee aus der Bäckerei nebendran und geht zur Arbeit. Ihre Freundinnen waren auch schon dort angekommen und sie begrüssen sich mit einer Umarmung.

Nach der Arbeit ruft immer ihr Bruder Leo an, weil ihm langweilig ist, wenn er alleine zuhause ist. Er ruft sie an und fragt: "Hey, wie geht es dir?" Sie antwortet: "Es geht, ich bin bald zuhause, hast du dann kurz Zeit? Ich habe ein Problem." Daraufhin erwiderte er: „Ja, ich habe immer für dich Zeit." Sie kommt zuhause an, macht die Tür auf und geht in ihr Zimmer. Währenddessen war Lorenzo mit seinen Autos beschäftigt. Er hat eine riesige Autosammlung, die er geerbt und auch gekauft hat. Lorenzo verbringt die meiste freie Zeit mit ihnen oder er geht joggen. Als Leo ankommt, sagt sie ihm, dass Lorenzo mit einer Frau arbeitet und das echt viel und sie weiss nicht was sie machen soll. Er schlug ihr vor, dass sie mit ihm reden soll, um das Problem zu klären. Stella geht dann Essen und danach verbringt sie die restliche Zeit mit der Familie. Es ist schon 22 Uhr und Stella geht ins Bett und schreibt Lorenzo: "Hey können wir morgen

reden?" Er antwortet nach 5 Minuten: ,,Ja, natürlich".
Danach geht Stella schlafen mit ihren Gedanken bei
Lorenzo.

Nach einem ruhigen und entspannten Schlaf steht Stella auf, macht sich bereit, isst ein Keks und geht aus dem Haus. Sie treffen sich am Morgen vor der Arbeit im Café wie immer. Sie war irgendwie nervös, als sie ihn sah. Sie bestellen einen Kaffee und sie fragt wieso er mit einer Frau so viel arbeitet und wer diese Person sei und dass sie sehr eifersüchtig sei. Er sagt ihr, dass es sich um seine Cousine handelt und dass sie sich nicht so viel Gedanken machen soll. Er umarmt sie und fragt, ob sie heute Abend etwas vorhabe, denn er wolle sie zum Abendessen einladen. Sie freut sich sehr über die Einladung. Er bezahlt den Kaffee und sie gehen beide zur Arbeit.

Kapitel 4 - Planung der Zukunft

An einem sonnigen Samstagmorgen will Lorenzo eine Überraschung für Stella organisieren. Seine Idee ist es Stella zu fragen, ob sie mit ihm ausgehen will. Sie antwortet mit einem ja. Während Stella sich bereit macht, geht Lorenzo zu seinem besten Freund Tyrone. Die beiden unterhalten sich und Lorenzo kommt endlich zum Punkt: "Tyrone hast du gewusst, dass ich letztens ein Mädchen namens Stella kennengelernt habe? "Nice, das sind ja gute Neuigkeiten! Endlich hast du eine Freundin." Lorenzo hat sich gefragt, ob mit Stella etwas passieren könnte. Es war Abend und Lorenzo hat sich auf den Weg gemacht mit seinem Lamborghini Aventador. Lorenzo und Stella haben ein romantisches Date in einem italienischen Restaurant. Es war in der Nähe der Kapellen-Brücke in Luzern. Das Restaurant heisst "La Razzia". Dort gibt es alles zum Essen von A bis Z. Lorenzo parkt das Auto und sie gehen herein. Sie bekommen einen Platz neben dem Fenster. Die Kellnerin kommt und fragt was sie zum Essen wollen. Lorenzo bestellt eine Portion Spaghetti und Stella bestellt noch ein Steak dazu. Nachdem die Kellnerin mit der Bestellung zu ihnen kam, fiel Stella etwas ein. Ihr Bruder Leo hat nämlich nächste Woche sein Hochzeitstag. "Und wie wird es mit uns einmal sein?", fragt Stella. Lorenzo überlegt einen Moment lang und antwortet nachdenklich: "Ich denke, dass es mit uns zu früh ist. Hoffentlich verstehst du was ich meine." Stella konnte das verstehen und hat selber zugegeben, dass es noch etwas zu früh war. Daraufhin reagiert Lorenzo: "Aber Stella wir können trotzdem gerne über unsere zukünftigen Pläne reden, willst du?" Stella antwortet:" Ja, das wäre toll, wenn wir über unsere zukünftigen Pläne reden. Lorenzo ich habe eine Frage, möchtest du einmal Kinder in deinem Leben haben?" Darauf antwortet er mit einem "Ja, ich will gerne 2 Kinder haben. Am liebsten ein Junge und ein Mädchen mit dem Namen Bianca und Luca. Sie sollten eingebildet wie ich sein.", Gelächter sind ausgebrochen. "Das sind aber sehr schöne Namen", sagt

Stella. Lorenzo sagt: " Wenn wir irgendwann mal Kinder haben sollten, müssen wir ein grösseres Haus kaufen, das nahe beim Kindergarten ist, weil ich nicht will, dass unsere Kinder weit laufen müssen. Ein grösseres Auto, vielleicht ein BMW X6 m/d50 in Gold mit 600 PS mit der äusseren Farbe weiss und es soll ein Andenken an meinen verstorbenen Vater sein." Nach dem Essen macht sich Stella grosse Gedanken über seinen verstorbenen Vater. Die Kellnerin kommt wieder, macht Lorenzo mit Blicken an und berührt ihn mehrmals an der Schulter. Stella steht auf, spricht sie wütend an und sagt: " Sie sind hier komplett falsch, lassen sie meinen Freund und gehen sie zurück an die Arbeit und bringen sie uns noch 2 Cheesecakes und noch 2 Cappuccinos." Lorenzo war geschockt, aber auch glücklich, weil Stella mit diesem Verhalten bestätigt, dass sie ein Paar sind. Im Auto schlägt Lorenzo vor, dass Stella bei Lorenzo schlafen könnte, weil es draussen dunkel sei. Stella stimmt zu und als sie zuhause ankommen, kuscheln sich die Beide auf dem Sofa. Sie essen Popcorn und geniessen zusammen einen Film. Als Stella eingeschlafen ist, umarmt sie Lorenzo und sie schlafen beide ein. Am nächsten Tag machte sich Lorenzo Gedanken über das Geschenk für Stella. Er hat aber bereits eine Idee: er würde ihr ein neues Café eröffnen, weil sie schon bei Starbucks arbeitet und ihren Job sehr gern ausübt. Er würde ihr ein Café eröffnen, der vor seiner Bank wäre, denn dann könnte er jeden Tag bei ihr Kaffee trinken.

Diese Idee hat Lorenzo über diese Idee geschmunzelt und bereitet das Frühstück für Stella vor. Stella sagt später: "Lorenzo ich habe eine Frage, die mich die ganze Woche beschäftigt hat: "Würden deine Eltern mich akzeptieren?" "Wenn du die Liebe für mein Leben bist, dann werde ich dich heiraten egal was passiert." Stella ist überrascht mit der Antwort, aber in derselben Zeit überglücklich.

Kapitel 5 - Der grosse Krach

Lorenzo ist auf der Arbeit. Auf einmal klingelt sein Handy, weil ihn seine Mutter anruft. Schon an ihrem Tonfall merkt er, dass etwas nicht stimmt. Sie schimpft: „Was denkst du dir eigentlich?! Denkst du dir ernsthaft, dass ich es dulde, wenn du mit so einer armen Bettlerin aus der Gosse zusammen bist, die noch nicht mal zweitausend Franken auf dem Konto hat?" Lorenzo antwortet: „Mutter jetzt be...". Seine sonst so liebenswürdige Mutter scheint ihre arrogante Seite mal wieder raushängen zu lassen: „Nein!", sie fährt sich am anderen Ende der Leitung durch die langsam grau werdenden Haare. Und das frustriert sie noch mehr, wodurch sie noch wütender auf ihren nicht allzu schlauer Sohn wird: „Wir leiten eine grosse, hochangesehene Bank und haben mehrere Millionen Franken auf unserem Konto! Weisst du eigentlich, dass du mit deiner „Freundin" die gesamte Familienehre in den Dreck ziehst? Dein Vater würde sich sicher im Grabe umdrehen, wüsste er dies! Ich verlange augenblicklich, dass du mit ihr Schluss machst. Sie hat so etwas Gutes wie dich nicht verdient und wird dich umbringen, um an dein Geld zu kommen! Aber nicht mit mir, wenn du es wagen solltest noch länger als eine Stunde mit ihr zusammen zu sein, dann ist hier aber sowas von die Hölle los. Das kannst du mir glauben, mein Lieber!" Lorenzo tobt. Er schreit ins Telefon: „Mutter, ich bin mittlerweile 23 Jahre alt", ihm stehen die Haare zu Berge, so wütend ist er auf seine Mutter, "falls es dir noch nicht aufgefallen ist! Ich lebe alleine und unabhängig von dir. Ich werde selber entscheiden mit wem ich zusammen bin und mit wem nicht! Und wenn du irgendein Problem damit hast, dass ich mit Stella zusammen bin, dann brauchst du dich nicht mehr bei mir zu melden!" Mit diesen Worten legt Lorenzo auf und knallt das Handy auf den Tisch. Schwer atmend sitzt er da und konnte noch gar nicht realisieren was gerade passiert ist. Er sitzt einfach nur da und fühlt sich elend. Er ist Manager, fast Besitzer einer der grössten Banken der Schweiz. Er sitzt in einem grossen schönem Büro und ist Multimillionär. Und trotzdem fühlt er sich als hätte er gerade seine letzten fünfzig Franken in einem Kasino verzockt. „Lorenzo, was ist passiert?" mit diesen Worten stürmt seine Cousine Bella ins Zimmer. Lorenzo vergräbt sein Gesicht in den Händen und sagt zu ihr: „Ach Bella, meiner Mutter steigt ihr Reichtum langsam zu Kopf. Sie meint ich würde die gesamte Familienehre in den Dreck ziehen, wenn ich mit Stella zusammen sein würde und dass mein Vater sich bestimmt „im Grabe umdrehen würde," wenn er das wüsste." Bella antwortete ihm: „Ja, das stimmt doch auch." „WAS?!", schreit Lorenzo, „Ist das dein Ernst jetzt?!" Und jetzt fühlt er noch schlimmer. Als würde das Kasino, in dem er gerade seine letzten fünfzig Franken verspielt hat, auch noch mit dem Geld vor seinen Augen herumwedelte und es dann anzünden. „Jetzt beruhige dich mal,", kichert Bella, „das war doch nur ein Scherz." „Ernsthaft Bella, sowas kann ich gerade gar nicht gebrauchen." Er weiss langsam nicht mehr, wie er sich fühlte. So viele Leute spielen mit seinen Gefühlen und wenn sein Fenster nicht aus kugelsicherem Glas wäre, könnte er nicht versichern was er als nächstes getan hätte. „Okay, okay, aber wenn du meine Meinung hören willst, ich finde Stella super." Bella glüht gerade so vor Freude: "Ich habe sie ja schon mal kurz kennengelernt, als sie gerade in deinem Büro war, als ich kam und ich finde, dass ihr zwei sowas von gut zusammenpasst." Bella hört gar nicht mehr auf vor schwärmen "vielleicht muss Tante Teresa sie einfach mal kennenlernen." „Ja, das ist schon eine gute Idee, aber der erste Schritt muss von ihr kommen." „Meinst du?" „Also ich mache diesen Schritt nicht, sie muss schon dazu bereit sein. Sonst artet es wieder aus." Lorenzo weiss nicht mehr weiter, so verzweifelt ist er. Er hat seine Mutter gern, das ist ja selbstverständlich, immerhin ist sie seine Mutter. Aber andererseits liebt er Stella halt und wollte mit ihr zusammen sein, jetzt wo er gerade herausgefunden hat, dass sie die grosse Liebe ist, die jeder in seinem Leben mal hat. Nur, dass es hier auf Gegenseitigkeit beruht und das ist noch ungefähr zehn Mal besser, als nur seine grosse Liebe zu finden. Hier haben sich zwei gefunden, die zusammengehören und deswegen will er immer mit ihr zusammen sein und wenn seine Mutter ihn auf ewig dafür hassen würde. „Vielleicht solltest du nicht immer verlangen, dass die anderen den ersten Schritt machen." „Aber ich möchte doch nur, dass sie dazu bereit ist, Stella zu treffen. Nicht, dass sie dann komplett ausrastet und Stella anschreit und beleidigt." „Ja, da hast du schon recht", überlegt Bella, „Aber wie können wir sicher sein, dass sie überhaupt den ersten Schritt wagt?" "Keine Ahnung…"

Fünf Tage später klingelt Lorenzos Handy. Als er sah, dass es seine Mutter ist, lässt er Bella augenblicklich in sein Büro rufen, dann nahm er ab. „Lorenzo!" „Mutter, was willst du schon wieder?" „Mich entschuldigen". „Bitte was? Von allen Dingen, welche hätten passieren können, ist das, was ich am wenigsten erwartet habe." Und jetzt weiss er gar nichts mehr. Er ist einfach nur noch verwirrt. „Ja, ich war ein wenig schnell mit der Beurteilung von Stella. Ich habe jeden Tag bei meinem Morgenkaffee mich ein wenig über Stella aufgeregt. Dann bin ich ins Nachdenken gekommen und bin zu dem Schluss gekommen, dass ich sie vielleicht ein bisschen zu schnell bewertet habe. Weisst du wie nervig das ist wenn du jeden Abend nicht einschlafen kannst, weil du an so etwas denken musst?" Lorenzo kichert und Bella kommt in sein Büro, anfangs ganz normal, doch als sie sieht, dass er telefoniert, ist sie sofort leise. Lorenzo begrüsst sie mit einer Handbewegung und stellt auf Lautsprecher. „Und was soll das jetzt heissen? Nimmst du alles zurück und findest es auf einmal gut, dass ich mit einer armen Bettlerin aus der Gosse die Familienehre in den Dreck ziehe?" „Lorenzo, bitte! Es tut mir wirklich leid. Ich habe nur an uns, unser Geld und an sie und ihr Geld gedacht." „Mutter, Geld ist nicht immer alles!" „Ich weiss, und deswegen wollte ich mich ja auch entschuldigen." „Okay und was schlägst du jetzt vor?" „Ich habe gedacht, dass wir doch ein Grillfest machen können, wo ich sie mal kennenlernen kann." „Das ist ja schön, aber findest du das nicht ein bisschen schnell? Immerhin hast du sie letztens aufs übelste beschimpft." „Ich weiss, wahrscheinlich hast du recht." „Und was sollen wir jetzt machen?", Lorenzo ist sofort wieder gereizt, weil er direkt wieder an das Telefonat von vor fünf Tagen denken muss und das hört man sehr gut an seiner Stimme. Seine Mutter versucht so normal und liebenswürdig wie immer zu klingen. „Ich sollte mal irgendwo hingehen und mich einfach nur entspannen", überlegt sie. Teresa schämt sich auf einmal dafür, dass sie Stella so niedergemacht hat. Sie sieht ihr Leben an sich vorbeiziehen und ärgert sich plötzlich darüber, dass sie nie über 1 Meter 69 gewesen war.

„Das ist wahrscheinlich eine gute Idee", überlegt Lorenzo während Bella zu ihm kommt und ihm etwas ins Ohr flüstert „Wir haben gerade eine gute Idee." „Wer ist wir?" fragt seine Mutter und wird wieder gereizter. „Bella ist bei mir", antwortet Lorenzo sichtlich geschockt darüber wie schnell seine Mutter wieder aus der Kontrolle geraten konnte. „Ach so, dann ist ja alles gut", sagt seine Mutter und ärgerte sich darüber, dass sie sich wieder so schnell aufgeregt hat. „Also, wir haben uns gedacht, dass dir so eine vierwöchige Kreuzfahrt ganz gut tun würde." „Ich weiss nicht", antwortet seine Mutter darauf und denkt sich dabei, dass sie ruhig etwas netter sein könnte. Am anderen Ende der Leitung flüstert Bella Lorenzo nochmal etwas ins Ohr. Daraufhin sagt Lorenzo ins Telefon: „Wir haben die Kreuzfahrt bereits gebucht und bezahlt. Moment mal...was ich höre dich nicht...schlechte Verbindung ich chh chh." Lorenzo legt auf. „Warum sollte ich das machen?", fragt er Bella, die ihm das geflüstert hat. „Vielleicht fragt sie wohin es geht, und dann nützt uns die Notlüge, dass wir die Kreuzfahrt bereits zahlten nichts. Wir sollten uns informieren und wirklich eine Kreuzfahrt buchen." „Eine gute Idee", findet Lorenzo und entsperrt seinen Computer.

Fünf Minuten später ruft Lorenzo seine Mutter nochmals an. „Entschuldige, die Verbindung war schlecht", sagt Lorenzo und hofft, dass seine Mutter keinen Verdacht schöpft. „Überhaupt kein Problem", antwortet seine Mutter. Bei Lorenzo im Büro atmen zwei Menschen gerade sichtlich erleichtert auf. „Wo soll meine Kreuzfahrt denn hingehen?" „Du bist in den brasilianischen Impressionen unterwegs bis nach Buenos Aires. Ein top Angebot für 34 Tage und 2500 Franken pro Nacht. Also schön teuer, luxuriös, eigentlich perfekt für dich." „Das hört sich aber schön an, ich muss direkt nach unten ins Fitnessstudio, denn schliesslich brauche ich meine Bikinifigur wieder", säuselt sie. „Nicht nötig", sagt Lorenzo und unterdrückt sich ein Lachen, „Es gibt auf dem Schiff ein Fitnessstudio." „Ja, und? Ich muss doch trotzdem schon meine Bikinifigur haben, wenn ich dort bin", sagt Teresa verwirrt am anderen Ende. „Schon, aber die Kreuzfahrt geht in zwei Tagen los." „Bitte was?" schrie seine Mutter ins Telefon „Ach du meine Güte ich muss packen", sagt sie und legt auf. Bei Lorenzo im Büro liegen gerade zwei Personen auf dem Boden und lachen sich so kaputt, als hätten sie gerade etwas dermassen Komisches erlebt, was sie ja auch haben.

Kapitel 6 - Meine Mutter möchte dich kennenlernen

Als Lorenzos Mutter wieder von der gemütlichen Kreuzfahrt zurückkommt, denkt sie sich, dass sie Stella zu einem Essen einladen könnte. Sie bringt Lorenzo die wundervolle Idee und er findet es super. Lorenzo ruft Stella direkt an und sagt ihr, dass seine Mutter sie zu einem Essen einladen möchte. Stella freut sich wahnsinnig. Am nächsten Tag ist es soweit. Sie bereitet sich schön vor und geht noch mit Lorenzo in die Stadt. Er kauft ihr ein schönes Kleid und zuhause macht sie sich noch Locken. Um 18:30 Uhr muss sie bei Lorenzo sein. Natürlich kommt sie fünf Minuten früher. Stella wird sehr freundlich von Lorenzos Mutter begrüsst. Lorenzos Mutter stellt sich vor und sagt: "Hallo Stella, ich heisse Teresa." Stella sagt: "Freut mich sehr!" Alle zusammen laufen in die Stube, da die verschiedenen Nahrungsmittel stehen. Es gibt zur Vorspeise Frühlingsrollen und Minipizzas und zur Hauptspeise gibt es Lasagne und dazu gibt es noch eine Nachspeise, nämlich Tiramisu. Sie fangen mit der Vorspeise an. Teresa befragt Stella über Kindheitserlebnisse. Stella erzählt ihre Lieblingsgeschichte, denn diese Geschichte findet sie besonders lustig. Als Stella sieben Jahre alt war, ging sie mit ihrer Familie nach Spanien. Dort ging sie jeden Tag an den Strand baden. Doch anfangs wollte sie nicht im Meer baden, denn sie hatte Angst von den Wellen. Die Angst hat sie dann aber schnell überwunden. Ihr Bruder, Leo, war schon zehn Jahre alt. Er ging ebenso mit ihr baden und tauchen. Eines Tages bekam sie im Meer eine Panikattacke, da sie einen Hai sah. Sie ging direkt aus dem Meer und marschierte zu ihren Eltern. Am Schluss wurde klargestellt, dass es Leo war. Diese Geschichte konnte sie nie mehr vergessen. In diesem Moment geriet sie so in Panik. Alle am Tisch müssen lachen. Teresa erzählt dann Geschichten über Lorenzos Vater, was er für ein toller Mensch gewesen war, dass er das alles nicht verdient hat und wie sie ihn vermisst. Er hiess Carlos und verstarb leider beim Skifahren bei einer Lawine. Aber mittlerweile kann sie gut über das Thema sprechen, denn es ist schon einige Jahre her. Die Gespräche am Tisch verlaufen sehr gut und sie verstehen sich gut miteinander.

Lorenzos Mutter sieht immer fröhlicher und fröhlicher aus. Nach mehreren Stunden werden sie dann fertig mit dem Essen und Stella verabschiedet sich und bedankt sich sehr für das leckere und schöne Abendessen. Teresa ist sehr positiv überrascht über Stella. Es tut ihr nochmals sehr leid, dass sie so schlecht über Stella beim Gespräch mit Lorenzo gesprochen hat, nur weil sie aus einer anderen Sozialschicht ist, doch ab diesem Zeitpunkt ist Teresa sehr glücklich über Lorenzo und Stella. Sie sagt Lorenzo: " Um sie noch besser kennenzulernen, könnten wir noch irgendeinen Tagesausflug machen. "Es ist doch kein Wunder, dass es jeden Tag regnet, wenn so viele Wolken am Himmel hängen. "Und so ist es auch. Seit drei Wochen kann man nun schon nicht mehr vor die Tür gehen. Die Regentropfen prasseln ohne Pause am Boden. Mittlerweile sind sogar die Bäche und Flüsse in der Nähe bedrohlich angestiegen. Lange kann es nicht mehr dauern bis grosse Überschwemmungen auftauchen, die umliegenden Wiesen bedrohen werden. "Ich will endlich nach draussen gehen", beschwert sich Lorenzo, "Es ist doch viel zu langweilig, den ganzen Tag nur im Haus zu sitzen. "Da muss ihm Stella zustimmen. Und genau deswegen machen sie sich wetterfest und gehen an die frische Luft. Teresa holt alles was sie brauchen aus dem grossen Schrank im Flur: Regenmäntel, Gummistiefel, Schirme und grosse Mützen. Lorenzo holt sich sogar seine Taucherbrille. "Wofür brauchst du die denn?", lacht Stella. Lorenzo stemmt die Fäuste in die Seiten und legt ein breites Grinsen auf. "Wenn der Regen mir zu stark ins Gesicht prasselt und ich nichts mehr sehen kann, setze ich die Brille auf." Sie machen sich gemeinsam auf den Weg. Schon die ersten Meter sind eine grosse Herausforderung. "Pitsch, patsch", geht es durch knöchelhohe Pfützen. In jeder noch so kleinen Vertiefung hat sich das Wasser gesammelt. Stella hat sogar das Gefühl, hier und da ein paar Frösche durch den Augenwinkel zu sehen. Teresa entscheidet sich für einen Ausflug auf einen nahen gelegenen Hügel. Sie zeigt mit dem Finger zur Spitze hinauf, die irgendwo in den Wolken verschwindet. "Schau dir das mal an. Wenn die Spitze so hoch liegt, dann haben wir vielleicht das Glück, dass wir es zu Fuss über die Wolken schaffen. Dann können wir heute vielleicht doch noch den blauen Himmel und die strahlende Sonne sehen. "Dann setzen wir uns in das Bergrestaurant und essen uns etwas Leckeres.« Das hörte sich nach einer sehr guten Idee an. Lorenzo lief bereits das Wasser im Munde zusammen, denn er hat doch das letzte Mal dort oben einen unglaublich leckeren Zwiebelkuchen gegessen. Schritt für Schritt kommen sie ihrem Ziel näher.

Der Fusspfad führt an einem reissenden Bach entlang, der normalerweise nur vor sich hinplätschert oder sogar manchmal austrocknet. Und dann verschwinden sie in den Wolken. Nun ist fast nichts mehr zu sehen. Dicke Nebelschwaden umgeben sie alle. Doch nach ein paar Minuten durchbrechen sie die Wolkendecke und der Himmel wird sichtbar. "Du hast recht, Teresa.", ruft Lorenzo begeistert. Er zieht sich den Regenmantel aus und nimmt seine Mütze ab. Doch dann bleibt er verwirrt stehen. "Das ist ja seltsam. Die Wolken kommen aus dem Restaurant." Tatsächlich ist das Küchenfenster weit geöffnet. Aus dem Raum dahinter kommen kleine Wölkchen geflogen, die sich sehr schnell zu grossen Wolken zusammenziehen und davon schweben. "Das müssen wir uns genauer anschauen.", entscheidet Stella. Und da sehen sie es auch schon. Einen Tag später hört der Regen auf, die Wolken verschwinden und der Himmel ist wieder zu sehen. Lorenzo und seine Mutter lehnen sich in ihrem gemütlichen Gartenstuhl zurück und geniessen die Wärme der Sonne.

Kapitel 7 - Das Wochenende in Italien

An einem gemütlichen Abend trifft sich Lorenzo mit Tyrone, seinem besten Kollegen. Der Profi Basketballspieler ist, und somit auch viel Geld besitzt, in dem exklusivsten VIP Club, in dem nur Berühmtheiten und reiche feiern. Dieser Club ist im obersten Stock eines grossen Wolkenkratzers, mit Heli Landeplatz. Natürlich geniessen sie den Abend und plötzlich bekommt er von Stella eine erfreute Nachricht: „Hallo Lorenzo! Hast du Lust dieses Wochenende etwas zu unternehmen?" Lorenzo ist ganz aus dem Häuschen und erzählt die guten Nachrichten an Tyrone, der sich für ihn freut. Natürlich hat Tyrone schon einige Ideen. „Ihr könnt nach Amerika gehen!", schlägt Tyrone eifrig vor. „Nee, das ist nicht so romantisch". Tyrones Augen blitzten auf, als hätte er im Basketball gepunktet. „Ich weiss es! Geht doch nach Italien zu der Villa deines Vaters, dort wo wir als Kinder immer gespielt haben am Meer! Das ist doch der romantischste Platz auf der ganzen Erde!", erwiderte Tyrone erfreut. „Das ist es Tyrone! Danke vielmals.", antwortete Lorenzo glücklich. Den ganzen Abend tauschen sie Erinnerungen aus ihrer Kindheit. Tyrone ist der Sohn von Michael Jordan und er war sein Nachbar, er hat ebenfalls in einer Villa gewohnt und sie hatten viele gute und schlechte Erinnerungen an ihre Kindheit dort. Lorenzo hat in der Bank viel Stress und braucht wirklich eine Auszeit. An jenem Abend geht Lorenzo in die Garage seines Vaters, um ein Auto auszuwählen. Dabei geht er in einer Garage, die er noch nie gesehen hat. Er tritt hinein und das Licht ging an. Die ganze Garage ist voll mit alten Lamborghinis! Ein Diablo SV 1995, der seltene Jalpa von den 80er, Murcielago LP- 570 von 2006 und der klassische Countach SV. „Mein Vater liebte Lamborghinis so sehr, dass er mit Ferruccio Lamborghini befreundet war", erinnert sich Lorenzo. Er nimmt ausschliesslich den Diablo, weil er ihm am meisten bedeutet. Lorenzo trift sich noch einmal mit Stella am Donnerstag, um alles zu besprechen, doch er wollte nicht alles erzählen, denn es soll noch Überraschungen geben. Am Freitagabend geht es dann los, Lorenzo holt Stella persönlich mit dem alten Sportwagen ab, von dem Stella sehr beeindruckt ist. Das Gepäck passt ganz knapp in den kleinen Kofferraum von dem alten Schlitten, doch es ist nur ein Wochenende. Auf der Autobahn will Lorenzo einmal auf das Gaspedal treten, doch die Räder drehen durch! Trotzdem kann Lorenzo mit dem alten Sportwagen auf der Autobahn mithalten, falls ein schnelles Auto vorbeifahren würde. Sie beide geniessen die Fahrt auf Italien. Endlich angekommen, geht Stella gerade schlafen, aber Lorenzo geht noch raus und schaut sich in der Villa herum. „Die alte gute Villa von meinem Vater. Ah! die Erinnerungen fliessen durch mich! Allerdings hat meine Tante die Villa übernommen, aber sie konnte uns ein Zimmer geben, das uns einen Blick ins Meer gibt". Für beide war es eine lange Woche und sie freuten sich auf das Wochenende. An einem gemütlichen Samstag wachen beide in der grossen Villa im heissen Sardinien auf und begeben sich zum eigenen Restaurant, das von Gordon Ramsay betrieben wird, in dem es das beste Frühstück ihres Lebens gab. Lorenzo hatte schon geplant am Meer zu gehen, mit seiner Yacht, natürlich. Am Nachmittag fuhren sie mit der Yacht aus und ankerten an einer schönen Stelle. Sie haben viel Spass am Meer. Sie gehen zuerst Tauchen, bei ihrem Tauchgang geht sie in eine Höhle, die im Wasser liegt und sie finden viele schöne Steine und Fische und auch kleine Fleckhaie. Ein ganz kleiner Hai beisst sogar Lorenzo in den Finger, als er ihn füttern wollte. Stella hat dabei einen Lachanfall und muss auftauchen vor Lachen. Lorenzo gefällt das nicht so, weil er soeben fast seinen Finger verloren hat, doch im Nachhinein muss er selber darüber lachen. Die zweite Aktivität ist Surfen. Lorenzo zieht Stella mit dem Boot hinterher und Stella klammere sich auf dem Surfbrett an das dünne Seil. Nach ein paar Versuchen hat Stella den Dreh raus und es macht ihr einen riesigen Spass. Nach einer Stunde konnte sie schon meterhohe Sprünge machen, was Lorenzo sehr beeindruckt hat. Der Tag war voller Freude und Entspannung. Beide konnten sich vom stressigen Alltag erholen und den Luxus geniessen, Stella konnte viele neue Aktivitäten probieren und beide lachten den ganzen Tag. Am Abend gingen sie gemütlich ins örtliche 5 Sterne Restaurant.

Kapitel 8 - Das Missverständnis

Der Tag war lang und nun sind wir in der Villa. Morgen geht es leider schon wieder zurück. Es waren wirklich schöne Tage mit Lorenzo und ich hoffe, wir können es wiederholen. Es ist eine entspannte Atmosphäre, Lorenzo macht sich bettfertig, ich schaue Netflix, doch plötzlich höre ich ein Vibrieren. Lorenzos Telefon. Ich weiss nicht, ob ich ran gehen darf... Vielleicht ist es etwas wegen der Bank. Ich gehe einfach mal ran und schaue wer daran ist.

"Hallo, wer ist da?", frage ich. "Ist Herr De Giulio bei Ihnen?", ertönt eine weibliche Stimme am anderen Ende. Wer ist das und was will diese Person? "Darf ich fragen wer Sie sind?" "Können Sie mir bitte sagen wo Herr De Giulio ist und warum Sie das Telefon von Ihm haben?", kam es von der unbekannten weiblichen Stimme. "Ich bin Stella, seine Freundin. Warum wollen Sie Lorenzo sprechen und können Sie mir nun bitte sagen wer sie sind?", frage ich genervt. "Ich bin Herr De Giulios neue Sekretärin, aber bitte teilen Sie Herr De Giulio mit, dass er so schnell wie möglich zurückrufen soll.", war das Letzte was sie sagte bevor sie auflegt. Was war das denn jetzt? Sie ist also die neue Sekretärin und will unbedingt mit Lorenzo sprechen. Den Grund hat sie auch nicht genannt. Was will sie von ihm und warum hatte sie es so eilig gehabt? Irgendetwas stimmt doch da nicht!

Führt Stella etwa Selbstgespräche oder mit wem redet sie? Ich lief ins Schlafzimmer und sehe Stella auf dem Bett, mit meinem Telefon. "Schatz, was machst du mit meinem Telefon?" "Deine neue Sekretärin hat angerufen und sie hat gesagt du sollst sofort zurückrufen... Warum hast du mir nie von ihr erzählt?". "Warum soll ich zurückrufen?", antworte ich ohne auf ihre Frage einzugehen." Sie hat mir nicht gesagt worum es geht, aber es sei etwas Vertrauliches. Warum hast du mir nie etwas von ihr- ". "Ich muss sofort zurückrufen!", und schon nahm ich das Telefon und verliess das Zimmer. Es muss wirklich etwas Wichtiges sein... ansonsten hätte Allison es Stella doch sagen können.

Ist das sein Ernst? Ich stelle ihm eine Frage und er beantwortet sie mir eiskalt nicht. Soll ich ihm jetzt einfach hinterherlaufen? Aber ich denke es ist wirklich etwas Wichtiges, ansonsten würde er das Zimmer nicht wegen einem Anruf verlassen. Ich werde ihn nachher noch ein weiteres Mal fragen.

"Hallo?", "Guten Tag Herr De Giulio, Sie müssen sofort zurückkommen! Es gibt ein Problem mit den Chinesen und weil Sie der einzige sind, der Chinesisch sprechen kann, gibt es hier ein riesiges Chaos. Die Chinesen verstehen uns falsch und möchten doch nicht mehr den Vertrag unterschreiben... Sie müssen so schnell wie möglich zurückfliegen! Ich habe ihren Flug schon gebucht". "Was meinen Sie genau...?", "Sie müssen wirklich umgehend zurückkommen, sonst können Sie den Vertrag vergessen!", "Okay Ich werde mich sofort auf den Weg machen. Schicken Sie mir bitte sofort alle Flug Infos Allison." "Ich werde sie Ihnen sofort zusenden", erwiderte Allison freundlich. " Wir sehen uns dann morgen früh um sechs Uhr im Büro. Einen schönen Abend noch.", "Danke, Ihnen auch Herr De Giulio."

Ich weiss echt nicht was Lorenzo gerade bespricht. Plötzlich kommt er zurück und sagt: "Schatz, pack deine

Sachen, wir müssen sofort zurückfliegen!" "Was meinst du Lorenzo?" "Mach einfach was ich sage!", war seine einzige Antwort. Warum wirkt er so kalt und abwesend? Er beantwortet meine Fragen nicht, sagt mir nicht was gerade passiert und verlangt von mir, meinen Koffer zu packen? Ist das wirklich sein Ernst?! Ich packe trotzdem meinen Koffer, da ich weiss, dass ich nicht mit ihm dar-über diskutieren kann. Er ist so ein Sturkopf. Vor der Villa wartet schon ein Taxi, welches uns zum Flughafen bringen wird. Ich kann nicht ruhig neben ihm sitzen, wenn ich den Grund für die plötzliche Rückfahrt nicht weiss. "Lorenzo... kannst du mir bitte erklären, warum wir so plötzlich zurückfahren müssen?". "Stella, hör mir zu... in der Bank läuft es gerade nicht wirklich gut und deshalb müssen wir unbedingt so schnell wie möglich zurück." "Aber können deine Mitarbeiter dies nicht sel-ber lösen?" "Nein Stella. Die anderen können das nicht selber lösen! Ich als Chef muss das erledigen! Ich kann dir morgen mehr sagen." Was kann so schwierig sein, dass sie das nicht ohne ihn lösen können? Egal, er wird es mir ja morgen sagen. Ich vertraue ihm und liebe ihn sehr! Ich schaue die ganze Zeit aus dem Fenster, da eine sehr angespannte Stimmung zwischen uns herrscht. Aber, da ich nichts ausser Dunkelheit und Re-gen sehe, mache ich die Augen zu und schlafe direkt ein. Als wir am Flughafen ankommen, ist die Stimmung immer noch ziemlich angespannt und komisch. Wir lau-fen schnell zum Check-in, weil wir uns wegen dem Regen ein wenig verspätet haben. Vor dem Check- in hat es eine riesige Schlange, aber da Lorenzos Assistentin Business-Class Tickets gebucht hat, dürfen wir einfach an der Menschenmenge vorbei spazieren und können sofort zum Schalter und einchecken. Die freundliche, junge Angestellte, die am Schalter arbeitet, sagt als sie unsere Tickets sieht:" Ihr Flug fliegt schon in zehn Minuten ab! Ich rufe Ihnen einen Golf-Car, der nach der Sicherheitskontrolle auf Sie wartet und Sie dann direkt zum Gate bringen wird." "Danke vielmals, Sie sind ein Schatz!", erwidere ich dankbar. Stella dankt der Frau am Schalter und wendet sich schon ab, um zu gehen. Ich renne ihr schnell hinterher, da sie sehr schnell lief. Wir passieren die Sicherheitskontrolle und springen schnell auf den Wagen, der schon auf uns wartet. Ich bin noch nie mit so einem Wagen durch den Flughafen gedüst, aber es war schon immer mal ein Traum von mir, der jetzt endlich in Erfüllung geht. Ich freue mich wie ein kleiner Junge und würde am liebsten einen Freudenschrei von mir geben, denke aber, dass die anderen Leute ziemlich merkwürdig gucken würden. Leider sehe ich schon unser Gate am Ende vom Gang und Stella packt schon Ihre Sachen zusammen. Das Gate ist schon ziemlich leer mit Ausnahme von ein paar vereinzelnden Geschäftsmännern, die gerade am Einsteigen sind. Stella springt schon vom Wagen, obwohl er noch gar nicht hält und ich bedanke mich noch schnell bei der Fahrerin und hechte ihr hinterher. Lorenzo bedankt sich noch bei der Fahrerin und hechtet mir dann auch schon hinterher. Ich zeige dem Mann am Gate unsere Tickets und wir beeilen uns, um schnell auf unsere Plätze zu kommen.

Wieder in Luzern angekommen, ruft Lorenzo zwei Taxis herbei, eines für mich und eines für sich, da er direkt ins Büro gefahren ist, um sein Geschäft zu erledigen. Als ich zuhause angekommen bin, habe ich zuerst meine Sachen ausgepackt und jetzt liege ich in meinem Lieblingsschaumbad, höre Musik und denke über Lorenzo und diese Sekretärin nach. Argh! Wieso denke ich überhaupt so viel über sie nach? Es ist sicher nur ein Missverständnis, das ganz einfach zu klären ist.

Nachdem ich Stella in ein Taxi gesetzt habe, bin ich ins Büro gefahren und sagte meinen Mitarbeitern Bescheid, dass sie sofort eine Telefonkonferenz mit den Chinesen einberufen sollen. Nun sitze ich also hier und versuche den aufgebrachten Chinesen zu erklären, wieso ich nicht schon gestern mit ihnen sprechen konnte. Um 3 Uhr morgens waren wir dann endlich fertig und ich konnte nach Hause fahren, um zu schlafen. Morgen muss ich unbedingt das Missverständnis mit Stella aufklären, dass hatte ich ihr gestern versprochen. Ansonsten endet das Ganze noch in einem Streit zwischen mir und Stella und das will ich auf jeden Fall vermeiden.

Als ich aufwache, rufe ich sofort Lorenzo an, damit er mir erklärt, wieso wir unsere Reise unterbrechen mussten... "Hey mein Schatz! Hast du gut geschlafen?", frage ich Lorenzo. "Es war nicht sonderlich viel, aber ja habe ich." "Also, wieso konntest du mir gestern nicht sagen, wieso wir früher gehen mussten? Ist es die neue Sekretärin oder hast du einen anderen guten und logischen Grund dafür?" "Nein, nein, nein! Allison hat nichts damit zu tun. Sie hat mir nur Bescheid gesagt, dass ich zurückkommen soll, weil Ich einen Vertrag mit der neuen chinesischen Partner Firma abschliessen musste und da die anderen in der Bank kein Chinesisch können, musste ich das machen und deshalb mussten wir leider unsere Reise verkürzen." "Wieso hast du mir das nicht gleich von Anfang an gesagt Lorenzo? Dann hätte es kein Missverständnis gegeben und wir hätten die Heimreise geniessen können. Und überhaupt, du kannst Chinesisch!?", sagte ich erfreut und verwundert. "Es tut mir so unendlich leid Stella, aber der Vertrag war absolut Geheim und wenn ich dir etwas gesagt hätte, und jemand es herausfinden würde, dann hätte ich meinen Job verlieren können und der Vertrag wäre auch weg gewesen. Ich weiss, dass ich dir vertrauen kann, aber ich dachte es wäre einfacher, wenn ich dir nichts davon erzählen würde.", erklärte Lorenzo nervös. "Ich verzeihe dir und ich kann es verstehen. Ich liebe dich mein Schatz! Ich bin jetzt so unendlich glücklich!" "Danke Stella, ich liebe dich so unendlich fest! Wir holen unser Wochenende irgendwann auf jeden Fall noch nach, nur du und ich!" "Yeey! Ich freue mich schon darauf!"

Kapitel 9 - Die Trennung

Lorenzo liegt mit seiner Freundin auf dem Sofa und Stella ist an ihn geschmiegt, plötzlich sagt Lorenzo: "Stella, Liebes, ich muss schnell zu Tyrone, um etwas zu erledigen", Stella erwiderte aufwachend: "Gut, aber wann bist du wieder zurück?", Lorenzo entgegnet: "Ich bin um 22 Uhr wieder zuhause." Stella ruft ihm hinterher, dass er die Hausschlüssel vergessen hat, aber er ist schon längst im Keller. Lorenzo geht in seine Garage und zieht das Laken von seinem Porsche und fährt los. Er fährt sehr vorsichtig, weil man nicht viel sehen kann, denn der Nebel verschlingt die ganze Landschaft und erst nach wenigen hundert Meter sieht man die Stadt Luzern. Seine Villa liegt etwas ausserhalb in der Landschaft, aber man war trotzdem schnell in der Stadt. Es ist nicht viel los, nur einige Passanten, die nach Hause wollen und auf die Trams warten. Jede Person, die Lorenzo anschaute sind entweder sehr übermüdet wegen des langen Arbeitstags oder sie werfen grimmige Blicke zurück, die andeuteten, dass sie eifersüchtig sind, dass er ein machtvolles Auto besitzt und sie nicht. Er findet den Tierladen fast nicht, weil er am anderen Ende der Stadt ist und man nur zu Fuss den Laden erreichen kann wegen der Strassenbauarbeiten. Lorenzo geht hinein und fragt wie die Ladenbesitzerin heisst. Nach der Vorstellung fragt sie wie sie ihm helfen kann. Er will nämlich den bestellten Hund abholen. Nach einer Weile kommt die Ladenbesitzerin zurück mit einer Hundebox und zeigt Lorenzo den Hund: "Aber Frau Gerber, das ist nicht der Hund, den ich will!" Sie fragte verwundert: "Sind sie sich da ganz sicher?" Er war ganz sicher, dass es sich nicht um den bestellten Hund handelt, weil er einen Golden Retriever reserviert hat und nicht einen Labrador. Die Verkäuferin geht nach hinten zu den Hundeboxen und holt den richtigen Hund: "Ach, tut mir leid! Ich bin nicht mehr die Jüngste und manchmal verwechsle ich die Hündchen." Lorenzo grinst und nimmt das Geld hervor, um die Bezahlung durchzuführen. Sie schaut auf die Kasse, deren Bildschirm schon fast nicht mehr funktioniert, und sagt: "Das wären dann 449.90 Fr. für die Reinrasse, Krankenkasse und Unterhalt." Der Hund, der golden glänzenden Fells hat, springt Lorenzo auf den Schoss und sieht ihn freundlich an. Sie bemerkt: "Er scheint Sie schon zu mögen, wie soll er denn heissen?" Lorenzo schaut auf seine glänzende Uhr, welche er von seinem Vater erbte, und sieht anschliessend wieder zu ihr und antwortet: "Meine Freundin wird das entscheiden, denn der Hund ist eine Überraschung für sie. Hier ist das Geld!" Sie nimmt das Geld in die Hand und verschliesst es sicher in der kaputten Kasse. Die Tierladenbesitzerin verabschiedet sich und Lorenzo erwidert: "Danke, gleichfalls und einen schönen Abend." Er verlässt den Tierladen, geht zum Auto und macht die Tür auf. Der Hund springt auf den Sitz und sein Panamera fährt los. Während der Fahrt ruft Lorenzo Tyrone an: "Hey, kannst du für ein paar Tage auf meinen Hund aufpassen, den ich Stella schenken will?" Tyrone fragt erstaunt: "Na klar Bro, aber was ist es für eine Rasse? Bitte keiner von diesen kleinen, nervigen, kläffenden und lauten Chihuahuas?" Lorenzo schaut den süssen Welpen an und sagt: "Nein, nein es ist ein Retriever." Tyrone ist erleichtert und legt auf. Inzwischen sind sie bei Tyrone angekommen und steigen aus. Man sieht sehr gut wie Luzern in Lichtern aufgeht und es eine schöne Aussicht von Tyrones Zuhause gibt, das er von seinem Vater bekommen hat. Inzwischen ist es dunkel geworden und man sieht den Nebel fast nicht mehr, weil die Dunkelheit nicht nur die Landschaft versteckt, sondern auch die Nebelschwaden. Es weht eine leichte Brise und Lorenzo schaudert es den Rücken hinunter. Er zieht sich eine Jacke an und geht zur Tyrones Haustür, er klingelt und sein gut gebauter bester Freund aus der Schulzeit, den er schon sein ganzes Leben kennt, macht auf. Er schaut den kleinen Hund an und fragt Lorenzo wie er denn heisst. Lorenzo zieht seine Jacke aus und hängt sie an einem Hacken auf, welcher in Tyrones Garderobe hängt. Anschliessend sagt er ihm, dass Stella das entscheiden könnte wie der männliche Retriever heissen wird. Lorenzo fragt, ob er auf ihn aufpassen könne. Sein bester Freund fragt nachdenkend: "Und was soll ich mit ihm bis dann machen?" Lorenzo zuckte die Schultern und antwortet: "Was weiss ich, lass dir was einfallen, aber lass dich nicht mit dem Welpen bei mir blicken, sonst ist es keine Überraschung mehr." Tyrone fragte, ob Lorenzo wenigstens am Abend auf den Hund aufpassen kann und Lorenzo sagte zu, sie verabschiedeten sich und sie fuhren nach Hause. Er kommt nach Hause und umarmt Stella, sie gehen ins Bett und schauen sich noch einen Film an. Er sieht am Morgen auf sein Handy und findet 27 Anrufe von Tyrone und noch mehr Nachrichten, dass er es mit dem Hund nicht aushalte. Er schickt ihm eine Nachricht, in der er schreibt, dass Tyrone nichts tun muss ausser auf ihn aufpassen. Lorenzo will ihn beschwichtigen, aber er schaffe es nicht und sagt ihm er komme am Abend. Lorenzo hinterlässt Stella eine Nachricht, dass er schon ins Geschäft gegangen ist. Stella liest die Nachricht und geht auch zur Arbeit. Sie ruft ihn an und fragt: "Lorenzo, soll ich dir ein Macchiato bringen?" Ihr Freund antwortet sehr freudig: "Ja klar, aber bring ihn mir zur Mittagspause wenn's geht."

Nach Lorenzos Sitzung bringt ihm seine Freundin seinen Macchiato und fragt ihn wie es gestern gelaufen ist: "Wir haben halt Sachen unter Männern geredet..." sagte Lorenzo und schmunzelte. Stella sieht ihn an und lacht: "Ich werde mich zurückziehen und gehe zurück in den Coffeshop. Ich arbeite heute Abend nicht zu lange!" Er sieht sie an und umarmt sie, sie geht zurück und er geht wieder in sein Büro. Er ruft Tyrone an: "Hey Ty, ich komme heute Abend um 20 Uhr", "Ja klar, wie lange passt du denn auf ihn auf?", fragt Tyrone, "1 Stunde", antwortet Lorenzo und fügt lachend hinzu, "wenn's dir recht ist." Er lege auf und macht sich wieder an die Arbeit. Stella hat inzwischen ihren Bruder um Rat gefragt, was sie und ihr Freund an ihrem Geburtstag machen können. Er schlägt ihr vor, dass sie es Lorenzo überlassen soll, weil sie ja dann Geburtstag hat. Im Coffeshop ist es angenehm ruhig, weil alle zurück zu ihrer Arbeit gegangen sind.

Tyrone hat nicht eine sehr angenehme Stimmung, weil der Hund sehr neugierig ist und Tyrones Haus erkundet und viel Chaos organisiert. Im Verlauf des Nachmittags ist Tyrone mit dem Hund im Whirlpool und bringt dem Hund, auf seiner grossen Wiese, Stöckchen holen bei. Er hat es sehr im Griff und fängt an den Hund zu mögen. Unterdessen holt Lorenzo Stella ab als er mit der Arbeit fertig ist. Sie fällt ihm um den Hals, weil sie sich sehr freut ihn zu sehen: "Endlich fertig, ich habe dich schon vermisst!" Er lacht und küsst sie leidenschaftlich. Sie geht zum Auto und fahren nach Hause. Als sie zuhause ankommen fragte er, ob er heute Abend nochmal zu Tyrone kann. Seine Freundin sagt: "Na gut, aber wann haben wir einen Abend für uns alleine?" Lorenzo denkt nach und versucht sie zu überreden noch ein paar Abende alleine zu verbringen. Er empfiehlt ihr: "Warum gehst du nicht mit deinen Freundinnen aus?" Sie gibt nach und ruft ihre Freundinnen an. Er gibt ihr eine lange Umarmung und verabschiedet sich.

Lorenzo seufzt und lässt sich ins lederüberzogene Sofa von Tyrone fallen. Er streichelt den Welpen und sagt nach minutenlanger Stille: "Ich glaube nicht, dass sie es noch lange aushalten wird solche Ausreden Stella zu geben." Tyrone sieht ihn an und sagt: "Das wird schon wieder gut. Es ist nur noch diese und die nächste Nacht." Lorenzo sieht auf sein Telefon und sagt: "Ich hoffe es zumindest!" Tyrone gibt ihm noch die Hausschlüssel und fährt mit seinem Nissan GTR laut dröhnend davon. In der Zwischenzeit trifft sich Stella mit ihren Freundinnen in einem bekannten Club in der Stadt. Clara umarmt sie und zwinkert: "Wie läuft's mit deinem Bänker?" Stella lächelt, aber es verschwand wieder so schnell wie es gekommen ist. Stella sieht ihre beste Freundin an und sagt: "Gut!" Clara glaubt es ihrer besten Freundin nicht und fragt, ob alles ok ist: "Ich glaube dir kein Wort, was ist passiert?" Stella antwortet etwas genervt: "Es ist komisch! Er verschwindet jeden Abend zu Tyrone, so zwischen 20 und 22 Uhr. Weisst du, es ist einfach nervig, ich konnte nichts mit ihm diese Abende unternehmen." Stella sagt ihr auch, dass sie es nicht mehr aushalte, aber Clara denkt nach und berät ihre Freundin: "Wenn ich dich wäre, würde ich ihn heute zur Rede stellen, aber vergessen wir es für heute Abend. Heute ist der Abend für uns!" Stella atmet durch und sagt lächelnd: "Na gut, machen wir uns einen Mädels Abend!" Sie gesellen sich zu ihren anderen Freundinnen und bestellen sich ein paar Drinks.

Lorenzo ist im Gegensatz zu Stella immer noch zuhause und schaut Fernsehen. Der kleine Welpe sitzt auf seinem Schoss und ist inzwischen eingeschlafen. Lorenzo streichelt ihn und fängt an Hunde zu mögen. Tyrone kommt nach Hause und erschreckt Lorenzo, als er anfängt einzuschlafen: "Hey Hundeflüsterer! Hast du einen schönen Abend gehabt?" Lorenzo antwortet übermüdet: "Na endlich, wo warst du die ganze Zeit?". Tyrone lacht, aber Lorenzo findet es nicht lustig. Lorenzo ist wieder hellwach und sagt Tyrone, dass er morgen nicht mehr auf ihn aufpassen sollte, denn am nächsten Tag ist Stellas Geburtstag. Lorenzo verabschiedet sich und fährt so schnell wie möglich zurück nach Hause. Lorenzo ist zuhause angekommen und Stella umarmt ihn. Sie will ihn zur Rede stellen: "Was hast du diese Abende bei Tyrone getrieben? Du hast nie was erwähnt!" Sie hat Tränen in den Augen und denkt Lorenzo wird sie betrügen oder er hat was angestellt. Er sagt ihr: "Du wirst es morgen erfahren, es ist nichts Schlimmes!" Stella setzt sich hin und sagt: "Den morgigen Tag werden wir nicht erleben! Es ist aus mit uns, Ich will lieber ein Freund, der nicht so viel Geld hat, dafür aber bei mir zuhause ist und mich liebt!" Für Lorenzo war es wie ein Pfeil ins Herz und er konnte nicht ein einziges Wort rausbringen. Er hätte nie gedacht, dass das passieren würde. Stella geht aus dem Haus und ruft ihre Freundin Clara an, damit sie sie abholen kommt.

Kapitel 10 - Happy End

Lorenzo hat keine Wahl, er muss abwarten, denn dass es so gelaufen ist, hat er nicht erwartet, aber er lässt sich noch was einfallen. Stella geht alleine zum See, sie ist traurig und gleichzeitig wütend. Sie kann es einfach nicht verstehen, wieso er es ihr nicht einfach sagen konnte. Es kann ja nicht so schlimm sein, oder geht er etwa mit einer anderen Frau aus? Sie hofft es nicht, doch es ist ihre grösste Vermutung. Das aller Schlimmste ist aber, dass heute ihr Geburtstag ist und sie heute noch nach Paris wollte. Sie hat sich so auf diesen Tag gefreut, doch dann passiert das! Sie wünscht sich, dass das alles nie passiert wäre. Sie hat Lorenzo ja so lieb. Ihr kommen schon die Tränen, wenn sie daran denkt, dass es jetzt vorbei ist. Sie denkt nochmals über die schöne Zeit mit Lorenzo nach. In der Zwischenzeit macht sich Lorenzo auf den Weg zu Tyrone, um den Hund abzuholen. Er muss sich beeilen, damit er Stella noch rechtzeitig abfangen kann. Nach einer Weile bekommt Stella eine Nachricht, sie entsperrt ihr Handy und sieht, dass eine Arbeitskollegin ihr geschrieben hat: "Alles Gute zum Geburtstag, meine Liebe". Stella kennt sie nicht so gut, aber freut sich trotzdem sehr und muss sogar ein wenig lächeln. Leider denkt sie gleich wieder an das tragische Ereignis und vergisst alle Glückwüsche, die sie heute bekommen hat. Mittlerweile regnet es wieder und es wurde kalt, was sie noch trauriger macht. "Warum muss das alles genau mir geschehen?"

Sie macht sich noch ein paar Gedanken und beschliesst sich langsam wieder auf den Heimweg zu machen, um ihr Gepäck zu holen. Als sie sich wieder auf den Weg macht, scheint die Sonne wieder ein bisschen und es wurde wärmer. Sie geht zu ihrem Fahrrad entriegelt das Schloss und fährt los. Der Heimweg kommt ihr wie eine Ewigkeit vor, doch es waren in Wirklichkeit nur zehn Minuten. Als sie zu Hause angekommen ist, holt sie ihr Gepäck und macht sich direkt wieder auf den Weg zum Flughafen. Lorenzo ist währenddessen im Stau und ist sehr knapp dran. Als er an Stellas Haus ankommt, springt er sofort aus seinem Auto und klopft, doch es war niemand zu Hause. In diesem Fall muss sie schon losgefahren sein. "Das mit der Überraschung wird dann wohl nichts mehr", denkt er sich und steigt wieder in sein Auto ein. Als er am Bahnhof vorbeifährt, sieht er zufälligerweise wie Stella in einen Zug Richtung Flughafen steigt. Er lenkt sein Auto schnell in die andere Richtung, um zum Flughafen zu düsen. Nach der halbstündigen Zugfahrt kommt Stella am Flughafen an, aber sie muss noch eine Stunde warten, weil das Flugzeug wegen dem Wetter nicht starten kann. Lorenzo steht immer noch im Stau und wird langsam nervös, also ruft er sie an. Aber sie hat ihr Handy schon auf Flugmodus gestellt und nimmt deshalb nicht ab. Nach einer Stunde kommt Lorenzo endlich am Flughafen an, gerade noch rechtzeitig, denn auf einmal hört er eine Durchsage: „Liebe Reisende wir bitten sie um ihr Verständnis, alle Flüge werden nochmals um eine weitere Stunde wegen des schlechten Wetters verschoben. Danke für ihr Verständnis und ihre Aufmerksamkeit. Wir wünschen ihnen noch eine schöne und angenehme Reise". Lorenzo kann sein Glück kaum fassen und sucht schnell auf der Tafel, um zu schauen wo sich das Gate nach Paris befindet. Er entdeckt die Nummer 54 und rennt schnell dorthin. Er kann sie allerdings nicht finden und nach einer Weile richtet Lorenzo nochmals einen Blick auf die Informationstafel. Da bemerkt er, dass er falsch geschaut hat und dass es das Gate 45 war und nicht 54, denn der Flug bei Gate 54 geht nach Los Angeles und nicht nach Paris. Er saust geschwind zum Gate 45 und sucht nach Stella. Zuerst kann er sie nicht finden, doch nach einer Weile sieht er sie in der Warteschlange. Sie war gerade dabei zu sagen, dass Lorenzo doch nicht mitkommen würde, doch in diesem Moment springt Lorenzo rein, zieht Stella aus der Reihe und lässt die Leute vor. Sie ist schockiert und Lorenzo erklärt ihr endlich, weshalb er die ganze Zeit weg war und es ihr nicht gesagt hat. Stella ist verwirrt, aber nach einer Weile versteht sie und verzeiht ihm sofort. Sie drückt Lorenzo einmal kräftig und sagt, dass es ihr leid tut, dass sie so hektisch mit der Situation umgegangen ist. Lorenzo ist erleichtert und entschuldigt sich auch, dass er es ihr einfach nicht gesagt hat. Die beiden sind wieder glücklich und Lorenzo fragt sie, ob sie mit ihm wieder zusammen sein will. Sie sagt erleichtert und glücklich:

"Ja!". Er holt sein Gepäck, welches er am vorherigen Tag in sein Auto gepackt hat (falls sein Plan aufgeht) und ruft Tyrone an, dass er sein Auto und den Hund beim Flughafen abholen soll. Sie freut sich sehr über den Golden Retriever, aber der Hund kann leider nicht mitfliegen. Trotz allem ist sie glücklich, dass sie wieder mit Lorenzo zusammen ist und dass er mit ihr nach Paris kommt. Sie stellen sich wieder in die Reihe und steigen anschliessend ins Flugzeug ein. Sie unterhalten sich und denken sich Namen für den Hund aus. Die beiden denken sich so viele Namen aus und einigten sich schlussendlich auf den Namen Dash. Der Flug dauert zwei Stunden und Stella ist schon sehr müde. Im Fünfsternen-Hotel angekommen, bekommen sie den Schlüssel für ihr Zimmer, welches im obersten Stock liegt. Als sie im 24. Stock ankommen, betreten sie ihr Zimmer und wollen sich schon Mal einrichten. Doch bevor Stella ihren Koffer auspackt, läuft sie ans Fenster und sieht den 300 Meter weit entfernten Eifelturm, der sich prachtvoll im Dunkeln erblicken lässt. "Es ist einfach ein wunderbarer Anblick", haucht Stella. "Ich habe uns extra dieses Zimmer ausgesucht, es hat den schönsten und besten Ausblick auf den Eiffelturm und über Paris", erläutert Lorenzo. Stella hüpft zurück zu Lorenzo und umarmt ihn. "Danke für alles", flüstert sie ihm zu. Es wurde dann doch noch ein sehr schöner Geburtstag für Stella und auch einer der besten, den sie je hatte. Nachdem sie sich eingerichtet haben, gehen die beiden sofort ins Bett, denn es ist schon sehr spät und sie sind sehr müde von dem aufregenden Tag. Am nächsten Morgen beschlossen Stella und Lorenzo den Eiffelturm, das Louvre und einige der schönen Cafés zu besuchen, die Stella schon immer einmal besuchen wollte. Sie verbrauchen noch einige wundervolle und romantische Tage in der Stadt der Liebe und beide sind überglücklich, dass sie wieder zueinander den Weg gefunden haben.

Und so endet die romantische, aber doch auch manchmal, dramatische Liebesgeschichte von Stella und Lorenzo mit einem schönen Happy End.

10 Jahre später ...

”Ding Dong!“ Die Glocken der Kirche läuten, es ist kurz vor Mittag, alle sind schwarz angezogen. Das einzelne leise Murmeln von verschiedenen Leuten ist im Hintergrund zu hören. Man konnte die bedrückende Trauer der Mitmenschen förmlich spüren. Lorenzo weint. 14 wundervolle Jahre später ist Teresa, seine geliebte Mutter, gestorben. Mike, der 7-jährige Sohn von Lorenzo und Stella, steht zwischen den beiden, hält mit seinen kleinen Händen die beiden fest und denkt über die wenige Zeit nach, die er mit seiner Grossmutter verbringen konnte. Er ist ein starker Junge, der vieles erreichen möchte, so wie sein Vater. Trotzdem kommt ihm eine Träne über sein kleines, helles Gesicht. Es fängt an zu regnen und die salzigen Tränen vermischen sich auf

Mikes Haut mit den kalten Regentropfen. Die Beerdigung ist zu Ende, die Glockenklänge klingen aus und die Menschenmenge löst sich langsam von dem Friedhof. Doch Lorenzo bleibt noch ein wenig länger beim Friedhof. Er denkt über ihre Probleme, aber auch über ihre schöne, vergangene Zeit nach. Er kann nicht leugnen, dass er sie jetzt schon vermisst. Der Schmerz sticht unangenehm in seiner Brust und ihm kommen die Tränen. Somit verlässt er den Friedhof auch, denn er will nicht weinen, er will sie mit guten Erinnerungen verlassen. Bevor allerdings ganz von dem Grabstein ablässt, dreht er sich nochmal um und flüstert ein leises: „Ich werde dich für immer lieben, Mama!" Danach läuft er zu Stella, die schon beim Auto, im Schutz vor dem Regen auf ihn wartet und ihn fest in den Arm nimmt.

Oft hat Lorenzo allerdings keine Zeit zu trauern, denn bereits ein Jahr später kam eine gute Nachricht an, Stella war wieder schwanger. Ihr Bäuchlein wird langsam grösser und Lorenzo freut sich riesig über den kommenden Nachwuchs. Doch ein Problem gibt es, Lorenzo und Stella haben es Mike noch nicht erzählt, denn Mike hat immer gesagt, dass er keinen Bruder oder Schwester wolle, weil er seine Eltern mit niemandem teilen möchte. Als Lorenzo und Stella es ihm gesagt haben, war er zuerst traurig, aber nach einiger Zeit, als der Bauch von Stella bemerkenswert gross wurde, redete er schon mit seinem kleinen Bruder. Es ist ein Junge und Mike stellt sich schon vor wie er mit seinem kleinen Bruder spielt und Spass hat! Nach 5 Monaten, am 23. Februar 2019, kommt Leandro auf die Welt mit einer Grösse von 48 cm und 3,350 kg. Leandro ähnelt Stella und Mike hingegen Lorenzo. Seit diesem Tag hat sich alles bei dieser Familie geändert, denn es wurde alles schöner und besonderer, weil die Familie grösser wurde, aber auch kleiner, da Teresa von ihnen gegangen ist.

Zusammenfassung

Der 23-jährige Lorenzo und die 21-jährige Stella lernen sich zufällig in einer Bank kennen. Lorenzo der stolz, humorvoller, selbstverliebter Bankmanager und die selbstbewusste offene Stella, die in einem Starbucks arbeitet, verstehen sich von Anfang an. Sie sind voneinander so hin und hergerissen, dass sie sich unbedingt nochmals treffen müssen. Sie verabreden sich nach kurzer Zeit später zu einem Treffen und kurz darauf kommt der erste Kuss. Sie haben sehr viel Kontakt, aber Stella, die eine sehr eifersüchtige Art an sich hat, ist sehr eifersüchtig auf die Mitarbeiterin von Lorenzo. Weil Stella nicht weiss was sie tun soll, ruft sie ihren 24-jährigen älteren Bruder an. Er weiss aber auch nicht was sie tun soll. Einige Zeit später erfährt Stella, dass es sich bei der Mitarbeiterin, um Lorenzos Cousine handelt. Beim nächsten Date sitzen die zwei Schwerverliebten in einem schönen Restaurant und reden über die Zukunft und über das Zusammensein. Eines Tages, als Lorenzo bei der Arbeit ist, klingelt auf einmal sein Handy. Es ist seine Mutter und sie ist wütend, weil Lorenzo mit einer Frau aus einer niedrigeren Sozialschicht zusammen ist, die nicht einmal 4000 Franken im Monat verdient. Lorenzo ist stinksauer und wehrt sich heftig gegen die Aussagen seiner Mutter und erinnert sie daran, dass sie auch mal arm war. Da merkt die Mutter, dass die Liebe von Lorenzo und Stella stärker ist als sie dachte. Die Mutter überlegt sich eine Entschuldigung und lädt Lorenzo und Stella zum Abendessen ein und die Stimmung ist wunderbar. Die Mutter erzählt viel über ihren verstorbenen Ehemann. Einige Tage später lädt Lorenzo Stella zu einem Wochenende in Venedig ein. Stella freut sich sehr und kann so eine Einladung nicht ablehnen. Als sie in Venedig sind, bekommt Lorenzo leider einen Anruf vom Büro. Natürlich bekommt das Stella mit und ist überhaupt nicht begeistert. Sie hat sich sehr auf diesen Urlaub gefreut.

Da Stella bald Geburtstag hat, hat sich Lorenzo was ganz Besonderes ausgedacht. Und zwar er will ihr einen Hund kaufen. Obwohl Lorenzo Hunde nicht wirklich mag, will er Stella diese Freude machen. Also geht Lorenzo in die Tierhandlung und kauft sich einen Hund. Natürlich kann er ihn nicht zu sich nach Hause nehmen, weil es für Stella eine Überraschung sein wird. Also ruft Lorenzo seinen besten Freund Tyrone an und fragt ihn, ob er für eine Woche auf den Hund aufpassen könne. Also bringt Lorenzo den Hund zu Tyrone. Lorenzo geht jeden Abend zu Tyrone und Stella wird immer mehr misstrauisch, denn sie denkt, dass Lorenzo sie betrügt. Sie wird enttäuscht und wütend, weil sie nicht versteht warum er lieber mit seinem Freund zusammen sein möchte und macht Schluss mit Lorenzo. Am nächsten Tag, an Stellas Geburtstag, entscheidet sie sich die Reise nach Paris trotzdem zu machen. Sie ist traurig und sie fühlt sich so leer und alleine, obwohl sie am Flughafen umgeben von so vielen Leuten ist. Plötzlich taucht Lorenzo auf und er klärt das Missverständnis ab. Lorenzo gibt Stella den Hund und sie freut sich natürlich sehr über das neue Haustier. Stella verzeiht ihm und sie fliegen überglücklich nach Paris. Der Hund muss aber noch eine Woche warten bis er Bekanntschaft mit der neuen Besitzerin macht.

Ashley und Bryan -
eine Liebesgeschichte

Ashley und Bryan lernten sich auf besondere Art kennen. Er fuhr sie nämlich mit seinem Skateboard über den Haufen. Eigentlich kein gutes Zeichen für eine beginnende Freundschaft. Aber bei diesen beiden war es eben anders. Es gab mehrere Wiedersehen und die Gefühle für einander wurden immer stärker. Aber da war noch Nate, ein alter Bekannter und guter Kollege von Ashley. Logisch kam da Eifersucht auf. Nate hatte ein paar gute Ideen, wie er dachte, um die Freundschaft auseinander zu bringen und Ashley wieder für sich alleine zu haben.

Auch die Eltern der beiden spielten eine Rolle. Waren sie für oder gegen die Freundschaft? Würde der Plan von Nate aufgehen? Ein Ball an dem beide teilnahmen würde Gewissheit bringen. War dieser Ball das Ende der jungen Beziehung oder würde daraus etwas Ernstes entstehen?

Klasse B3a mit Ruedi Portmann

Kapitel 1 : Melisa Mandic, Janic Gäumann

Kapitel 2 : Fahama Akhtar, Hadisa Demiri

Kapitel 3 : Gloria Stauffer

Kapitel 4 : Philipp Häusler, Ramon Strebel

Kapitel 5 : Amina Sadiki, Njomza Kasumi

Kapitel 6 : Larissa Leuppi, Nurija Urech

Kapitel 7 : Mexwell Innocent, Esrael Deme

Kapitel 8 : Christ Brouho, Melanie Arizanova

Kapitel 9 : Van Luan Nguyen, Emin Günay

Kapitel 10 : Alem Kokor, Enzo Haji Aidarus

Kapitel 1 - Sie treffen sich

Bryan und Darry kannten sich schon seit dem Kindergarten und waren wie Brüder. Schon im Kindergarten und in der Freizeit unternahmen sie sehr viel miteinander und so auch noch heute. Vor einiger Zeit begann Bryan seine Lehre als Schreiner und hatte fast keine Zeit mehr für Darry. Doch an diesem Wochenende unternahmen sie wieder mal etwas gemeinsam. Bryan hatte blonde lockige Haare, er war ein großer kühner Junge. Bryan war 17 Jahre alt und skatete gerne. Er skatete schon seit er sechs Jahre alt war. Sein bester Kumpel und er trafen sich oft im Freizeitpark. Er und sein bester Freund waren auf dem Weg zum Bahnhof als Darry mit ein Mädchen zusammenstiess und sie zu Boden fiel. Darry wollte behilflich sein, doch das Mädchen stand wortlos auf, sammelte ihre Bücher auf und ging weg. Er rief ihr noch etwas nach aber sie hörte es nicht mehr, weil sie schon um die Ecke war. Sie ging nach Hause, machte sich frisch und ging schlafen. Das Mädchen hiess Ashley, war 16 Jahre alt und hatte schwarze lange Haare. Sie wachte am nächsten Morgen auf, machte sich frisch und beeilte sich zur Schule. Auf dem Schulweg holte sie noch ihren besten Freund Nate ab und erzählte ihm, was gestern passiert war. Nate wirkte ein bisschen traurig, aber Ashley bemerkte es nicht wirklich. Nate war 16 Jahre alt und besuchte mit Ashley das zehnte Schuljahr. Nach der Schule ging sie wie immer eine Runde joggen, um sich ein bisschen fit zu halten fürs Training. Es war schon sechs Uhr abends. Sie ging nach Hause holte ihre Trainingstasche und verabschiedete sich. Sie beeilte sich. Bryan war auf dem Nachhauseweg von der Lehre. Der heutige Tag war sehr anstrengend und er war sehr erleichtert, dass er Feierabend hatte. Er eilte noch schnell zum Bahnhof und kaufte sich was zum Essen. Er war auch mit Darry verabredet. Bryan erzählte, dass das Mädchen ihm nicht mehr aus dem Kopf ging. Er wirkte sehr glücklich während er über sie sprach. Darry lachte schadenfreudig und rief: "Ha ha ha die wirst du eh nie mehr sehen." Bryan schlug Darry auf die Schulter und flüsterte: "Ich kriege sie noch." Sie fuhren durch die Altstadt von Bern und Bryan genoss die Abendsonne. Plötzlich schaute er zurück, weil dachte er sähe das Mädchen mit den schwarzen langen Haaren, doch es war eine Täuschung. „Darry, ich glaube ich fantasiere schon, das Mädchen geht mir nicht mehr aus dem Kopf." Mit einem freundschaftlichen Handschlag verabschiedeten sie sich. Er fuhr mit dem Skateboard durch eine Nebengasse, als er ruckartig von einem Stein abgebremst wurde. Es schlug ihn nach vorne auf den Boden. Er stand auf, schnappte sein Bord schaute seine Ellbogen an und kratze die Steinchen aus der Wunde. Er betrachtete sein Spiegelbild in einem Schaufenster, schaute genauer hin und plötzlich sah er sie - seine Gefühle stiegen blitzartig auf Wolke sieben. Die schwarzen langen Haare, dieses Lächeln - das konnte nur sie sein. Er wartete die ganze Zeit bis sein Traummädchen fertig war mit dem Training. Jetzt kam seine Chance. Bryan beobachtete sie die ganze Zeit, er war total aufgeregt. Ashley hatte Bryan noch nicht entdeckt. Zwei Stunden später kam sie raus und er ging auf sie zu. Etwas schüchtern bleib er stehen und lächelte sie einfach an. Das Mädchen schien nicht unglücklich über das neue Treffen. Bryan fragte sie: „Wie heißt du denn?" Sie sagte: "Ashley". Später sagte er ihr auch seinen Namen. Bryan flüsterte ihr ins Ohr:" Gibst mir bitte deine Nummer?" In ihrem Kopf gingen tausend Gedanken hin und her. Sie war einfach überglücklich und gleichzeitig auch überfordert. Sie stotterte und gab ihre Handynummer bekannt. „Lust mal etwas gemeinsam zu machen?", fragte Bryan. Ashley war antwortete wieder mit ja. Es folgte eine erste zaghafte Umarmung. Sie verabredeten sich gleich noch für ein Wiedersehen am nächsten Tag.

Kapitel 2 - Der Erste Kuss

Ashleys Mutter kam ins Zimmer und sagte: „Aufwachen du kommst noch zu spät zur Schule." Sie wollte gerade ins Badezimmer gehen, doch auf einmal klingelte ihr Handy, sie schaute nach es war Bryan. Er hat ihr geschrieben ob sie sich heute Abend wirklich treffen würden. Sie hatte ein Lächeln im Gesicht und schrieb: „Okay aber wo"? Er antwortete: „Im Starbucks." Sie schrieben noch eine Weile hin und her. Als sie auf die Uhr schaute, merkte sie, dass es schon sehr spät war.

Sie stand sofort auf, zog ihre Schuhe an und rannte los. Ihre Mutter rief ihr noch hinterher, sie solle auf dem Weg noch etwas essen, aber Ashley hörte es nicht mehr. Als sie in der Schule ankam, hatte der Unterricht schon an- gefangen. Sie setzte sich leise an den Platz und nahm ihre Sachen hervor. Dann fing sie an zu arbeiten. Nach der Schule musste sie ins Training gehen. Danach woll- te sie noch ein bisschen shoppen, doch dann kam ihr in den Sinn, dass sie mit Bryan abgemacht hatte. Ashley ging nach Hause, ass etwas und machte sich frisch. Sie schaute auf die Uhr, es war schon sieben. Sie war ner- vös und ging aus dem Haus. Sie trafen sich wie abge- macht im Starbucks. Sie suchten

zwei freie Plätze und der Kellner führte beide zu einem freien Tisch. Danach fragte Bryan Ashley was sie zu trinken möchte. Sie entschied sich für einen Java Chip und er nahm einen Caramel Macchiato. Sie bestellten an der Kasse und gingen zurück an den Platz. Bis die Bestellung kam, redeten sie noch darüber, was sie in der Freizeit machten. Nach einer Weile musste Ashley nach Hause und sagte: „Es ist schon spät, ich muss nach Hause". Er sagte dann: „Warte ich begleite dich, es ist schon sehr dunkel, ich will dich nicht alleine las- sen." Sie fragte ihn: „War das jetzt ein Date"? Er antwor- tete: „Das entscheidest du." Dann sahen sie sich lange in die Augen. Auf einmal wurden sie vom Kellner unter- brochen, weil sie noch nicht bezahlt hatten. Nachdem sie bezahlt hatten, meinte der Kellner: „Ihr seid ein sehr süsses Paar." Darauf antworteten beide gleichzeitig: „Nein, nein wir sind kein Paar." Der Kellner schaute beide komisch an und ging. Ashley sagte: „Wir sollten uns langsam auf dem Weg machen". Nach etwa 10 Minuten kamen sie vor Ashleys Haustüre an. Sie wollten sich mit einer Umarmung verabschieden doch Bryan zog sie sanft an sich und sie küssten sich. Es war ein ziemlich langer Kuss und sie wurden beide rot. Ashley ging glücklich ins Haus. Ihre Mutter fragte noch: „Wo warst du so lange?" Sie antwortete: „Ich habe mich mit meiner Freundin etwas vergessen." Ashley ging in ihr Zimmer und wollte schlafen, doch sie bekam eine Nachricht von Bryan. Er wollte wissen, ob alles sei. Sie lächelte und schrieb: „Ja und bei dir"? Er antwortete mit: „Ja bei mir auch, gehst du schlafen?" Sie antwortete darauf: „Ja es ist schon sehr spät und ich muss morgen zur Schule." Bryan schrieb ihr einen letzten Gruss.

Bryan wachte am Morgen auf und ging duschen. Während dem Frühstück bekam er eine Nachricht auf sein Handy. Es war Darry, der fragte ob er heute Nachmittag ein bisschen skaten wolle. Er sagte zu und ass noch fertig. Ashley ihrerseits wachte um sieben Uhr auf und machte sich auch frisch und ging zur Schule. Auf dem Schulweg holte sie wie immer Nate ab. Sie erzählte ihm voller Freude von gestern. Er sagte nichts dazu und hörte ihr einfach zu. Als sie in der Schule ankamen, holten sie ihre Sachen aus dem Schrank und etwas später hatte der Unterricht auch schon angefangen. Es war vierzehn Uhr und Bryan hatte Feierabend. Er ging nach Hause, um sein Skateboard zu holen und ging direkt in den Park, wo Darry auch schon auf ihn wartete. Nach einiger Zeit meinte Darry: „Ich habe Hunger wollen wir uns etwas holen gehen"? Daraufhin Bryan: „Ja ich auch, gehen wir." Ashley hatte zur gleichen Zeit die Schule fertig und machte sich auf den Weg nach Hause. Plötzlich fiel ihr ein, dass ihre Mutter heute Nachtschicht hatte und deshalb musste sie noch einkaufen. Als sie im Laden war, hörte sie eine bekannte Stimme. Bryan wollte gerade bezahlen als er hinter sich Ashley auf sich zukommen sah. Er wurde extrem aufgeregt, weil er nicht wusste, wie er sie nach dem Kuss von gestern begrüssen sollte. Sie ging auf ihn zu und wollte ihm einfach Hallo sagen, doch er zog sie an sich und umarmte sie. Als sie sich lösten waren beide verlegen und sahen sich in die Augen. Sie wurden von Darry unterbrochen: „Hey, ich bin Darry, Bryans bester Freund." Sie lächelte ihm kurz zu und schaute dann wieder zu Bryan. „Ich muss nach Hause", sagte Darry und ging. Nun waren sie alleine. „Ich hol kurz was ich brauche", sagte Ashley. Bryan begleitete sie. Als sie ihr Portemonnaie hervorholen und bezahlen wollte, sah sie, dass Bryan schon bezahlt hatte. Ashley lächelte ihn dankbar an und sie gingen zusammen nach draussen. Er fragte Ashley ob er sie begleiten soll und sie sagte: „Ja gerne, wenn du willst." Sie hakten sich unter und kamen bald an ihrem Haus an. Sie bedankte sich mit einem kurzen Backenkuss und ging hinein. Sie kochte etwas Kleines für sich. Grossen Hunger hatte sie sowieso nicht. Ob das ein Zeichen der Liebe war? Nach dem Essen ging sie ins Bett und wollte eigentlich schnell einschlafen. Sie legte ihr Handy weg, als eine neue Nachricht hereinkam. Bryan wünschte ihr noch eine gute Nacht. Glücklich aber auch müde liess Ashley sich ins Kissen sinken.

Kapitel 3 - Wer ist dieser Mann

Bryan war mit seine besten Freund Darry skaten. Als Bryan die Rampe hinunter fräste fiel er hin. Er hatte sich sein Knie leicht aufgerissen und seine Lippe blutete. Bryan wusste, dass Ashley einen großen Notfallkoffer zuhause hat, weil Ashleys Mutter Krankenschwester ist. Bryan konnte kaum laufen, er hinkte sehr heftig. Da Darry mit ihm war brachte er Bryan bis zu Ashley nach Hause. Bryan klopfte an die Tür und sie öffnete. Geschockt fragte sie: „Was ist denn passiert?" „Ich bin von der Rampe beim Skaten gefallen, es ist halb so wild", antwortete Bryan. Ashley rannte die Treppe hinauf und holte blitzschnell den Koffer von ihrer Mutter. Sie gab ihm Papier, damit er seine Wunde an er Lippe behandeln konnte. Als das Blut nicht mehr lief, gab sie ihm einen Eisbeutel. Er bekam natürlich noch ein Schoko Eis als Trost. Ashley hatte seine Wunde am Knie schon vergessen. Als sie die Wunde am Bein desinfizierte meinte Bryan:" Muss ich nicht zum Arzt es nähen lassen?". Ashley sagte überzeugend: „Nein, es ist halb so schlimm"! „Dankeschön Ashley, zum Glück habe ich dich." Du weisst, ich bin immer da für dich". „Seid ihr gute Freunde du und Darry?", wollte Ashley wissen. „Ja sogar beste Freunde, wir kennen uns seit dem Kindergarten. Wir lieben beide skaten", sagte Darry. "Das ist toll, solche Freundschaften sind sehr wichtig", antwortete Ashley. Plötzlich schrie jemand nach Ashley. Bryan fragte:" Erwartest du Besuch?" „Das ist ein guter Kollege, Nate", sagte Ashley. „Nate komm mal in den Gang ich muss dir jemanden vorstellen. Nate das ist Bryan. Bryan das ist Nate und das ist Bryan's bester Freund Darry." „Freut mich, ich bin Nate, Ashleys bester Freund. Wir sind zusammen aufgewachsen und haben so vieles gemeinsam. Seit klein auf sind wir beste Freunde. Niemand kann uns trennen NIEMAND", schrie Nate, und umarmte Ashley ganz. Bryan fragte: „Seid ihr mehr als gute Kollegen?" „Nein, nein sind wir nicht, wir sind nur gute Freunde", sagte Ashley und zwinkerte Nate zu. Bryan und Nate gingen nach Hause. „Denkst du echt wir sind nur Freunde?", fragte Nate. „Nun offensichtlich hast du nicht gesehen wie sie mich angeschaut hat als ich sie umarmte". Am nächsten Tag gingen Bryan und Darry wieder skaten und trafen dort auch Nate. Sie gingen auf ihn zu und Bryan fragte: „Ich muss es wissen, seid ihr zusammen oder nicht?" Nate lachte böse und sagte: „Ich liebe sie schon seit fünf Jahren und jetzt bist du gekommen und willst sie mir wegschnappen?" „Empfindet sie auch etwas für dich oder kommt das nur von deiner Seite?" fragte Bryan. „Sicher empfindet sie auch etwas für mich hast du ihr Zwinkern letztes Mal nicht gesehen?" Bryan dachte bei sich: „Dann hat ihr unser Kuss gar nichts bedeutet." Nate murmelte: „Komm geh nach Hause und vergiss sie, sie gehört mir." Traurig und enttäuscht ging Bryan nach Hause. Am nächsten Tag ging er spazieren und wollte seinen Kopf frei kriegen, als plötzlich Ashley auf ihn zurannte. Sie wollte ihn umarmen, aber er wies sie ab. „Was ist mit dir los?", fragte Ashley. „Nichts, ich muss nach Hause", antwortete Bryan und ging mit langsamen Schritten weg. Ashley war echt hilflos, sie konnte mit dem Verhalten von Bryan nichts anfangen. In ihrer Not rief sie Nate an und wollte Hilfe von ihm. Er meinte aber nur:" Lass ihn, vergiss ihn, du hast ja mich." Für Ashley war es echt schwierig. Sie kannte Nate schon lange, aber Bryan war ihr irgendwie wichtiger.

Kapitel 4 - Pläne für die Zukunft

Ashley rief Bryan an und fragte ihn, ob sie sich im Park treffen wollen. Er sagte: ja wann? „Um 16:00 Uhr" „Ok! Bis später! Tschüss!" Sie trafen sich im Park, machten es sich mit einem Zvieri auf der Wiese gemütlich und plauderten über die Schule und ihre Kollegen.

Dann kamen sie auf persönliche Themen. Ashley fragte Bryan, was mit ihnen eigentlich in der Zukunft passieren würde. Bryan fragte sie, ob sie in 5 Jahren immer noch zusammen sein werden? „Ja, ich hoffe, dass wir immer noch zusammen sind", rief sie. „Bis dann haben wir unsere Lehre abgeschlossen. Wir haben unsere Traumstelle. Auch sind wir von zu Hause ausgezogen. Was meinst du, haben wir zusammen eine Wohnung?" „Das wäre ja mega cool!", antwortete Bryan, „hoffentlich immer noch in Bern, diese Stadt gefällt mir einfach! Auch möchte ich nicht zu weit von meinen Freunden weg." „Ja, auch mir ist die Familie wichtig! Ich will auch einmal Kinder haben, so in 6 Jahren." „Ich will aber höchstens 2 Kinder haben", wandte Bryan ein. „Ja, 2 Kinder fände ich auch gut", erwiderte sie, „hättest du schon Wunschnamen?" Da lachte Bryan: „Nein, das überlasse ich dir!"

„Ich möchte gerne 2 Autos, ein Familienauto und einen Mercedes-Cabrio!" schwärmt Bryan da. „Spinnst du? Zwei Autos!" rief Ashley aus, „hast du nicht alle! Erstens ist das viel zu teuer und dann brauchen wir doch gar nicht zwei Autos, wir wohnen in Bern und haben gute ÖV! Und denk auch ein bisschen an die Umwelt!" „Du bist ein Spielverderber! Dann verzichten wir auf das Familienauto", grinste Bryan. „Ha, ha! typisch Mann!" Ashley gab Bryan einen Box. „Mach erst mal die Schreinerlehre fertig und verdiene genug Geld! Bevor wir zwei Autos haben möchte ich lieber eine eigene Wohnung!" „Ich wünschte mir ein Haus. Stell dir vor: Eine eigene Werkstatt, ein Garten mit Rasen zum Fussballspielen mit unseren Kids!" träumte Bryan. „Aha, du träumst von zwei Jungs! Ich glaube eher, du zimmerst ein Märchenschloss für unsere Girls..." „Moment! Was ist mit Gleichberechtigung? Dürfen Mädchen nicht auch Fussball spielen? Und überhaupt, wie wär's mit einem Jungen und ein Mädchen?" „ Du hast recht! Und zum Glück kann man das nicht vorbestimmen!" In dem Moment läutete Bryans Handy. „Oh das ist meine Mutter! Ich glaube, ich muss ganz schnell nach Hause! Tschüss Ashley, bis morgen!" „Tschau Bryan, war schön mit dir! Wir sehen uns morgen!"

Kapitel 5 - Ihre Liebe ist stärker als die Vorurteile

Ashley machte gerade eine schwierige Zeit durch, da ihre Mutter alkoholabhängig ist und ihr Vater einen schlimmen Unfall gehabt hatte. Das Ganze geschah, weil die Eltern von Ashley nicht zufrieden waren mit der Beziehung von ihr und Bryan, der Vater ging wütend aus dem Haus und baute einen Unfall, darauf fing ihre Mutter an

zu trinken. Ashley und Bryan schrieben sich aber trotz allem noch heimlich, sie liebten sich zu sehr. Die Vorurteile der anderen interessierten sie nicht. Ashley musste alleine auf ihre Geschwister aufpassen, da ihre Mutter eine schwierige Zeit durch machte, und sie selten zu Hause war. Bryan war immer für sie da, und sie konnte mit ihm über alles und jeden reden. Er half Ashley um auf ihre Geschwister aufzupassen. Als sich die Situation langsam wieder beruhigt hatte und der Alltag wieder einkehrte, liessen die Menschen in der Umgebung Ashley und Bryan in Ruhe. Sie wussten, dass sie nur Freunde waren mehr aber auch nicht. Der beste Freund von Ashley Nate hatte die ganze Zeit immer über die Beiden Bescheid gewusst. Sie kannten sich von klein auf doch was Ashley nicht wusste war, dass Nate ebenso in Ashley verknallt war wie Bryan. Bei Nate kam eine tiefe Eifersucht auf. Die drei hatten während der Lehre zweimal in der Woche den gleichen Kurs besucht. Als Abschluss gab es ein Projekt sozusagen einen Ball. Für Bryan und Ashley war es schwierig. Die Leute dachten eigentlich, dass es keine tiefe Freundschaft war, aber die Wirklichkeit sah ja anders aus. Sollten wie auf den Ball gehen? Würde dann ihre wahre Liebe sichtbar? Da griff Nates Eifersucht ein, er wollte auf keinen Fall, dass die beide zusammen zum Ball gehen würden. Nun überlegte sie sich etwas, wie er die Beiden trennen könnte, so dass er mit Ashley auf den Ball gehen könnte. Bryan Nate und Ashley gingen nach dem Kurs in einen Park, um ihre Vorfreude auszutoben und sich Gedanken drüber zu machen was sie anziehen sollten für diesen Ball. Nate jedoch versuchte es ihnen abzuraten und meinte es wäre besser, wenn sie nicht zusammen auf den Ball gingen, sonst dachten die Leute, dass sie wieder ein Paar wären. Doch Ashley und Bryan lehnten dankend ab, und waren fest beschlossen zusammen auf den Ball zu gehen. Nate probierte alles mögliche um diese zwei auseinander zu bringen doch nichts klappte. Bis ihm die ideale Idee einfiel: Er könnte eine Internetseite eröffnen wo alle so über dies und jenes tratschen könnten. Er selber würde dann möglichst viel Negatives und Schlechtes über Ashley und Bryan posten. Er machte die Seite so schnell wie möglichst auf, um über die Menschen zu tratschen und zu berichten. Während Ashley sich Hoffnungen machte, dass es langsam ruhig würde, geschah im Hintergrund genau das Gegenteil. Sie sprach auch mit Nate über ihre Gefühle, doch sie wusste nicht, dass Nate eine Schlange war, und alles gegen sie verwenden würde um sein eigenes Glück zu retten. Ashley war nett, hilfsbereit, lieb und tolerant und deswegen bemerkte sie auch nichts. Auch nichts über Nates abscheulich teuflischen Plan. Nate fing an die Informationen zu posten und wartete nur darauf, dass etwas über Ashley und Bryan geschrieben würde, doch es kam nichts. Irgendwann war seine Geduld am Ende und er schrieb, dass Ashley und Bryan immer noch zusammen waren. Als Bryan und Ashley das lasen waren sie schockiert und sprachlos. Wer wusste das überhaupt und stellte es auch noch ins Netz? Und wie würde es wohl zwischen ihnen weiter gehen? Sie hatten Glück, weil kaum jemand auf diese Seite ging. Nate versuchte es nochmals doch dieses Mal mit Erfolg. Er verbreitete das Gerücht, dass Ashley und Bryan Geschwister waren. Nate besorge sich sogar ein gefälschtes Papier wo dies bestätigt wurde. Nun war es endgültig zu viel, viele Menschen wandten sich gegen die beiden, gegen die Mutter von Ashley und gegen die Eltern von Bryan. Der Kontakt zueinander wurde Ashley und Bryan verboten. Nun hatte Nate sein Ziel erreicht und er jubelte darüber. Doch was er nicht wusste war, dass Ashleys Eltern wegziehen wollten wegen der ganzen Geschichte. Völlig überraschend für Nate, eigentlich war sein Plan aufgegangen, aber wenn Ashley weg war, hatte er trotzdem verloren. In den nächsten Wochen brach für Ashley eine Welt zusammen, Bryan ging es auch nicht gerade besser. Plötzlich gab es eine positive Veränderung. Ashleys Vater kehrte wieder nach Hause zurück und somit kehrte wieder Familienfriede ein. Man muss auch sagen, dass der Unfall den Vater sehr verändert hatte. Es wurde natürlich besser für Ashley. Ein neuer Schüler kam in die Stadt und in den Kurs. Wie das so ist, gab es neuen Gesprächsstoff und ein paar Dinge gerieten in Vergessenheit. Der Ball im Kurs stand bald bevor. Nate ging mit einem Mädchen aus dem Kurs zum Ball, und Bryan konnte endlich ohne Sorgen die Vorbereitung mit Ashley treffen. Am Abend waren alle aufgeregt und Bryan überraschte Ashley mit einer wunderschönen Rose. Er sagte ihr auch, dass er sie über alles liebte und sie nie mehr verlieren wollte. Nate konnte mit dem Mädchen eine neue Freundschaft aufbauen und musste nicht mehr als Feind zwischen Ashley und Bryan auftreten. So war es sogar möglich, dass sie einander verzeihen konnten.

Kapitel 5 - Meine Eltern wollen dich kennenlernen

Ashley und Bryan unterhielten sich vor dem Haus von Ashley." ASHLEEEY", tönte es aus dem Haus. Oh, dachte sie sich," Ich bin wohl etwas zu spät." „Anscheinend", sagte Bryan lachend. "Sie klingt ziemlich ärgerlich", erläuterte Bryan, "also dann, bis morgen." Gerade als sie sich einen Abschiedskuss geben wollten, sprang die Tür auf "Ashley, was machst du denn da, das Essen wird schon kalt", rief die Mutter aus und schob sie zurück in das Haus. Ashley schaute sie ganz verstört an, "Mama, warum hast du das gemacht", „Du hast Glück, dass das Essen noch einigermassen warm ist, wer war das überhaupt?" Mein Gott, dachte sich Ashley, jetzt geht es los. "Das war mein Freund und ich finde, du warst sehr unfreundlich!" „Tja, vielleicht hättest du uns deinen Freund zuerst mal vorstellen sollen", reklamierte sie, während sie ins Esszimmer lief. Ashley blieb still. Plötzlich kam ihr Vater die Treppe herunter. "Was ist denn das für ein Krach?" „Frag doch mal deine Tochter", sagte die Mutter mit einem schnippischen Ton. "Hä, was hat sie denn gemacht?", fragte er während seine Frau das Abendessen hereinbrachte. Nachdem alle auf ihren Stühlen Platz genommen hatten, begann sie wieder zu reden, "Ashley kam heute mit ihrem `Freund` nach Hause." „Ashley hat einen Freund?" wunderte er sich. Dann sagte Ashley: „Mama, du hast doch gesagt, dass ich ihn dir vorstellen soll, nicht?" Ihre Mutter warf Ashley einen verwunderten Blick zu. „Ja, das hast du," gab der

Vater ihr recht, „habe ich sogar selber gehört". „Na gut",
sagte sie mit genervter Stimme, „Warum lädst du ihn
nicht zum Essen ein oder so?" „Mal sehen". Schon bevor sie mit Reden fertig waren fing der Vater an Teller
wegzuräumen und abzuwaschen. „Heute lass ich euch
alleine abwaschen ist das gut?" „Geh nur", klang es aus
der Küche. Als Ashley die beiden nicht mehr hören
konnte fragte die Mutter ihren Mann: „Bob, was denkst
du?" „Was, meinst du?" „Na, über Ashleys Freund, was
denn sonst", erwiderte sie. „Sag das doch, Mensch! "
Wenn Blicke töten könnten, dann wäre Bob schon
längst begraben. „Ist ja gut, jetzt schau mich nicht so an
Chantal", sagte Bob lachend, „Na ja, ich kenne denn
Jungen zwar nicht, aber du hast sicher auch bemerkt,
dass Ashley in letzter Zeit viel glücklicher aussieht,"
sagte er, „ich glaube, wer auch immer er ist, er tut ihr
gut und das ist das Wichtigste." Chantal überlegte für
einen Moment, sagte dem aber nachher auch zu.
„Stimmt, aber was, wenn er sie für eine andere verlässt?", fragte Chantal. „Was, wenn sie sich unnötig
streiten, was wenn er sie betrügt? Oh mein Gott ich
kann mir gar nicht vorstellen wie das weh tun würde",
murmelte sie mit rasenden Gedanken. „Ach komm",
sagte Bob während er Chantal einen Kuss auf die Stirn
gab. „Ich bin mir sicher, dass alles in Ordnung sein
wird." „Ich hoffe du hast recht", sagte die sehr besorgte
Chantal. Während ihre Eltern in der Küche ihr Gespräch
hatten, waren Ashley und Bryan übers Handy am Re-

den. „Hey du", fing Ashley an, „meine Eltern wollen dich kennenlernen, darum wollte ich fragen ob du vielleicht morgen zum Abendessen kommen willst." Am anderen Ende herrschte Stille. „W-was?", sagte Bryan mit einer wackeligen Stimme: „Sie wollen mich echt kennenlernen?" „Ja

natürlich, freust du dich etwa nicht?", fragte sie lachend. „Sicher freu ich mich, vielleicht sogar ein bisschen zu sehr wenn ich ehrlich bin", antwortete er. Ashley begann zu lachen, „Hey," rief er, woraufhin sie nur noch mehr lachen musste. „Lach mich nicht aus, das ist nicht lustig!" „Okay, okay", sagte Ashley als sie endlich etwas ruhiger war und fragte: „Aber du kommst morgen, ja?" „Sicher, soll ich mich schick anziehen oder normal?" „Zieh dich einfach normal an, wir sind keine Adeligen." lachend verabschiedete er sich und wünschte Ashley eine gute Nacht. Ashley rutschte fast aus, als aus ihrem Zimmer rannte um es ihren Eltern zu erzählen. „MAMAAA, PAPAAA, BRYAN KOMMT MORGEN ZUM ABENDESSEN!!" Sie war so überglücklich „Morgen schon?", rief Bob aus. „Oh Gott was sollen wir denn kochen". Während sich alle den Kopf über alles Mögliche zerbrachen tickte die Uhr immer später in die Nacht hinein. Als die drei sich endlich ins Bett legen konnten, war es schon fast Mitternacht. Sie hatten so viel Spass beim Planen, dass die Zeit in Vergessenheit geriet. Aber Ashley bekam kein Auge zu, sie war hellwach, viel zu aufgeregt und sie glaubte sie wusste jetzt was Bryan gemeint hatte, als es sagte er freue sich zu sehr, denn ihr ging es genauso. Irgendwie schaffte sie es doch noch einzuschlafen. Als sie am Morgen aufwachte, war die Sonne schon am Aufgehen. „Komisch, die Sonne geht doch immer erst später auf", sagte sie sich. Bis Ashley dann auf ihre Uhr schaute und bemerkte, dass es 7:00 Uhr war. Die Schule fing um 7:20 Uhr an und sie brauchte mindestens 10 min. Bis dorthin „Oh, nein!", schrie Ashley während sie schleunigst aus dem Bett kroch. Innerhalb von drei Minuten war sie bereit und sass schon fast auf dem Velo als ihr ihr Vater über den Weg lief. „Papa", sagte Ashley mit einer süssen Stimme: „Kannst du mich in die Schule fahren, bitte." Er seufzte: „Okay, aber nur heute verstanden?" Ashleys Augen leuchteten förmlich. „Danke Papa", sagte sie und umarmte ihn. Jetzt war es schon 6 nach und Vater und Tochter machten sich endlich auf den Weg. „Zum Glück habe ich so nette Eltern", dachte sich Ashley, denn sie kam genau rechtzeitig an. Nach der Schule trafen sich Bryan und Ashley auf dem Pausenplatz. „Wollen wir?", fragte Bryan. Da sie beide um fünf aus hatten stand das Essen schon auf dem Tisch, als sie reinkamen. „Das riecht ja so gut!" Bryan war begeistert vom Gratin und Braten mit brauner Sauce. Ashley kicherte, als sie sein Gesicht sah, Bryan sabberte ein wenig. „Schatz", sagte Ashley, „du sabberst." „'Tschuldigung aber das riecht einfach zu gut." Chantal hörte die Stimmen im Esszimmer und kam aus der Küche raus, „Hallo, du musst

Bryan sein stimmt's?" „Wow, Sie kennen ja sogar meinen Namen, hat Ashley von mir erzählt?", fragte er gespannt. „Ein bisschen, du kannst mich übrigens Chantal nennen", sagte Ashleys Mutter. In dem Moment kam der Vater nach Hause. „Hallo miteinander", er ging zu Bryan rüber und sie schüttelten die Hände. „Hallo, du bist Bryan oder, ich bin Bob, „Ja das bin ich, hallo Bob". Nachdem sich alle gesetzt hatten, fing Bob an zu sprechen „Also Bryan, erzähl mal ein bisschen über dich." „Na ja, ich heisse Bryan, bin 17 Jahre alt." „Also bist du ein Jahr älter als Ashley." Diesmal antwortete Ashley für ihn. „Ja, aber er hat früher ein Jahr wiederholt, sonst hätten wir uns wohl nie getroffen." „Wahrscheinlich, ja", erwiderte Bryan und lächelte seine Freundin an. „Eigentlich gibt's da nicht viel mehr zu erzählen", lachte er. „Er redet nicht gerne über sich selbst, ist ja nicht schlimm", sagte Chantal. Es war ein wunderschöner mit Lachen erfüllter Abend. Es war schon spät und Bryan konnte nicht bei der Familie von Ashley übernachten, darum war Ashley ein bisschen traurig aber er musste ja irgendwann auch mal ins Bett. Also ging er nach Hause und Ashley half mit dem Abwasch. „Das sind die letzten paar Gläser." „Endlich!", seufzte Ashley, „Du hast dir einen super Jungen ausgesucht", sagt Chantal. „Ich weiss", antwortete ihre Tochter rasch. Zufrieden schauen sie sich einen Moment lang in die Augen. „So, jetzt geht's aber ins Bett ja?" „Okay, gute Nacht Mama." „Gute Nacht Schätzchen."

Kapitel 6 - Das erste Wochenende

Es war Freitagabend und die beiden fragten sich was sie so vorhatten. Bryan schlug vor nachmittags ins Schwimmbad zu gehen. Ashley antwortete daraufhin, dass sie nicht könne, da sie arbeiten musste und erst um 5 Feierabend hatte. Ashley fragte: „Was wenn wir zusammen zu Sonjas Party gehen, die ist heute Abend. Bryce fragte ob das auch für ihre Eltern ok sei, da sie ja eher gegen Partys waren. Ashley darauf hin: "Komm schon meine Eltern werden nichts davon erfahren." Am nächsten Tag trafen sie sich bei Ashley und gingen gemeinsam zur Party. Als sie ankamen begrüssten sie alle Freunde und Bekannten und genossen die Stimmung. Als Ashley in einem Gespräch mit Bryan vertieft war unterbrach sie ein Freund von Bryan und fragte, ob er nicht was mit ihm trinken gehen will. Bryan versicherte sich noch, dass das für Ashley in Ordnung war. „Na klar geh schon habt Spass." Bryan gab Ashley noch einen Kuss und verschwand. Bryan folgte Jaden – so hiess der Junge - und sah sich noch um wer alles hier war. Jaden hielt an und stellte ihm ein Mädchen namens Lucy vor. Bryce wollte Jaden und diesem Mädchen erklären, dass er schon jemanden hatte. Doch Lucy widersprach ihm uns sagte: „Komm schon nur ein klein bisschen tanzen. Lucy zog Bryan auf die Tanzfläche und legte ihre Arme über seine Schultern. Ashley beobachtete diese Szene aus der Ferne und wurde eifersüchtig. Bryan merkte das und löste sich von Lucy. Bryan ging zu Ashley und fragte ob alles ok sei. Ashley erwiderte: "Fragst du mich das wirklich, du kommst hier mit mir zur Party und tanzt dann mit irgendeinem Mädchen, das du nicht mal kennst." Bryan erwiderte: "Nein du hast das falsch gesehen, ich will nichts von diesem Mädchen, ich will nur dich!" Ashley schien das nicht zu interessieren, sie schrie Bryan an, dass er verschwinden solle. Bryan sagte kein Wort mehr und trottete betrübt zu seinen Kollegen. Jaden fing aus dem Nichts an zu lachen und sagte ihm, dass er jetzt wegen so einem kleinen Streit nicht traurig werden sollte. Bryan erklärte ihm, dass er sonst noch nie mit ihr Streit gehabt hatte und dass das ein ungewohntes aber schlechtes Gefühl sei. Er nahm einen Drink, den Jaden ihm geholt hatte und nahm einen Schluck. Bryan verzog sein Gesicht und fragte was das für ein Zeug sei. Jaden sagte ihm, dass es ihm bald besser gehen würde. Bryan merkte, dass er ihm irgendwas in den Drink getan hatte und fühlte sich echt komisch. Doch wenig später fühlte er sich besser, aber er redete nur noch verwirrtes Zeug. Er ging zu Lucy und sagte, dass es ihm leid tat und er diesen kleinen Tanz wiederholen möchte. Bryan konnte nicht mehr klar denken und fing an Lucy zu küssen. Lucy schupfte Bryan von sich weg und rief ihren Freund, von dem Bryan nichts wusste. Bryan war total verwirrt und stand jetzt vor Lucys Freund Cole der ihn schon sehr wütend ansah. Lucys Freund schrie: „Was fällt dir ein einfach meine Freundin anzufassen, willst du Ärger, den kannst du haben!" Cole rannte auf Bryan zu und schlug ihn. Bryan lag am Boden und versuchte mit seinen Füssen Cole von ihm weg zu halten. Die Prügelei ging immer weiter und Cole hörte nicht mehr auf, auf ihn einzuschlagen. Später verliess Cole die Party mit Lucy. Bryan suchte Ashley um sich zu entschuldigen doch sie war schon gegangen. Er merkte auch, dass es langsam spät wurde und er jetzt nach Hause musste, also machte er sich hinkend auf den Heimweg. Als er zu Hause angekommen war, sahen seine Eltern die Verletzungen und fragten, ob alles ok sei und ob er in einer Prügelei geraten sei. Bryan sagte seiner Mutter, dass alles ok war und er jetzt einfach schlafen gehen möchte. Die Mutter merkte schon, dass etwas nicht stimmte, aber sie sagte nichts. Bryce ging rauf in sein Zimmer und liess sich erschöpft in sein Bett fallen. Er wollte diesen schrecklichen Abend einfach nur noch vergessen.

Kapitel 7 - Sie hat es nicht erwartet

Ashley war eine Hip-Hop Tänzerin, die seit 10 Jahren tanzte und zwar gut. Sie hatte viele Preise gewonnen, sie war eine der besten Tänzerinnen. Sie trainierte hart für einen Wettbewerb. Eines Tages kam ihr Trainer, Herr Hartmann, und wollte ein Gespräch mit Ashley. „Ashley, ich muss mit dir reden, es geht um deine Zukunft. Ich bin jetzt schon viele Jahre Trainer und eine so begabte Tänzerin wie du habe ich noch nie gehabt. Nach meiner Meinung hättest du eine grosse Zukunft vor dir. Ich kenne eine sehr bekannte Tanzschule in Lugano. Diese Leute könnten dich sehr gut fördern. Das hat natürlich Folgen für dich. Du müsstest für ein halbes Jahr nach Lugano ziehen und bist dann nur noch am Wochenende hier. Es würde auch heissen, dass deine Eltern einen Unterstützungsbeitrag bezahlen müssen. Ich denke so ungefähr 500 Franken pro Monat. Unsere Tanzschule würde dir ein Hotelzimmer bezahlen. Was denkst du über diese Idee?"

Ashley blieb wie betäubt stehen. Sie musste zuerst alles verdauen. Die Gedanken schwirrten durch ihren Kopf. Was sollte sie tun? Was würde Bryan dazu sagen? Was ihre Eltern? Sie musste unbedingt mit jemandem darüber reden. Um 19 Uhr ging sie nach Hause. Etwas später gab es eine gute Gelegenheit zu einem Gespräch mit ihren Eltern. „Mama, Papa, heute hatte ich ein Gespräch mit meinem Trainer. Das kam total überraschend, er meint, dass ich talentiert sei und Chance auf eine Karriere hätte. Er kennt eine sehr bekannte Tanzschule in Lugano, die er mir empfehlen kann, deshalb müsste ich ein halbes Jahr nach Lugano ziehen und wäre dann nur noch am Wochenende hier. Einerseits würde ich gerne in diese Schule gehen, auch der Gedanke ans Tessin wäre spannend und auf der anderen Seite müsste ich viel aufgeben. Euch Eltern, meine Schule, meine Kollegen und natürlich auch Bryan, und den habe ich echt lieb gewonnen, obwohl gestern etwas Unangenehmes vorgefallen ist, aber das will ich wieder vergessen. Was soll ich nur machen, wie mich entscheiden, helft mir bitte dabei." „Egal ob du hin gehst oder nicht wir werden dich unterstützen, wir würden dich vermissen aber es geht um deine Zukunft ", sagten ihre Eltern. Der Vater ergänzte noch: „Ja, als ich in deinem Alter war, hatte ich auch eine schwierige Entscheidung zu treffen. Ich musste meine Lehre abbrechen, weil es einfach nicht mehr ging. Ich hatte aber zu jenem Zeitpunkt noch keine neue Lehre. Da war ich sehr froh, dass mich verschiedene Leute beraten habe, aber entscheiden musste ich mich ganz allein." Ashley bedankte sich für das Gespräch und zog sich auf ihr Zimmer zurück. Besonders schwierig war es jetzt noch wegen dem Verhalten von Bryan. Noch immer war sie wütend, wie er sich auf diesem Ball verhalten hatte. Einfach mit einem anderen Mädchen zu tanzen und sie links liegen lassen, geht's noch? Sie musste auch nächstes Jahr eine Lehrstelle haben. Eine Lehrstelle von Lugano aus zu suchen dürfte auch nicht einfach sein. Nach langem Überlegen entschied sich Ashley nicht nach Lugano zu gehen. Die Situation hier stimmte eigentlich voll. Ashley wusste, dass sie auch noch die Situation mit Bryan klären musste, da konnte sie sich nicht zurückhalten. Noch am gleichen Tag traf sie sich mit ihrem Trainer und sagte ihm, dass sie nicht nach Lugano gehen werde, weil sie nicht ihre Familie und ihren Freund verlassen wolle und dass es für sie auch wichtig sei, eine gute Lehrstelle zu finden und diese Lehre dann möglichst in Bern beginnen möchte. Der Trainer respektierte ihre Meinung und wünschte ihr eine schöne Woche. Ashley fiel ein Stein vom Herzen, bereute die Entscheidung nicht und ging glücklich nach Hause.

Kapitel 8 - Der erste Streit

Am nächsten Morgen wollte Ashley dringend mit Bryan reden. Ashley klang am Telefon sehr wütend, doch Bryan wusste nicht weswegen. Als sie sich trafen war Ashley sehr aufgewühlt. Bryan sagte: "Hey was ist denn los Ashley?" Daraufhin antwortete Ashley: "Tu nicht so als wüsstest du nicht was du gemacht hast!" Bryan sagte: "Ich weiß wirklich nicht wovon du redest, Ashley." Ashley sagte aggressiv: "Die dumme Kuh mit der du gestern getanzt hast!" Bryan sagte: "Ich kann mich an nichts mehr erinnern." Ashley sagte: "Warum denn, du hast doch gestern mit der Alten getanzt!" Bryan sagte daraufhin: "Ich kann mich wirklich an nichts mehr erinnern. Ashley sagte:" Deine faulen Ausreden kannst du dir irgendwohin schieben!" Ashley lief wütend weg. Bryan versuchte sie aufzuhalten, aber sie war schon längst über alle Berge. Am selben Abend versuchte Bryan ihr zu schreiben, aber sie ignorierte ihn. Bryan lag verzweifelt im Bett probierte sich so gut wie möglich an den Vorabend zu erinnern. Inzwischen sass Ashley traurig und heulend auf ihrem Sitzsack. Einige Zeit später bei Bryan. Er lag immer noch auf seinem Bett und auf einmal der Schock! Er griff in seine Hosentasche und fand einen Zettel mit einer Telefonnummer. Plötzlich erinnerte Bryan sich an alles. Gestern Abend hatte Bryan voll betrunken mit einer Dame getanzt. Sie kannten sich aber gar nicht. Bryan rief sofort Ashley an, um ihr alles zu erklären. Mittlerweile bei Ashley. Ashley hörte ihr Telefon klingeln und nahm an. Sehr aggressiv sagte sie: "Was willst du!" Bryan sagte sofort: "Hallo Ashley ich kann mich wieder an alles erinnern was gestern war. Ich hatte zu viel getrunken und mir wurde noch etwas in den Drink geschüttet. Bitte glaub mir! Können wir uns treffen ich werde dir alles erklären." Ashley dachte lange nach und sagte dann doch zu. 30 Minuten später sie trafen sie sich im Park. Ashley lief sofort zu ihm und sagte: "Na los, komm erklär mir die Sache jetzt!" Daraufhin antwortete Bryan langsam und ruhig: "Komm setz dich erstmal." Sie setzten sich beide hin. Bryan begann zu erzählen: "Also gut das was gestern passiert ist war nicht absichtlich, ich hatte echt zu viel getrunken und konnte nicht mehr klar denken, bitte verstehe das!" Ashley schwieg und gab kein Wort von sich ab. Bryan sah ihr in die Augen und sagte: "Ashley du musst mir glauben, ich würde dir sowas niemals antun." Ashley sah ihm in die Augen und sagte: "Das sind doch nur faule Ausreden, lass mich in Ruhe!!!" Ashley lief schnell weg. Bryan sass verzweifelt und ohne Hoffnung auf der Bank. Mittlerweile waren drei Tage vergangen ohne Kontakt und Bryan ging es sehr schlecht. Er konnte an nichts anderes mehr denken er liebte sie sehr. Hatte er sie verloren, war es vorbei oder gab es noch eine Hoffnung? Ashley hatte kein Lächeln mehr im Gesicht. Seit jenem Tag hatte sie nur noch schlechte Gedanken. Es fiel eigentlich beiden sehr schwer, aber niemand wusste wie weiter und niemand machte den ersten Schritt. Später am Abend schaute Ashley auf ihr Handy und entdeckte einen verpassten Anruf. Sie sah nach wer das war, und es war Bryan, eigentlich logisch. Nachdem Ashley lange nachgedacht hatte, ob sie ihn zurückrufen sollte tat sie es und sagte: "Hallo Bryan." Bryan tönte sehr erleichtert: "Hallo Ashley." Ashley fragte ihn: " Warum willst du mich sprechen?" Bryan sagte: "Ja ich wollte einfach wissen wie es dir geht, du bist mir nicht gleichgültig." Ashley antwortete: "Es geht mir so einigermaßen schlecht, und wie geht es dir?" Bryan antwortete: "Auch eher schlecht, hör mal was vor 4 Tagen passiert ist, war wirklich keine Absicht, ich schwöre es." Ashley sagte: "Ich will dir glauben, aber ich brauche wirklich eine Pause, das war ein heftiger Schock für mich ich hoffe du verstehst das. Und ich möchte sowas nie mehr erleben, hörst du nie mehr!" Bryan sagte traurig: "Ich verstehe aber wie lang brauchst du, um dich zu erholen." Ashley antwortete: "Ich weiß es nicht Bryan, ich melde mich dann." Das Telefonat wurde beendet und beide legten sich auf ihr Bett. Weitere zwei Wochen vergingen ohne einen Kontakt. Ashley machte den Anfang. Nach zwei Wochen Stille rief sie ihren Freund an. Bryan sah das

Telefon klingeln und ging sofort ran." Hallo Ashley, schön, dass ich deine Stimme höre."

Kapitel 9 - Versöhnung

Kurze Zeit war Stille, nach etwa 10 Sekunden hörte er ein leises „Hallo" zurück von Ashley. Bryan sagte: „Ashley wir haben uns seit 2 Wochen nicht mehr gehört und nicht mehr miteinander gesprochen, das halte ich fast nicht aus." „Ich weiss. Erstens ist einiges passiert und zweitens brauchte ich auch Zeit. Zudem war die Frage, ob ich für ein Jahr ins Tessin ziehen würde wegen der Tanzschule, aber davon weisst du noch nichts. Du brauchst keine Angst zu haben, ich habe mich entschieden, hier zu bleiben." Am anderen Ende war ein erleichtertes Aufschnaufen zu hören." Und wir haben uns lange nicht gehört aber jetzt können wir uns doch mal wieder treffen, oder?" Ashley antwortete darauf:" Ich weiß noch immer nicht ob ich dich wieder sehen will, immerhin bist du ja mit einem anderen Mädchen am Tanzen gewesen, ich weiss nicht einmal ob du mich noch liebst." Ashley zweifelte echt an der Liebe von Bryan. Sie war traurig, verwirrt und wollte eigentlich nichts mehr von ihm hören. Darum beendete sie das Telefonat sie legte das Telefon weg und verkroch sich weinend unter ihrer Decke. Sie liebte Bryan eigentlich und war aber immer noch sehr eifersüchtig und verletzt. Im Moment wusste sie einfach nicht, wie es weitergehen sollte. Bryan versuchte anzurufen aber Ashley nahm nicht ab. Bryan versuchte sie immer wieder zu erreichen, aber ohne Erfolg. Er überlegte sich, ob er einfach bei ihr vorbeigehen sollte, aber das war wahrscheinlich auch keine gute Idee. Bryan schaute immer wieder deprimiert auf sein Handy, ob nicht doch eine Nachricht von Ashley angekommen war, aber nein, nichts. Bryan konnte nicht mehr klar denken, er war komplett am Boden. Er dachte, dass sie ihn ignorierte und nichts mehr von ihm hören wollte. Auf der anderen Seite war Ashley schon eingeschlafen. Am nächsten Tag hatten beide nichts mehr voneinander gehört. Am Abend war ja die grosse Party, auf die sie sich eigentlich gefreut hatte. Aber die Lust auf Party war bei Beiden ziemlich auf null. Nun kamen aber die guten Freunde und Kollegen ins Spiel. Bryan wurde von seinen Jungs und Ashley von ihren Freundinnen an die Party gezwungen. Schließlich waren beide unabhängig voneinander an der Party ohne zu wissen, ob der andere auch anwesend war. Es waren ziemlich viele Leute anwesend, darum also sahen Ashley und Bryan sich am Anfang noch nicht. Aber es war nur eine Frage der Zeit, bis sie sich über den Weg laufen würden. Nach knapp einer halben Stunde merkten die beiden, dass sie gedanklich nicht bei das Sache waren und die Party eigentlich gar keinen Spaß machte. Ashley und Bryan hatten gleichzeitig den Wunsch nach frischer Luft. Also gingen sie raus in den Garten. Ashley und Bryan sahen sich zuerst noch nicht, aber nach einiger Zeit bemerkten sie sich.

Als erste Reaktion lief Ashley weg, denn sie wollte nicht, dass sie erneut verletzt würde. Bryan ging ihr nach und hielt sie liebevoll fest. Er sagte ihr zuerst, dass immer alles sehr leid tat und er sie wieder als Freundin haben wolle. Ashley hörte ihm zu und dabei merkte sie, wie gross ihre Liebe zu Bryan war. Sie merkte an seinen Worten, dass er sie auch liebte. Sie merkte auch, dass es ihm wirklich leid tat. Ihr Herz wurde immer wärmer und sie bekam den Wunsch ihn zu küssen. So kam es dann auch und es wurde ein langer und inniger Kuss. Es war für beide ein wunderschönes Gefühl, dass sie sich vergeben konnten und dass jetzt alles gut war. Und es war wirklich gut, denn ihre Liebe hielt. Nach der Lehre setzten sie ihre Idee nach einer gemeinsamen Wohnung um. Sie war klein, dafür günstig. Wenn sie miteinander zusammen waren, sprachen sie oft über die Vergangenheit. „Weisst du noch wie alles begann. Du und dein Skateboard! Pass doch einfach auf, dass du nicht irgendein Mädchen über den Haufen fährst, sonst … !"

Die endlose Liebe

Luna und Matteo lernen sich im Supermarkt kennen, in dem Luna arbeitet. Für beide ist es sofort Liebe auf den ersten Blick. Sie werden schnell ein Paar und geniessen die Zeit zu zweit. Doch Lunas und Matteos Eltern sehen die Beziehung kritisch und versuchen die Beziehung zu torpedieren. Aber ihre Liebe ist stärker und sie stellen sich gegen ihre Eltern. Als Luna vermutet, dass Matteo fremdgeht, wird ihre Beziehung auf eine weitere Probe gestellt. Werden sie auch diese Herausforderung gemeinsam meistern?

Klasse Bb mit Angela Bozon

Kapitel 1: Alex Semere, Granit Baruti

Kapitel 2: Mattia Mancini, Erion Iseni,
            Besmir Ballabani

Kapitel 3: Mattia Mancini, Erion Iseni,
            Besmir Ballabani

Kapitel 4: Gurkirat Janjua, Lukas Draganovic

Kapitel 5: Ege Bora Ulu, Francine Bachmann

Kapitel 6: Inas Houmaiza, Sarah Russo

Kapitel 7: Jousef Al-Hasan, Nelly Schiefelbein

Kapitel 8: Alexandra Kiene, Sebry Mesto

Kapitel 9: Gamal Aulaqi, Ruben dos Santos Camacho

Kapitel 10: Anastasija Ciric, Annika Rohner

Kapitel 1 - Sie treffen sich

An einem gewöhnlichen Dienstag ging der 18-jährige Automobilfachmann wie gewohnt Mittag essen. Als er hungrig in den Laden hineinstürmte, rempelte er eine neue Mitarbeiterin an. Als dann die Lebensmittel am Boden lagen, half Matteo ihr die Lebensmittel wieder aufzuheben. Als dann Matteo merkte, dass Luna eine junge hübsche attraktive Frau war, fühlte er sich geschmeichelt und beschloss sie wieder zu sehen. So ging er jeden Tag zu dem Laden und die Tage wurden zu Wochen. Und eines Tages nahm er allen Mut zusammen und sprach mit ihr und fragte: «Hast du heute Abend etwas vor. ", Luna erwiderte: Nein, ich habe nichts vor.» Daraufhin antwortete Matteo: Ich würde dich gerne zum Essen ausführen. " Luna hatte Matteo zugesagt und war mit heute Abend einverstanden. Als Luna nach Hause kam, rief sie ihre beste Freundin an und bat sie herzukommen. Als Nina die Nachricht hörte, eilte sie schnell zu Luna. Als Nina bei Luna ankam, erzählte Luna die ganz Story mit Matteo und Nina freute sich für Luna. Sie suchten ein Outfit für das Date, was sehr viel Zeit in Anspruch nahm. Als sie schlussendlich das beste Outfit gefunden hatten, vergassen sie die Zeit und mussten sich beeilen. Als Luna verspätet eintraf, wartete Matteo am vereinbarten Treffpunkt. Luna entschuldigte sich für die Verspätung, worauf Matteo antwortete: Kein Problem Luna, du bist ja jetzt da». Und so assen sie, lachten und hatten Spass und somit verging der Abend wie im Flug. Matteo bedankte sich für den schönen Abend und fragte:,, Können wir den Abend wiederholen" «. Luna antwortete mit:,, Ja, sehr gerne «. Und somit verabschiedeten sie sich. Am nächsten Morgen erzählte Luna, wie es gelaufen war. Und dass sie sich auf ein zweites Date verabredet hatten. Matteo erzählte alles seinem besten Freund Christopher und er sagte, dass der Abend sehr schön war. Matteo dachte die ganze Zeit an Luna und Luna an Matteo. Am nächsten Tag ging Matteo wie gewohnt Mittagessen und traf Luna bei ihrem Arbeitsplatz wieder. Und sie fingen an zu reden und hörten nicht auf und die Zeit verging.Dadurch hatte Matteo kein Mittag und als er wieder zu seiner Arbeit ging, kam eine Arbeitskollegin von Luna und fragte:,, Wer war das «. Luna antwortete: Niemand». Sie sagte niemand, weil sie nicht wollte, dass jemand das mit Matteo erfuhr. Der nächste Donnerstag verging wie im Fluge und als sie Fertig mit der Arbeit war, ging sie nach Hause und dachte über das Gespräch mit Matteo nach und schlief dabei ein.

Kapitel 2 - Der erste Kuss

An einem Freitagmittag, trafen sich Matteo und Luna im Lebensmittelladen wieder. Matteo fragte: ,,Was hast du heute Abend vor?" Luna antwortet: ,,Ich habe heute Abend nichts vor. Warum fragst du?" ,, Ich möchte dich gerne heute Abend zum Essen ausführen," sagte Matteo schüchtern. ,,Ja, können wir gerne machen. Ich hätte nichts dagegen," antwortete Luna. Dann verabschiedete sich Luna von Matteo, weil sie jetzt noch arbeiten musste bis 16 Uhr. Am Abend war der Treffpunkt um 19 Uhr bei einem 4 Sterne Restaurant im Zentrum. Luna war dort, aber Matteo verspätete sich um 15 Minuten. Als Matteo ankam, entschuldigte er sich bei Luna und hatte was hinter seinem Rücken: ,,Es tut mir sehr leid, dass ich zu spät komme. Ich habe dir noch als Entschuldigung Blumen mitgebracht." ,sagte Matteo. ,,Sehr nett von dir. Danke Matteo.", antwortet Luna und gab ihm einen backen Kuss. Als sie rein gingen haben sie bestellt. Luna hat einen Hummer mit Salat bestellt und Matteo hatte einen Lachs mit Salat bestellt. Als sie fertig waren, bezahlte Matteo und sie gingen in den Park. Luna musste um 23 Uhr zu Hause sein. Sie hatten also noch eine halbe Stunde Zeit. In dieser Zeit unterhielten sie sich und dann sagte Matteo plötzlich und unerwartet: .Ich liebe Dich!" Luna war geschockt und wusste nicht was sie sagen soll. Matteo hatte Angst gehabt, dass er etwas falsch gesagt hat. Luna schaute auf die Uhr und sah das es schon 23 Uhr war. ,,Es ist schon so spät. Ich muss nach Hause.", sagte Luna. Matteo hat sie nachhause gebracht und auf dem Weg sagten sie beide nichts. Als sie ankamen, waren schon ihre Eltern vor der Tür und Matteo wünschte Luna eine gute Nacht und ging auch nachhause. Am nächsten Morgen schrieb Matteo Luna eine Nachricht. Sie sah die Nachricht, aber antwortete nicht zurück. Und so ging das ganze Wochenende weiter. Am Sonntagmorgen ging Matteo zu Luna um zu fragen, ob sie rauskommt, aber keiner war zuhause. Matteo versuchte sie anzurufen, aber sie ging nicht ran. Als Matteo auf dem Weg nachhause war, sah er Luna. Er ging zu ihr und fragte wieso sie ihm nicht zurückschreibt. Sie schaute ihn nur an und sagte nichts. Und auf einmal küsste Luna Matteo und Luna wurde rot.

,,Warum hast du mir nicht zurück geschrieben?,'' fragte Matteo. Luna antwortete: ,,Ich wusste nicht, was ich sagen sollte,'' erklärte ihm Luna: ,,Ich war so geschockt, dass ich noch Zeit brauchte, um zu überlegen.'' So unterhielten sie sich eine ganze Weile bis Matteo nachhause musste. Luna hatte Matteo nachhause gebracht.

Am Montag nach der Arbeit holte Matteo, Luna von der Arbeit ab und wartete vor der Tür mit einem Blumenstrauss. Dann gingen sie zu Luna nachhause, weil sie sturmfrei hatte. Sie schalteten einen Liebes film ein und Matteo machte sich Gedanken, wie er ihr sagen könnte, dass er gerne mit ihr zusammen sein möchte. ,,Schau Luna, ich liebe dich über alles. Seit wir uns begegnet sind, spüre ich eine Verbindung zwischen uns und ab dem Moment wusste ich, dass du meine grosse Liebe bist. Darum möchte ich dich fragen: «Willst du mit mir zusammen sein?'» Luna antwortete: ,,Ja, ich möchte gerne mit dir zusammen sein.''

Und so machten sie sich noch einen schönen Abend. Am nächsten Morgen wachten Matteo und Luna zusammen auf. Sie frühstückten zusammen und danach gingen sie zur Arbeit. Am Abend trafen sie sich bei Matteo und bestellten eine Familien Pizza und machten sich einen schönen Abend.

Kapitel 3 - Wer ist diese Frau? Wer ist dieser Mann?

Am nächsten Morgen wachten Matteo und Luna zusammen auf. Es war schon 8 Uhr. Matteo hatte frei, aber Luna musste arbeiten. Darum musste Luna sich schnell umziehen und schnell zur Bushaltestelle rennen. Sie verpasste den Bus und kam zu spät. Als Luna ankam, war der Chef sauer. Am Abend war sie fertig mit der Arbeit und ging zu Matteo. Auf dem Weg sah sie Matteo mit einem Mädchen. Sie wusste nicht, was sie sagen sollte. Luna ging nachhause und war traurig. Luna schrieb Matteo, wo er den ganzen Tag war, aber Matteo schrieb nicht zurück. Also rief Luna einen alten Freund an und ging mit ihm am Abend ins Kino. Sie trafen sich vor dem Kino um 19 Uhr. Als sie vor dem Kino wartete, sah sie Matteo mit dem Mädchen. ,,Was machst du denn da?'', fragte Matteo. Luna sagte: ,,Ich bin verabredet mit jemandem.'' ,,Oh cool mit wem denn?'', fragt Matteo. ,,Mit einem alten Freund den ich schon länger kenne,'' sagte Luna. Dann war Matteo ruhig und ging rein. Luna wartete weiter bis ihre Verabredung kam. Matteo konnte sich nicht auf den Film konzentrieren und fragte sich die ganze Zeit, wer Luna Verabredung sein könnte. Nach dem Film sagte Matteo seiner besten Freundin, dass er Luna hinterher gehen musste, um zu schauen wer dieser Kerl war. Sie wollte ihn noch dazu überreden zu bleiben, aber Matteo rannte hinterher. Als er bei ihr in der Nähe war, überlegte er nicht lange und ging zu ihr: ,, Wir sind nicht lange zusammen und du gehst mir fremd?'' schrie Matteo Luna an. Luna schaute weg und lachte: ,,Ich gehe dir fremd? Was ist mit der Freundin, mit die du ins Kino gegangen bist?'' schrie Luna zurück. ,,Das ist meine beste Freundin! Ich habe mit ihr den Tag verbracht, weil sie morgen nach Neuseeland fliegt in die Ferien und ich sehe sie nicht zwei Wochen lang nicht sehe,'' sagt Matteo. Luna stand dort und sagte nichts. Matteo war sauer und ging nach Hause. Luna sagte die ganze Zeit nichts und ging auch nach Hause. Sie sagte nicht mal ihrem Freund Ciao. Sie konnte nicht schlafen und ging zu Matteo. Sie klingelte und Matteo ging an die Tür. Sie entschuldigte sich und erklärte ihm die ganze Situation. Matteo wusste nicht, ob er ihr verzeihen konnte und sagte: ,,Ich muss mir noch darüber nachdenken. Gib mir bitte Zeit.'' Bei Luna kamen schon Tränen aus den Augen. Matteo schloss die Tür zu und Luna ging sehr traurig nach Hause. Luna konnte nicht schlafen, weil sie die ganze Zeit an Matteo denken musste. Am nächsten Tag kam Matteo bei Luna vorbei, mit einem Blumenstrauss und Schokolade. Er klingelte an der Tür. Lunas Mutter öffnete die Tür und sagte: ,,Oh hallo Matteo. Geht es dir gut?'' ,,Guten Tag. Ist Luna zu Hause?,'' fragte

Matteo. „Sie ist gerade einkaufen gegangen im Migros,"
antwortet die Mutter. Matteo wartete nicht lange und
rannte Richtung Migros zu Luna. Auf dem Weg, traf er
den Kollegen von Luna. Matteo schrie: „Hey du. Was
hast du mit meiner Freundin im Kino gemacht. Habt ihr
rumgemacht?" Er sah ihn an und rannte vor Matteo
weg. Matteo hatte keinen Bock hinterherzurennen und
ging Richtung Migros. Vor dem Eingang sah er
Luna. „Luna es tut mir leid wie ich reagiert habe. Ich
war einfach böse, weil du mich nicht gefragt hast, wer
meine Kollegin ist," sagte Matteo und gab ihr den Blumenstrauss und die Schokolade. Sie nahm die Entschuldigung an und sie gingen zusammen zu Luna. Als
sie bei Luna waren, beschlossen sie am nächsten Tag
ins Café zu gehen und über alles zu reden.

Kapitel 4 - Pläne für die Zukunft

Matteo und Luna trafen sich auf einen Kaffee. Sie sprachen gemeinsam über ihre Zukunft. Sie diskutierten
drüber wie es in 5 Jahren aussieht. Luna und Matteo
planten mit 24 Jahren zu heiraten und mit 26 Jahren
Kinder zu bekommen. Als sie den Kaffee fertig tranken,
hatte Matteo den Vorschlag ins Kino zu gehen. Luna
hatte zugestimmt und fragte ihn, welchen Film er
schauen möchte. Matteo sagte einen Liebesfilm. Sie
riefen ein Taxi und fuhren ins Kino. Als sie dort waren,
kauften sie Eintrittskarten, Popcorn, Nachos und Getränke. In dem Film ging es um ein Liebespaar, die im-

mer über das Heiraten sprachen. Nach dem Film begann Luna über das Zusammenziehen zu reden, als Matteo das hörte, wechselte er direkt das Thema, weil er es noch zu früh fand. Er sagte zu Luna, dass er am nächsten Tag noch viel zu tun hätte. Als Matteo zuhause war, ging er zu seiner Mutter Maria und erzählte ihr, dass Luna ihm gesagt hatte, dass sie zusammenziehen möchte. Daraufhin antwortete Maria, dass es seine Entscheidung wäre. Aber er müsste sich darüber im Klaren sein sehr viel Verantwortung zu tragen, wenn er und Luna zusammenziehen wollen. Am nächsten Tag mussten beide arbeiten, weil sie beide eine Lehrstelle hatten. Luna verdient zwar weniger als ihr Freund Matteo, aber dafür hat es Matteo sehr viel anstrengender in einer Mercedes Garage, als seine Freundin Luna als Detail-Handel-Assistentin. Nach der Arbeit wollten Matteo und Luna sich eigentlich treffen, aber Matteo konnte leider nicht, weil er Überstunden machen musste. Luna war sehr enttäuscht, da sie ihn unbedingt sehen wollte. Weil sie sich nicht treffen konnten, haben sie am Abend lange Zeit telefoniert. Als sie schlafen gehen wollten, fragte Matteo Luna, ob sie sich dann morgen treffen könnten, weil er morgen keine Überstunden machen müsse. Darauf antwortete Luna, dass sie morgen leider nicht kann. Sie hatte sich schon mit ihrer Kollegin Nina verabredet. Daraufhin haben sie wieder angefangen über die Zukunft nachzudenken, und ob sie dann noch zusammen sein werden. Matteo dachte daran, dass er und sie in einem Schönem Haus leben würden mit 2 Kindern. Als es dann schon spät war, wollte Matteo schlafen gehen, aber seine Freundin Luna wollte unbedingt weiter telefonieren. Matteo wollte seine Freundin nicht enttäuschen und ging noch nicht schlafen. Sie telefonierten weiter und weiter bis es 24.00 Uhr wurde. Matteo wünschte Luna eine gute Nacht Als Luna einschlief, träumte sie davon, dass sie und Matteo in einem Schönem Haus mit Garten wohnten und zwei Kindern hatten. Luna wachte danach auf und merkte, dass alles nur ein Traum war.

Kapitel 5 - Ihre Liebe ist stärker als die Vorurteile

Als Luna am Morgen aufstand und sie sich fertigmachte für die Arbeit, bekam sie einen Anruf von Nina, dass sie sich treffen sollten, um zusammen zur Arbeit zu gehen. Wie vereinbart traf sie Nina auf dem Weg nach Hause. Inzwischen hatten sie sich auf eine nahegelegene Parkbank gesetzt und Nina fing an zu sprechen: «Hast du gehört was Matteo gemacht hat?» «Was sollte er den getan haben?». Verwirrt drehte sie sich zu Nina um und sah sie auffordernd an. «Ich habe ihn mit seiner alten Freundin gesehen.», sagte Nina. Es gibt Gerüchte, dass sie mehr als nur Freunde sind. Nein, dass ist eine Lüge. Das würde er nicht tun. Sie sind nur gute Freunde. Nicht mehr und nicht weniger. Luna konnte nicht glauben was sie hörte. Am nächsten Morgen gingen Nina und Luna wie vereinbart in das Einkaufszentrum. Sie assen und tranken etwas in einem Café. Luna war immer noch sehr traurig. Nina versuchte ihr zu helfen. Dann sahen sie Matteo mit einem anderen Mädchen und Luna versuchte sich zu verstecken, weil sie sehen wollte, was Matteo mit ihr trieb. Also beschloss Luna ihnen zu folgen. Nina fand die Idee nicht so gut, aber sie konnte Luna nichts ausreden, weil Luna ein Dickkopf war. Als Nina und Luna Matteo und das Mädchen verfolgten, gingen Matteo und das Mädchen in einen Kleiderladen. Luna fragte sich, was Matteo in einem Kleiderladen wollte, weil er mit Luna nie in einen Kleiderladen wollte. Luna war entsetzt von Matteo und wollte gehen. Nina war damit einverstanden und spendete Luna Trost auf dem Heimweg. Als Luna und Nina bei Nina zu Hause ankamen, musste Luna weinen, weil sie nicht dachte, dass Matteo in der Lage war so etwas zu tun. Sie beschloss Matteo nie wieder zu sehen und ihn nicht mehr anzurufen. Sie wollte nichts mehr von ihm hören. Als Matteo und das Mädchen aus dem Shoppingcenter hinausgingen, fragte Matteo das Mädchen, was sie so in ihrer Freizeit machte. Daraufhin antwortete sie: «Ich schminke mich gerne.» Matteo sagte: «Oh, wie schön in einem enttäuschtem Unterton. Matteo musste dann nach Hause gehen, weil er morgen früh raus musste. Als Luna schlecht gelaunt zur Arbeit ging, kam sie 5 Minuten zu spät. Als sie die Regale auffüllte, kam Matteo wie gewohnt zum Mittagessen. Matteo kam auf Luna zu und wollte mit ihr reden. Als er sie ansprach, ignorierte sie ihn, da Matteo keine Lust hatte mit ihr zu diskutieren nahm er sein Mittagessen und ging aus dem Laden. Als Luna am Abend aus dem Geschäft ging, wartete Mateo schon gespannt auf Luna. Sie wollte gerade an ihm vorbeigehen und ihn weiter ignorieren doch Matteo hielt ihr Handgelenk fest. Sie versuchte sich loszureissen doch hatte zu wenig Kraft. Matteo fragte wohin sie will. Ich will nach Hause lass mich los daraufhin antwortete Matteo lass es mich bitte erklären. Luna sagte ich gebe dir eine Minute um alles zu erklären. Matteo sagte Luna die Wahrheit dass er mit einem Mädchen unterwegs war aber er sah das nicht jedes Mädchen so wie Luna ist. Als er bemerkte dass ihr Charakter nicht so wie Lunas Charakter war entschied er sich zu gehen. Luna bitte verzeih mir ich habe einen riesen Fehler gemacht. Luna wusste nicht was sie machen sollte.

Kapitel 6 - Meine Eltern wollen dich kennenlernen

An diesem Tag wollten sie sich treffen. Sie trafen sich und haben diskutiert, ob sie ihre Eltern kennenlernen sollten. Sie wollten die Eltern fragen, ob sie mit dieser Beziehung einverstanden waren. In der Woche darauf haben sie sich am Nachmittag getroffen, um loszugehen zu den Eltern. Zuerst haben sie beschlossen, dass sie zu Matteos Eltern gehen, weil Matteo so überzeugt war, dass sie Freude an Matteos Beziehung mit Luna haben. Schlussendlich als sie angekommen waren, war es komplett anders. Schon als sie die Türe aufgemacht hatten, sah Luna die negativen Blicke von Matteos Eltern. Matteo fragte: «Mama, Papa, was schaut ihr so? Wollt ihr uns nicht rein lassen? Er war besorgt und zitterte. Die Eltern nickten ohne ein Wort zu sagen und machten die Türe auf. Sie gingen nervös rein und gingen ins Wohnzimmer. Die Eltern setzten sich hin, ohne ein Wort zu sagen. Zu diesem Zeitpunkt wusste sie, dass sie nicht willkommen war bei Matteos Familie. «Warum seid ihr so ruhig?», fragte Matteo seine Eltern. Sie antworteten daraufhin: «Matteo, ihr passt nicht zusammen. Das sieht man, wenn man euch ansieht.» In diesem Moment war alles schwarz vor Lunas Augen. Wie kann das sein, dass sie so etwas sagen. Matteo war unglaublich enttäuscht von seinen Eltern. Als wäre sein grösstes Geheimnis vor allen ausgeplaudert worden. Matteo ist aufgestanden mit einem roten Kopf und nahm Luna an die Hand und sagte: »Komm wir gehen.» Danach gingen sie ohne einen Ton zu sagen oder sich anzuschauen. Sie gingen aus der Tür und machten die Tür fest zu. Luna war sehr enttäuscht von Matteos Eltern und auch Matteo dachte nicht, dass seine Eltern so reagierten. Matteo schämte sich. Er sagte zu Luna: «Ich hoffe deine Eltern sind nicht wie meine.» In diesem Moment, als Matteo das gesagt hatte, hatte Luna plötzlich ein komisches Gefühl. Also auf jeden Fall gingen sie dann zu Luna nachhause und wie Gott es so wollte, passierte genau das gleiche, wie bei den Eltern von

Matteo. Sie hörten zum zweiten Mal, dass sie nicht zu-sammenpassen. Sie diskutierten und überlegten, was an ihnen als Paar eigentlich nicht stimmte. Sie haben am Schluss entschieden, dass sie sich nicht von der Meinung ihrer Eltern beeinflussen lassen wollten. Nach dem Gespräch gingen Luna und Matteo nachhause. Als Matteo im Bett lag, schrieb er Luna, ob sie Lust hätte, morgen etwas zusammen zu unternehmen. Luna freute sich über die Nachricht von Matteo und stimmte zu.

Kapitel 7 - Das erste Wochenende allein

Das Paar möchte ein Wochenende in dem Europapark verbringen. Matteo und Luna mochten beide gerne Ach-terbahnen und den Adrenalinkick dabei. Matteo fragte seine Eltern, ob das in Ordnung sei. Luna fragte ihre Eltern ebenfalls. Nach einer langen Diskussion hatten seine Eltern sich darauf geeignet, dass das nicht in Ordnung sei. Matteo konnte es nicht verstehen. Er woll-te doch nur einen schönen Ausflug mit seiner Freundin machen. Matteo ging wütend ins Zimmer und schrieb Luna, dass es nicht ginge. Luna antwortete ein paar Minuten später, dass es nach einer Auseinandersetzung bei ihr auch nicht ginge. Matteo wunderte sich, warum er von seinen Eltern aus nicht durfte. Er wusste, dass es bei ihr aus Geldgründen nicht möglich war. Matteo ging ins Wohnzimmer und fragte seine Eltern, warum er nicht in den Europapark durfte. Er bekam die gleiche Antwort wie Luna. Er schrieb Luna, dass es bei ihm aus den gleichen Gründen nicht ginge. Sie trafen sich, um sich auszusprechen, was sie jetzt machen sollten. Beide hatten die Idee Geld zu sparen. Bloss wie? Sie überlegten beide und kamen auf die Idee einfach Sachen zu verkaufen. So nahmen sie sich das vor und machten sich Gedanken, was sie verkaufen konnten. Matteo sagte, dass er sein altes Lego verkaufen könnte und sie ihre alten Barbies. Sie rechneten zusammen, wie viel sie dafür bekommen würden, und es reichte von hinten bis vorne nicht. Luna meinte, dass das noch warten könnte und sie keinen Stress haben wolle nur wegen einem Freizeitpark. Matteo stimmte zu. Beide wollten sich trotzdem einen schönen Tag machen. Matteo schlug vor, dass sie einfach an den See gehen konnten, um sich auf diese Art und Weise einen schönen Tag zu machen. Beide gingen nachhause und packten ihre Tasche. Sie nahmen ein Badetuch mit, einen Bikini und etwas zum Knabbern. Sie trafen sich direkt am See und machten sich einen schönen Tag. Sie hatten einen wundervollen Tag. Beide gingen spät abends nachhause und legten sich direkt schlafen nach dem Tag. Das hätte sie nicht erwartet.

Nach einem wunderschönen Traum ass Luna ein Stück Brot mit Blaubeeren. Sie schrieb mit Matteo und vereinbarte ein treffen bei Matteo zuhause. Keine halbe Stunde später war Luna bei Matteo. Luna hatte aber schon von Anfang an ein komisches Gefühl. Matteo verhielt sich komisch. Luna wollte herausfinden, was los war, aber Matteo wollte nicht über das sprechen. Er war so abweisend, so unkonzentriert, so verschlossen. Was ihr jedoch auf fiel war, dass er ständig auf sein Telefon schaute, aber jedes Mal wenn sie wissen wollte, mit wem er schrieb, blockte er ab und sagte das ginge sie nichts an. Dies war neu für sie. Luna wollte nicht so leicht aufgeben, also fragte sie ihn ob er nicht so lieb sei und ihr etwas zu trinken bringen würde. Matteo seufzte laut, machte sich jedoch auf den Weg in die Küche. Wie es Luna vermutet hatte, liess er sein Telefon auf dem Bett liegen. Dies war ihr Zeitpunkt. Luna schnappte sein Telefon und begann zu stöbern. Doch sie fand nichts. Dann kam auch schon wieder Matteo hinein und sie musste das Telefon wieder weglegen. Sie redeten praktisch gar nicht miteinander. Luna wollte nicht die ganze Zeit so weiter still rumsitzen und tat so, als ob sie dringend nachhause musste. Zuhause angekommen schrieb sie direkt Nina. Nina war empört jedoch dachte sie nicht, dass er sie betrügen würde. Luna dachte aber anders. Sie glaubte fest daran, dass Matteo sie betrügen würde. Nina Packte Luna am Arm und sie gingen zusammen ein Eis essen. Später wollte Nina und Luna nochmals ungestört reden. Also gingen die beiden Mädels in die Stadt und holten sich ein Eis. Als sie ihr Eis hatten, sassen sie zusammen auf einer Wiese im Stadtpark und redeten miteinander. Nach zwei Stunden kamen sie auf den Entschluss Matteo zu beschatten. Luna konnte die Nacht nicht schlafen, weil es sie so beschäftigte. Luna ging immer vom schlimmsten aus, daher machte sie sich viel zu viele Gedanken. Am nächsten Morgen fingen sie an Matteo zu beschatten. Er ging um ca. 10 Uhr aus dem Haus. Dann lief er in die Stadt, holte sich etwas zu Essen und ging wider nachhause. Den Rest des Tages blieb er zuhause und zockte. Nina und Luna gingen nachhause und redeten noch ein wenig bevor sie selbst schlafen gingen. Am nächsten Morgen wachte Luna schweissgebadet auf. Nina machte sich Sorgen und fragte, sie was sie geträumt habe. Luna träumte davon, dass sie und Matteo zusammen waren und er sie betrügen würde, ohne dass sie etwas mitbekam. Luna wollte das nicht auf sich sitzen lassen also rief sie Matteo an und verabredete sich mit im Stadtpark. Matteo verspätete sich um eine ganze Stunde. Luna wollte natürlich wissen was er gemacht habe aber er schwieg. Nach einer Zeit fragte Luna, Matteo ob er wohl so lieb sein würde um ihr ein Eis zu holen. Widerwillig stimmte er ein. Er ging und Luna schnappte sich sein Handy…….

Kapitel 9 - Der erste Streit

Nachdem sie sein Handy kontrollierte, stiess sie auf eine Telefonnummer. Luna wurde wütend und fragte Matteo von wem die Nummer sei. Dabei antwortete Matteo: "Das ist die Nummer meiner besten Freundin. ,,Welche beste Freundin?" ,,Ich habe dir doch von ihr erzählt, warum bist du so misstrauisch?" ,,Matteo, du hast mir nichts erzählt von einer besten Freundin",,Sag doch einfach, dass du mir nicht vertraust. Warum machst du alles so kompliziert? Weisst du was, auf so einen Streit habe ich keine Lust." Am nächsten Tag war Luna immer noch wütend auf Matteo. Matteo sah nicht ein, warum sie wütend auf ihn war. Er fand das Verhalten kindisch von Luna. Luna hingegen fand, dass Matteo ihr etwas verheimlichte. Luna besprach alles mit ihrer besten Freundin Nina und erzählte ihr, was geschehen war. Nina verstand Luna. Matteo sprach mit Christopher über die Situation. Christopher sagte ihm ehrlich, dass es sein Fehler war und er versuchte ihm ins Gewissen zu reden. Er konnte keinen Kontakt mit anderen Frauen haben. Matteo sah dann seinen Fehler ein und fragte Christopher, wie er es wiedergutmachen konnte? Christopher antwortete, dass er Luna zum Dinner einladen sollte. Matteo fand die Idee gut, aber er wusste nicht, wie er sie fragen sollte. Christopher antwortete: ,,Sei einfach du selbst." Am nächsten Tag ging er Mittagessen und traf dort Luna. Als er auf sie zuging, überlegte er sich, was er sagen wollte. Er sprach sie an, und sagte: ,,Hallo Luna, ich wollte mich für mein Verhalten gestern entschuldigen. Luna antwortete darauf: ,,Ich verstehe nicht, warum du mit anderen Mädchen schreiben musst. Du hast doch mich!" Matteo schaute sie an und überlegte, was er für eine Ausrede hatte. Er sagte: ,,Die Chats, die du gelesen hast, waren schon älter. Bevor ich dich kennen gelernt habe».

Kapitel 10 - Kannst du mir verzeihen?

An einem schönen Sonntagmorgen war es warm und
der Wind blies durch die Haare, die Blätter fielen von
den Bäumen und verstreuten sich am Boden. Luna
spazierte durch den fast leeren Park. Sie setzte langsam Fuss vor Fuss und kickte hin und wieder in die
Blätter, die am Boden lagen: Luna schaute zu Boden
während ihr die Tränen nur so über das Gesicht flossen.
Sie dachte über den Streit mit Matteo nach und darüber
was wohl noch alles passieren wird. Sie nahm immer
wieder ihr Handy aus ihrer Tasche und wählte die
Nummer von Matteo doch immer vergebens, da sie sich
nicht traute anzurufen. Doch dann nahm sie ihren ganzen Mut zusammen und wählte die Nummer ihres
Freundes und rief ihn an. Er nahm ab und war auf der
einen Seite froh ihre Stimme zu hören und auf der anderen Seite war er angepisst von ihr und wollte sie nicht
hören. Mit zitternder und leiser Stimme sagte sie: « Hey
Schatz» alles um sie herum war leise nur das Zwitschern der Vögel hörte man leise im Hintergrund und
Luna wartete vergeblich auf eine Antwort oder ein Wort.
Dann fing sie an zu reden «Ich weiss dass du nicht mit
mir reden willst, aber bitte lass uns reden...» erst war
wieder Totenstille doch dann sagte er ruhig aber be-
stimmend «Ja treffen wir uns im Park in einer halben
Stunde »Luna sagte daraufhin direkt «OKAY...» Dann
nahm sie ihr Handy vom Ohr, legte auf und steckte ihr
Handy wieder in die Hosentasche zurück. Luna war er-

leichtert, doch sie hatte auch ein wenig Angst davor, wie Matteo auf sie reagieren würde. Sie ging weiter, alles um sie herum war leise und vertraut. Nach ein paar Minuten setzte sie sich auf eine Bank. Sie war ein wenig abseits vom Park. Um die Bank herum waren Bäume und Büsche. Über ihrem Kopf hörte man die Vögel zwitschern und die Fliegen brummen. Luna schaute herum und genoss die Ruhe. Auf einmal hörte Luna ein Knacken hinter sich sie schaute nach hinten doch Sie sah nichts. Dann knackte es immer wieder doch Luna sah niemanden. Doch plötzlich umarmte jemand Luna von hinten und gab ihr einen Kuss auf ihre Wange. Luna drehte sich schnell um. Es war Matteo. Sie freute sich und man sah wie sich langsam eine Träne unter ihrem Auge bildete und langsam über ihre Backe floss. Sie sagte zu ihm: «Ich bin so glücklich dich zu sehen. Es tut mir so leid. Ich war einfach zu eifersüchtig. Ich liebe dich doch». Darauf nahm Matteo die Hand von Luna und sie stand auf. Er nahm sie ganz fest in den Arm und streichelte ihr über die Haare, so dass sie sich beruhigte. Matteo ging mit dem Kopf runter und flüsterte Luna ins Ohr: «Ich liebe dich auch mein Engel und du weisst, dass ich dich niemals verlassen würde, egal was kommt!» Luna ging mit ihrem Kopf langsam von seiner Brust weg und schaute an seinem Oberkörper hoch bis zu seinen Augen. Matteo schaute auf sie runter und lächelte in ihr verweintes Gesicht. Sie schaute hoch und sie schauten sich lange und tief ihn die Augen. Er ging langsam mit dem Kopf runter und ihre Lippen trafen sich. Nach ungefähr zehn Minuten nahm sie ihr Gesicht von seinem weg und legte die Hand um seinen Bauch und er um ihre Schultern und so gingen sie glücklich zusammen durch den Park zu Matteo nachhause. Luna war sehr froh und lächelte über ihr ganzes Gesicht. Bei ihm zuhause angekommen, gingen sie Hand in Hand in sein Zimmer und legten sich auf sein Bett. Luna rutschte zu Matteo und legte ein Bein über sein Bein. Sie kuschelte sich an ihn heran und er küsste sie wiederholt auf den Mund und auf die Stirn. Kurz darauf schlief Luna auf seiner Schulter beim Netfix schauen ein. Matteo schaute sie an und war einfach nur glücklich darüber, dass er sie hatte Matteo nahm ihre Hand und küsste sie und hielt sie an seine Brust.

Verbotene Liebe

Der Vater verlobt Ahmed mit einer Frau, die er nicht kennt. Ahmed ist sehr wütend auf seinen Vater. Da der Vater sehr auf seine Ehre achtet, interessiert ihn Ahmeds Meinung nicht. Doch Ahmed verliebt sich in Valentina, die eine Christin ist. Wird Ahmed die Möglichkeit bekommen Valentina den Eltern vorzustellen? Oder werden sie überhaupt heiraten können? Oder muss Ahmed das tun, was sein Vater sagt? Ahmed überlegte sich mit Valentina nach Berlin abzuhauen.

Klasse Bc mit Sonja von Selve

Kapitel 1:   Arne Schönig, Kasra Farmanbar

Kapitel 2:   Amin-Rocco Zito, Timon Spengler

Kapitel 3:   Indira Redzepagic, Djellza Aliu,
Massiel Matos Frias

Kapitel 4:   Caroline Eberhart

Kapital 5:   Mesut Kesen, Sriram Aingaran

Kapitel 6:   Sven Gubler, Levin Sulzmann

Kapitel 7:   Jamil Tollardo, Albin Osmanaj

Kapitel 8:   Fabio Calderan, Sascha Kuhn

Kapitel 9:   Doga Öcalan, Piyathida Supasit

Kapitel 10: Reyan Jabbari

Kapitel 1 - Wo alles anfing

Laura kippte ihren fünften eisgekühlten Cocktail in sich hinein, während Valentina verzweifelt überlegte, etwas dagegen zu tun. Sie fasste einen klaren Gedanken, was bei der lauten Partymusik gar nicht so einfach war, und entschloss sich raus zu gehen. Sie ging zu Laura, packte ihren Arm und zog sie mit aller Kraft mit sich. Obwohl sie nicht wollte, leistete sie keinen Widerstand, aber Laura schaffte es nicht einmal bis zur Tür, und fiel auf den nassen Steinboden vor der Disco.

Zwei Strassen weiter kam ein junger Mann aus einem Haus. Es war Ahmed, der bei einem Kumpel zocken war und nachhause gehen wollte. Ahmed bog um die Ecke und schlenderte die Strasse entlang, die nächste rechts, danach links abbiegen, dann wäre er an der Bushaltestelle. Doch als Ahmed an der Disco vorbeikam, sah er Valentina, die mit Laura, welche immer noch auf dem Boden lag, beschäftigt war. Er wollte eigentlich weiter gehen, doch er merkte, dass Valentina es alleine nicht schaffen würde. Also fragte Ahmed: «Brauchst du Hilfe?» Valentina, die versuchte Laura irgendwie zu stützen, gab ächzend ein ja zur Antwort. Ahmed half Valentina mit ganzer Kraft, Laura bis zur Bushaltestelle zu tragen. Sie schafften es noch rechtzeitig bevor der Bus kam und stiegen ein. «Danke für deine Hilfe», sagte Valentina. «Kein Problem, mach ich doch gerne», sagte Ahmed. «Was ist eigentlich passiert?», fragte er verwundert. «Ach das ist eine lange

Geschichte», gab Valentina ermüdend zurück. «Wie heisst du eigentlich?» «Valentina, und du?» «Ahmed, und... erzähl doch mal, was eigentlich passiert ist.» «Also, es war so», begann Valentina, «Lauras Freund hat mit ihr Schluss gemacht und sie konnte es nicht verkraften, weil sie ihn so sehr liebte. Deswegen hat sie sich heute Abend vollgesoffen, um den Kummer loszuwerden». «Was für ein herzloser Mensch», sagte Ahme mitfühlend. «Aber zum Glück warst du in der Nähe und hast mir geholfen. Ohne dich hätte ich sie nie zur Bushaltestelle bekommen, geschweige denn in den Bus», meinte Valentina leicht lachend. «Weisst du was Ahmed, als Dank lade ich dich zu einem Dinner ein, wie wär's?» «Oh... ja gerne», stammelte Achmed. «Ok cool, dann wäre deine Nummer gar nicht schlecht, um mit dir zu besprechen, wann wir essen gehen», erklärte Valentina gelassen cool. «Oh, klar, sicher doch», meinte Ahmed erstaunt, «die wäre dann 076 250 99 03, äh 30.» «Super ich werde mich bei dir melden», freute sich Valentina «Oh ich muss raus», bemerkte Ahmed. Sie verabschieden sich noch bevor Ahmed ausstieg.

Am nächsten Tag erhält Ahmed eine Nachricht auf sein Smartphone: «Hey Ahmed ich bins Valentina, ich wollte dich, wie schon gestern erwähnt, zu einem Dinner einladen. Wie wär's mit morgen Abend um 20:00 Uhr im Parkrestaurant «Bloom»?»

Ahmed schreibt sofort zurück: «Hey Valentina, ich freue mich schon. Bis morgen»

Kapitel 2 - Der erste Kuss

„Wo bleibt sie denn, sie ist schon 10 Minuten zu spät." Langsam fing Ahmed an, sich Sorgen zu machen. Vielleicht hat sie ihn sitzen lassen, dachte er, doch dann kam sie endlich. „Tut mir leid, dass ich zu spät bin, ich musste mich noch schminken." Ahmed war von ihrer Schönheit hin und weg und konnte nur noch ein stotterndes Hallo herausbekommen. Und als Valentina vor Ahmed stand, war sie noch schöner mit ihrem braunen Haar und den blauen Augen. Sie war eher etwas klein, immer gelassen, nett und hatte eine beruhigende Stimme. Sie trug eine kurze blaue Jeans und ein rotes T-Shirt. Valentina war aufgeregt. „Komm, lass uns hinein gehen", sagte sie verlegen. Als sie das Restaurant betraten, waren sie von der Atmosphäre begeistert und ihnen fiel direkt eine niedliche Ecke im Restaurant auf. Als sie dorthin gingen, waren sie noch mehr begeistert. Wie das Restaurant dekoriert war, mit schönen dunklen gelben Lampen und mit dem schwarz-braunen Kamin. Den Platz, den sie auswählten, war direkt neben dem Fenster. Es sah sehr einladend aus und hatte gerade mal Platz für zwei Personen. Da sagten Ahmed und Valentina zeitgleich: "Lass und dorthin setzen."

„Guten Abend die Herrschaften, wünschen Sie die Speisekarte?", fragte der Kellner. „Ich würde gerne zuerst einmal ein Glas Wasser haben." „Ich trinke erst mal nichts, vielen Dank. Wie lautet denn ihr Tagesgericht?", fragte Ahmed. „Spagetti Bolognese mit einem Hauch von Basilikum, angereichert mit einer vorzüglichen Sauce des Chefkoches und alle Zutaten sind frisch aus unserem eigenen Garten", antwortete der Kellner. „Nun gut", sagte Ahmed „dann nehme ich die Spagetti Bolognese und was nimmst du Valentina?" "Ich esse einfach ein bisschen bei dir mit, wenn das für dich ok wäre?" "Na klar", sagte Ahmed und gab die Bestellung auf. Während sie auf die Bestellung warteten, war es ziemlich ruhig. Keiner traute sich etwas zu sagen, bis Ahmed dann endlich den ersten Schritt wagte. "Also, was machst du denn so in deiner Freizeit?" Valentina war komplett in ihre Gedanken versunken und schreckte auf. Was mache ich den eigentlich in meiner Freizeit? Ich muss unbedingt etwas sagen, aber es fällt mir gerade nichts Spannendes ein. „Ich gehe gerne mit Freunden aus, wie du vielleicht schon weisst. Nebenbei spiele ich auch gerne Videospiele", sagte sie schnell. „Ein Mädchen, das Videospiele spielt, sieht man nicht alle Tage", sagte Ahmed erfreut. Und während sie vor sich hinredeten, kam auch schon langsam ihr Essen und wurde vom Kellner persönlich serviert.

Als sie dann anfingen zu essen und etwas träumerisch in der Luft herumstarrten, bemerkten sie gar nicht, dass sie an denselben Spagetti sogen. Sie sogen so lange, bis sie sich ganz nah gegenüber waren. Dieses Mal machte Valentina den ersten Schritt und ehe Ahmed sich versah, küsste sie ihn auf den Mund. Ahmed war verdutzt und gleichzeitig überglücklich, er konnte immer noch nicht fassen, was genau gerade passiert war. Valentinas Herz pochte so laut, dass sie meinte, Ahmed könne es hören, doch sie war unvorstellbar glücklich und bereute es nicht, ihn geküsst zu haben. Als sie sich wieder beruhigt hatten, assen sie ihre Spaghetti fertig. „Warte kurz", sagte Ahmed "ich müsste mal auf die Toilette." Als Ahmed auf der Toilette war, hörte Valentina plötzlich ein Klingeln. Valentina bemerkte, dass Ahmed nur sein Handy auf dem Tisch vergessen hatte. Sie schenkte dem keinem Bedeutung. Je länger es klingelte, desto neugieriger wurde sie und entschloss sich, doch einen Blick auf das Display zu werfen. Da stand „Nachricht von PAPA" und sie lautete... Valentina raste vor Wut. Ahmed kämpft um Valentina. «Ahmed, komm bitte nach Hause, die Verlobte ist hier. Sie ist mit dem Flugzeug gekommen und sie ist nur zwei Tage hier in Winterthur.»

Als Ahmed von der Toilette zurückkam, fragte Valentina enttäuscht: «Willst du jetzt eine Dreierbeziehung führen oder wie soll ich das verstehen?» In diesem Moment war Ahmed nur noch sprachlos. Valentina erwiderte: «Ja, kannst ruhig mal auf dein Handy schauen, dann weisst du ganz genau was ich meine.» Sie schaute ihn verwundert an. Mit Tränen in den Augen lief sie nach Hause.

Zu Hause angekommen, rannte sie wutentbrannt in ihr Zimmer und schlug die Tür zu, schmiss sich auf ihr Bett und konnte nur noch heulen. Sie machte sich Gedanken, wie die Frau wohl aussehe, wie gross sie sei, ob sie schöner als Valentina sei, ob sie mehr Chancen bei Ahmed hätte, ob sie schlanker sei oder ob sie dicker als Valentina sei. All diese Fragen und noch mehr Gedanken gingen ihr durch den Kopf. Ihr Kopf schien zu explodieren.

Ahmed sass alleine am Tisch im Restaurant und war einfach perplex und verzweifelt. Als er sich wieder gefangen hatte, bezahlte er und lief zu Valentina nachhause. Ahmed wusste ganz genau, was er Valentina sagen möchte, jedoch war das für ihn nicht alles so einfach, wie er dachte, denn die Kultur, die Religion und seine Eltern machten das Ganze komplizierter. Den Weg hin zu Valentina überlegte und überlegte er, wie er ihr das am besten erklären sollte.

Als er ankam klingelte er an ihrer Wohnung. Die Tür ging auf und da stand die kleine Schwester von Valentina. Selina fragte: «Hallo, wer bist du?» Ahmed antwortete: «Kannst du bitte Valentina rufen? Ich will kurz mit ihr sprechen.» Valentina kam traurig die Treppe hinunter und sagte: «War es irgendwie dein Ziel gewesen mich so zu verletzen?» Ahmed erwiderte: «Nein, bitte hör mir zu. Komm einfach mit mir mit und ich kann dir dann alles in Ruhe erklären. Es ist wirklich nicht so wie du denkst.» Valentina liess sich überreden und ging mit Ahmed spazieren. Zusammen liefen sie den Eulachpark entlang und Ahmed konnte Valentina alles Schritt für Schritt erklären: «Schau, mein Vater will, dass ich eine

Frau aus der Türkei heirate aber ich möchte das eigentlich überhaupt nicht.» Daraufhin fragte Valentina: «Wieso musst du sie heiraten, wenn du das nicht möchtest?» «In der Regel ist es in der Türkei so, dass man nicht selbst entscheiden darf, mit wem man die Zukunft verbringen darf. Meine Mutter aber ist eher ein toleranter Mensch. Sie wünscht mir, dass ich eine Frau finde, die ich liebe und schätze. Sie hat selber miterleben müssen, wie schrecklich es ist, nicht selbst entscheiden zu dürfen. Aus Respekt den Eltern gegenüber hat sie sich mit dem arrangiert und versucht, das Positive daraus zu ziehen.» Valentina war verunsichert und sprachlos. Für sie war so etwas unvorstellbar. Sie fragte: «Wenn deine Mutter nichts gegen uns hat, was ist dann das Problem?» «Das Problem liegt lediglich bei meinem Vater, denn schon mein Grossvater und Urgrossvater durften über den Sohn hinweg entscheiden. Ich weiss, es ist sehr kompliziert.»

Valentina konnte das Ganze irgendwie verstehen aber es blieb die Angst Ahmed zu verlieren. Zusammen redeten sie noch über viele andere Themen. Als langsam die Sonne unterging begleitete Ahmed Valentina nach Hause und für den Moment war wieder alles gut.

Kapitel 3 - Pläne für die Zukunft

Ahmed und Valentina haben sich ausgesprochen und sich wieder versöhnt. Sie entschieden sich gemeinsam in den Park zu gehen. «Ich gehe mich noch kurz umziehen, ok.?», fragte Valentina. Ahmed erwiderte darauf nur: »Kein Problem, ich warte hier auf dich.» Valentina ging nach oben in ihr Zimmer und überlegte sich, was sie anziehen sollte. Es war ein warmer Abend, weshalb sie sich für etwas Kurzes entschied. Ein schwarzes Top und eine schwarze kurze Hose. Sie machte sich zwei Zöpfe, war aber noch nicht zufrieden damit. Sie kramte in ihrem grossen Kleiderschrank und suchte nach einem bestimmten Oberteil. Als sie es endlich fand, zog sie es sich an und betrachtete sich im grossen Wandspiegel. «Perfekt», flüsterte sie leide, während sie sich um ihre eigene Achse drehte. Das weisse schulterfreie T- Shirt, auf dem «Sweet Dreams» stand passte perfekt in ihren Augen gesehen. Sie ging aus ihrem Zimmer und wollte die Treppe runter gehen, wurde aber von ihrer Schwester aufgehalten. «Hey Valentina, warte kurz, wo willst du hin?», fragte sie. «Nachdraussen», antwortete Valentina ihr lächelnd und lief beschwingt die Treppe runter. Unten angekommen lief sie zu Ahmed. Er musterte sie ausgiebig, lächelte und sagte: «Wunderschön!» «Danke! Gehen wir?», erwiderte Valentina glücklich lächelnd. Ahmed hielt Valentina seine Hand hin, die Valentina dankend annahm und ihre Finger mit seinen verschränkte. Sie gehen aus der Wohnung und Valentina schloss die Tür hinter sich ab.

«In der Nähe ist eine schöne Wiese. Wollen wir dorthin gehen?», fragte Ahmed lächelnd. Sie liefen Hand in Hand zur schönen Wiese, die Valentina vorgeschlagen hat. Sie legen sich ins weiche Gras und schauen in den dunklen Nachthimmel. «Die Sterne funkeln so schön wie deine Augen», sagte Ahmed leise. Valentina wurde leicht rot, lächelte sanft und flüsterte ein leises Danke. «Ist bei dir in der Vergangenheit mal irgendetwas spannendes passiert?», durchbrach Valentina die angenehm ruhige Stimmung. Ahmed überlegte kurz und antwortete mit: »Ich wurde einmal von einem Auto angefahren und war drei Tage im Koma, hatte eine leichte Gehirnerschütterung und ein gebrochenes Bein.» Valentina schaute Ahmed mit einer Mischung aus Schock und Überraschung an. «Ernsthaft?!» «Ja, und du?», fragte Ahmed über Valentinas Entsetzen lachend. Valentina antwortete gelassen: »Also ich wurde noch nie von einem Auto angefahren.» Ahmed fängt an zu lachen. «Ich meine nicht, ob du schon mal angefahren wurdest oder nicht, sondern ob in deiner Vergangenheit schon einmal etwas Spannendes passiert ist», sagte Ahmed lachend und Valentina stieg in das Lachen ein. Nachdem sich beide beruhigt hatten, was einige Minuten dauerte, fragte Ahmed nochmals nach. «Ach ja, stimmt, fast vergessen. Ich bin im Kindergarten auf einen Baum geklettert und runtergefallen. Dabei bin ich ohnmächtig geworden und hatte einen gebrochenen Arm. Sonst glaube ich nichts», antwortete Valentina. «Das ist auch krass», antwortete Ahmed. «Aber nicht so krass wie von einem Auto angefahren zu werden», antwortete sie wieder lachend. Für einige Minuten herrschte eine angenehme

Stille, in denen beide in den klaren Nachthimmel blickten und den Anblick der vielen funkelnden Sterne genossen. Ahmed unterbrach die angenehme Stille, indem er Valentina fragte, was sie in der Zukunft dringend mal machen will. Valentina antwortete, dass sie von einem schönen Restaurantturm in Berlin gehört hat und sie dort unbedingt einmal hin wollte. «Wir können doch zusammen dort hingehen.» antwortete Ahmed von seiner Idee begeistert lächelnd. Mit strahlendem Gesicht umarmte Valentina Ahmed stürmisch und flüsterte begeistert gegen Ahmeds Hals ein leises und langgezogenes: «Jaaa!». Ist es vorbei?

Ahmed war sich sehr unsicher, da er wusste, dass die Eltern gegen eine Beziehung mit einer Christin sein werden. Trotzdem entschied er sich, es zu versuchen. Danach machte er sich auf den Weg. Er war sehr beunruhigt und ging zitternd und schweissgebadet nachhause. Vor der Haustür dachte er nochmal drüber nach, da er sehr Angst hatte zu fragen. Trotz seiner Angst, nahm er seinen ganzen Mut zusammen und ging in die Wohnung. Verunsichert schaute er seinen Vater an. Er traute sich nicht, ihn zu fragen und rannte erstmal auf die Toilette. Im Spiegel schaute er sich an und wusste, nicht was er tun sollte. Er sprach zu seinem Spiegelbild und sagte: «Scheisse, was soll ich denn machen, wie soll ich ihn fragen und warum geht alles so schnell? Valentina, ach du scheisse, FUCK!» Danach rief sein Vater ihn zum Essen. Beim Essen fing Ahmed wieder an zu zittern und zu schwitzen. Er war sich plötzlich sehr unsicher über die Sache mit Valentina obwohl er in seinem Innersten wusste, dass er sie liebte. Der Vater fragte: «Was ist los Ahmed, bist du aufgeregt wegen deiner Verlobten? Die Schweissränder in Ahmeds Achselhöhlen wurden nun sichtbar. Leise, fast schon unhörbar, sprach er: «Ich möchte keine Frau, die ich nicht kenne.» Der Vater war entsetzt. Die Röte stieg langsam in seinem Kopf bis er schlussendlich in einer ohrenbetäubenden Lautstärke schrie: «Es geht um meine Ehre nicht um deine Liebe. Was fällt dir eigentlich ein! Du hast ja keine Ahnung vom Leben!» Ahmed war sehr traurig und wütend zugleich auf seinen Vater. «Geh in dein Zimmer!» Ahmed widersprach nicht und ging schnell in sein Zimmer. Er hatte Selbstmord Gedanken. Die Mutter ging ins Wohnzimmer und sprach mit dem Vater. Sie versuchte zu schlichten und sagte: «Für uns war es auch nicht einfach zu heiraten. Erinnere dich doch mal zurück.» Der Vater antwortet wütend: «Wir haben auch die gleiche Religion, sie nicht. Hör auf wie ein Kind zu reden.» Die Mutter versuchte es erneut: «Vielleicht konvertiert sie. Gib ihr eine Chance. Lerne sie doch erst einmal kennen.» Der Vater antwortete: « Nein, die Chance bekommt sie nicht, ich möchte auf keinen Fall eine christliche Frau kennenlernen.» Traurig antwortet die Mutter: «Willst du lieber, dass dein Sohn mit einer Frau glücklich lebt oder traurig, überleg es dir nochmal bitte. Ich verspreche dir, du wirst sie mögen.» Der Vater war sich nicht sicher, was er sagen sollte. Er hatte das Gefühl einen Fehler zu begehen und er nach langem Zögern: «Okay, ich gebe ihr eine Chance.» Die Mutter ging in Windeseile in Ahmeds Zimmer und erklärte wie es ablaufen soll. Ahmed war sehr glücklich darüber und verabredete sich auf ein Essen mit Valentina um 20 Uhr.

Kapitel 4 - Das chaotische Abendessen

Valentina will Ahmed und dessen Eltern zu einem Abendessen einladen, damit sich die Eltern und Valentina besser kennenlernen können. Die Nervosität steigt enorm, da sie nicht weiss, was sie kochen soll, und dazu kommt noch, dass sie Ahmeds Eltern zum ersten Mal sieht und nicht weiss, was sie gerne essen oder essen dürfen. Die Mutter von ihr wird nicht dabei sein können, weil sie gebeten wurde zu gehen, damit sie alleine sein können, um sich kennenlernen zu können.

Sie suchte im Internet nach leckeren Rezepten für Ahmed und seine Familie. Valentina dachte: "Ich weiss, wie ich kochen muss. Ich werde keinen Blick ins Internet werfen und nach einem Rezept suchen." Sie schaut, was sie da hat zum Kochen und macht sich gleich an die Arbeit. Sie macht mit Kaninchenfleisch einen Eintopf und römischen Salat als Beilage. Als Nachspeise bereitet sie Eiskugeln vor, weil das so gut wie jede Person esse mag.

Kurz bevor sie das Essen fertiggekocht hat, bemerkte Sie, dass keine Getränke vorhanden sind und sie musste sich überlegen, wie sie dies jetzt hinbekommen soll. Die einzige Möglichkeit wäre jetzt noch auf die andere Seite der Strasse zu eilen, um beim Grossmarkt Getränke zu besorgen. Valentina steht extrem unter Zeitdruck, da Ahmed und seine Eltern in ein paar Minuten da sein werden. Sie ging das Risiko ein und rannte zum Grossmarkt und besorgte noch verschiedene Getränke. Nachdem sie Cola, Sprite und Fanta eingekauft hat, sprach sie vor sich hin: "Das sollte fürs Erste reichen." Valentina war sich sicher, dass sie jetzt alles zusammen hatte und bereit für das Essen war.

Kurze Zeit später klopfte es an der Haustüre. Aufgeregt lief sie zur Tür und öffnete sie. Valentina begrüsste die Eltern und bat sie leicht zitternd hinein zu kommen. "Willkommen, setzt euch doch." "Liebend gern", sagten die Eltern zu ihr. Sie setzten sich an den schön gedeckten Tisch, auf dem eine teure Flasche Rotwein stand. «Danke aber wir trinken keinen Alkohol», informierten die Eltern Valentina. «Oh. Das wusste ich nicht.» Entgegnete Valentina peinlich berührt. «Schon gut, konntest du ja nicht wissen.» «Geniesst doch eine kalte Cola aus dem Grossmarkt», sagte Valentina "das Essen ist in wenigen Minuten fertig." Darauf fragten die Eltern was es Leckeres zum Essen gibt. Valentina wollte das es eine Überraschung wird für alle. Die Eltern waren sich unsicher, weil sie Valentina zum ersten Mal sahen. Bereits nach den ersten Bissen meinten sie, sie bräuchten mehr Essen, weil es so unendlich lecker war. Das

Fleisch war für die Eltern etwas Neues, da sie ja nicht wussten das es Kaninchenfleisch war. Als sie es herausfanden, waren sie schockiert und es wurde ihnen leicht schwindlig. Valentina fragte, was los sei. Darauf antworteten die Eltern, dass sie kein Kaninchenfleisch essen dürfen. Doch sie waren doch geschmeichelt, dass sie sich die Mühe gemacht hat, Essen für sie zu machen.

Nachdem Valentina eine Alternative gefunden hatte, die alle mochten, gab es Dessert. Es tat Valentina sehr leid und sie hoffte das das Dessert wenigstens schmecken würde. Das tat es aber sowas von. Nach dem sie noch lange geredet hatten, gingen Ahmed und seine Eltern zufrieden nach Hause.

Kapitel 5 - Das erste gemeinsame Wochenende

An einem schönen Donnerstagabend bat Ahmed seinen Vater um Erlaubnis, mit seinem alten Freund übers Wochenende nach England zu verreisen. Ahmeds Vater war nicht im Positiven überrascht und lehnte die Bitte ab. Wie der Zufall es wollte, hatte die Mutter von Ahmed das Gespräch hinter der offenen Tür mitgehört. Gerade als das Gespräch aufhörte, entschloss Ahmeds Mutter dem Vater zu widersprechen. Sie platzte hinein und überredete den Vater zuzustimmen. Auch wenn der Vater das nicht voll und ganz wollte, hatte er schlussendlich seine Meinung geändert. Ahmed war sehr erfreut und erleichtert. Jedoch wussten Ahmeds Eltern nichts von seiner fiesen Masche.

Er rief gerade Valentina an und sagte erfreut: «Valentina, pack deine Sachen! Wir gehen nach Berlin!» Valentina war sehr erfreut, das zu hören. Ahmed und Valentina planten schon seit längerem ein ganzes Wochenende in Berlin zu verbringen. Ahmed war gezwungen seine Eltern anlügen, denn sie würden ihn wahrscheinlich nicht mit Valentina alleine verreisen lassen. Deshalb erfand er die Story, dass er mit seinem Freund übers Wochenende nach England fahre.

Bevor Ahmed schlafen ging, stellte er den Wecker und fing an zu packen. Nichts Böses ahnend kam Ahmeds Vater ins Zimmer und sagte: «Ahmed, ich habe mich entschlossen dich und deinen Freund zum Flughafen zu fahren.» Ahmed wollte dies um jeden Preis verhindern, aber er traute sich nicht. «Alles klar, danke!», sagte Ahmed mit zitternder Stimme. «So ein Mist», murmelte Ahmed, nachdem sein Vater die Tür schloss. Er wusste nicht, was er machen sollte. Dann rief er einen Freund an und hoffte, von ihm Rat zu erhalten, wie er aus dieser Misere rauskommen kann.

«Marko, es gibt ein Problem, ein ziemlich grosses Problem!», sagte Ahmed bestürzt. «Mach mal halblang, was ist denn überhaupt los?», fragte Marko verwundert. Ahmed erklärte ihm die Situation. «Was willst du jetzt machen?», fragte Marko. «Ich weiss, was ich machen könnte», rief Ahmed «Ich könnte meinen alten Freund

Valon anschreiben." "Es wird jedoch knapp, weil mein Vater uns schon morgen früh hinfahren möchte.» schrieb Ahmed eine Textnachricht an seinen Freund. Keine Stunde verging und Valon antwortete ihm. «Hallo Ahmed, ich hatte sowieso vor zum Burger King zu fahren, eine Gratisfahrt würde ich mir sicherlich nicht entgehen lassen! Ich bin dabei.» Ahmed erklärte seinem verfressenen Freund die Situation noch im Detail und Valon war einverstanden. Ahmed und sein Vater standen um vier Uhr morgens auf und gingen samt Gepäck zur kühlen Garage. Sie stiegen ins Auto ein und fuhren zu Valon. Als sie dort waren, leuchteten keine Lampen und die unheimliche Stille füllte den Eingang. Ahmed klingelte an der Tür, als sie einen Zettel fanden. Auf dem Zettel an der abgenutzten Holztür stand. «Was geht Ahmed, ich bin im Keller, wenn du mich suchst!»

Der Vater von Ahmed entschied sich draussen zu warten. Ahmed lief zitternd die feuchte Treppe hinunter. Nach wenigen Stufen konnte er keinen Überblick mehr auf die Stufen erhalten. Er hielt sich am kalten Geländer fest und hoffte, so den Weg zu finden. Er sah am Ende der Treppe ein Gang mit vielen Türen. Alle waren morsch und sahen so aus, als würden sie dem Ende ins Auge blicken. Eine Tür stach aus der Masse heraus. Sie war mit Aluminium umrandet und frisch lackiert. Ahmed klopfte an die Tür. Valon öffnete die Tür mit einem Teller Sucuk in der Hand. Mit vollem Mund sagte Valon: «Los geht's, ich bin bereit!»

Sie gingen zum Auto und Valon stellte sich auf dem Weg zum Flughafen vor. Der Plan ging auf, jedoch nur bis zum Flughafen. «Ich begleite euch bis zum Gate», sagte Ahmeds Vater. Ahmeds Herz fing an zu pochen. Valon schaute Ahmed verwirrt an und hoffte auf einen Plan B. Ahmed entfernte sich von seinem Vater und näherte sich Valon, damit sein Vater ihn nicht hörte. «Ich habe einen Plan, vor dem Check-in gehe ich auf die Toilette, da mein Vater keine Zeit mehr hat und zur Arbeit muss. Bist du dabei?» flüsterte Ahmed. Valon stimmte dem Plan zu. Sie verabschiedeten sich von Ahmeds Vater und gingen zur Toilette. «Danke Valon, du hast mir den Arsch gerettet!», gab Ahmed von sich. «Nicht der Rede wert, ich muss dann mal los, viel Spass mit Valentina!» Sie verabschiedeten sich. Valentina und Ahmed trafen sich kurze Zeit später vor dem Gate und konnten unmittelbar danach ins Flugzeug einsteigen. Das Flugzeug hob ab und die beiden schliefen innert wenigen Minuten erschöpft ein. Valentina ahnte nichts vom Versteckspiel und blickte voller Zuversicht ins gemeinsame Wochenende.

In Berlin angekommen, holten sie sich Brezel und typisch deutsches Essen. Sie genossen die Attraktionen, die Berlin zu bieten hatte. Was ihnen besonders gefiel waren das Riesenrad, die romantische Stimmung und die Aussicht. Sie genossen die Zeit und liessen sich in einem Hotel nieder.

Kapitel 6 - Ein Wochenende in Berlin

Als die beiden beim Hotel ankamen, holten sie den Schlüssel an der Rezeption für das Zimmer 201 und gingen miteinander die Treppe hoch in den zweiten Stock. Im Zimmer packten sie ihre grossen Koffer aus und richteten sich im Badezimmer, Wohnzimmer und Schlafzimmer ein. Im Wohnzimmer hatten Sie ein grosses Fenster, aus dem sie einen traumhaften Ausblick über die Parkanlage hatten. Überhaupt waren sie begeistert vom Zimmer und dem freundlichen Hotelpersonal. Sie fühlten sich sogleich wohl. Um sechs Uhr beschlossen Ahmed und Valentina ins Hotelrestaurant essen zu gehen. Das Restaurant war klein und gemütlich. Auf den Tischen waren kleine Kerzen und die Tischdekoration aus Rosmarinzweigen und frisch gepflückten Blumen versprühte einen herrlichen Duft. Valentina bestellte sich ein Wiener Schnitzel und Ahmed ein Steak und dazu noch zwei Cola. Während die beiden assen, redeten Sie über die grosse Stadt Berlin und was Sie morgen Schönes machen könnten. Nach dem Essen bestellten Sie sich noch ein leckeres Dessert. Ahmed entschied sich für eine Schokokugel, die mit Regenbogenstreuseln überdeckt war. Valentina nahm zwei Kugeln Vanilleglace mit Schlagsahne. Nach dem Essen fragte Valentina: "Hast du Lust mit mir ein Spaziergang zu machen?" "Ja! Wieso nicht?", antwortete Ahmed und sie gingen nach draussen. Dort liefen Sie nebeneinander auf dem Trottoir, schauten in den prachtvollen Sternenhimmel und hielten sich an den Händen. "Mir ist kalt", sagte Valentina und Ahmed legte seine warme Jacke um ihre Schultern. Auf dem Weg zurück ins Hotelzimmer sahen die beiden einen Fuchs mit einem prachtvollen Fell. "Ahmed, ein Fuchs, guck mal!", sagte Valentina mit einem Lächeln auf dem Gesicht. "Ja, ich sehe ihn", antwortete Ahmed. Doch der Fuchs entdeckte die beiden und rannte schnell weg. Die beiden gingen weiter. Mittlerweile war Valentina überhaupt nicht mehr kalt, dank der warmen Jacke, die Ahmed ihr gegeben hat. Valentina zog die Jacke aus und streckte sie Ahmed hin. "Hier", sagte sie und bedankte sich bei ihm. "Gern geschehen, ist dir jetzt wieder wärmer?", fragte Ahmed. Sie nickt mit einem zufriedenen Lächeln auf ihrem Gesicht. Die Nähe zu Ahmed gefiel Valentina. Seine liebe- und verständnisvolle Art und die Gespräche mit ihm erfüllten sie mit Glück. Dieses Gefühl liess sie im siebten Himmel schweben. Ahmed schien es nicht anders zu gehen und so schlenderten sie gemeinsam zurück.

Angekommen im Hotel kam Valentina auf die Idee einen Film zu schauen. Valentina wollte einen Film sehen, in dem es um einen Jungen geht der nicht weiss ob er Hetero oder Homosexuell ist. "Wie wäre es mit Alex Strange Love?", fragte Valentina. Ahmed antwortete: "Ich kenne den Film zwar noch nicht, aber ich habe gehört, er soll gut sein." Im Bett schauten die beiden den Film Alex Strange Love. Im Verlaufe des Filmes kamen sich die beiden körperlich näher. Valentina legte sich in Ahmeds Arme und sie kuschelten zusammen, während sie den Film schauten.

Kapitel 7 - Ist jetzt alles vorbei?

Nach der liebevollen Nacht wachte Valentina auf. Als sie ihre Augen aufmachte, drehte sie sich spontan nach rechts. Sie schaute nun Ahmed an, lachte fröhlich und dachte: «Er ist wunderschön.»

Zwei Stunden später beim Frühstück im Restaurant von Hotel, assen sie Konfitüre, Brot mit Butter, Omeletten und tranken ein Tasse Kaffee. Ahmed schaute Valentina warmherzig an, nahm ihre Hand und sagte: «Heute können wir eine kleine Brückenfahrt mit dem Schiff machen. Keine Sorge Schatz, ich habe alles vorbereitet. Nun müssen wir in einer Stunde losgehen.» Valentina nickte ruhig aber ihre Gedanken flogen wie Schmetterlinge umher. Nach einer Stunde lief das Paar zusammen zum Hafen. Jede Sekunde war für sie unbeschreiblich und unvergesslich. Genau in diesem Moment störte das Handy von Ahmed die Ruhe. Er nahm es in die Hand und schaute unruhig den Bildschirm an. Sein Vater rief ihn an. Er befürchtete das Schlimmste. Wie sollte er jetzt lügen? Was passiert, wenn er merkt, dass er lügt? Muss er dann die Beziehung mit Valentina beenden? Eine süsse Stimme holt ihn in die Wirklichkeit zurück. «Schatz, musst du nicht auf den Anruf antworten?» Ahmed nickte schnell, merkte, dass er keine Zeit zum Überlegen hatte. Er überliess alles dem Schicksal und fing an, mit seinem Vater zu reden. «So Ahmed, wie geht es dir in England? Was machst du jetzt? Ich und deine Mutter haben uns Sorgen gemacht. Wieso rufst du uns nicht an?» «Ja Papa, es ist alles in Ordnung, ich und mein Freund sind in London. Man hat ja hier die Möglichkeit Englisch zu reden. Hier gibt es viele nette Menschen, also bitte macht euch keine Sorgen. Wir werden morgen noch London Eye besuchen. Ich bin sicher, dass wir viel Spass haben werden. Ich werde euch nochmals anrufen. Tschau!»

Ahmed lief weiter zum Hafen, merkte aber, dass er allein war. Er schaute zurück und sah nur Valentina mit weissem Gesicht. Er atmete tief ein, ging zurück und flüsterte langsam: «Komm, wir sollten doch gehen, sonst verpassen wir das Schiff.» Valentina warf ihm einen eiskalten Blick zu. Ihr ganzer Körper zitterte. In diesem Moment wollte Ahmed nur noch sterben, oder ganz laut losheulen. Er fühlte sich in dieser riesengrossen Welt winzig klein und verloren. «Ahmed», sagte sie langsam, «schämst du dich eigentlich nicht? Wie kann man seinen eigenen Vater so anlügen? Und mich genauso! Ich bin davon ausgegangen, dass deine Eltern mit unserer Reise einverstanden sind.» «Bitte hör mir zu, es ist wirklich nicht so, wie du denkst», flüsterte Ahmed. «Nein! Ich will echt nichts mehr von dir hören, kein einziges Wort! Wir beide sind in Berlin, aber du sagst deinem Vater, dass du in London mit deinem Freund bist. Zudem sagst du sogar, was ihr für ein Programm für morgen habt, obwohl das auch eine absolute Lüge ist. Du bist nicht mutig, du hast Angst vor ihm, du hast Angst vor unserer Beziehung», sagte sie laut. Nach zehn Sekunden schrie sie zum ersten Mal seit dem Anfang der Beziehung: «Wie soll ich dir vertrauen? Wie kann ich wissen, was ich dir glauben soll? Wenn du dein Vater anlügen kannst, kannst du auch mich anlügen! Oder nicht?» «Valentina, bitte hör auf. Alle schauen uns an. Lass mich alles erklären, dann verstehst du mich», meinte Ahmed. In seiner Stimme lag tiefe Traurigkeit. «Dich verstehen? Ahmed, es tut mir leid, mit dir kann ich nicht weiter diskutieren. Du bist auf dem falschen Weg und stürzt dich ins Verderben. Glaub mir, meine Nerven sind nicht stark genug, dich von diesem Weg abzubringen», brüllte Valentina deutlich. Nachher flüsterte sie sehr leise: «Weisst du was? Vergiss das Essen im Turmrestaurant. Ich gehe zurück in die Schweiz. Ich bin fertig mit dir!» Sie lief mit gesenkten Schultern langsam zurück in Richtung Hotel. Ahmed stand nur auf dem Weg. Viele Menschen gingen an ihm vorbei, aber er blieb nur stehen. Einige schüttelten sogar den Kopf beim Vorbeigehen. Seine wirren Gedanken konnte er nicht mehr kontrollieren. Aber eine Frage war ganz klar für ihn und machte seine Gefühle und Liebe eiskalt: Ist jetzt doch alles vorbei?

Kapitel 8 - Ende gut, alles gut

Der Streit zwischen den beiden wurde noch nicht geschlichtet. Ahmed fühlte sich furchtbar für das was er verursacht hatte. Er versuchte alles, um es wieder gut zu machen, indem er sie in das schicke Restaurant einlädt, in das sie schon immer gehen wollte. Valentina blieb stumm, sie hatte keine Motivation und keine Kraft zu reden und ignorierte ihn. Sie konnte den Gedanken nicht ertragen, dass er seinen Vater für sie anlog, doch irgendwie fand sie es auch süss, dass er so viel auf sich nahm, um sie glücklich zu machen.

Ahmed machte einen kurzen Spaziergang, um wieder einen klaren Kopf zu bekommen. In der Zwischenzeit machte sich Valentina bereit für das Restaurant. Sie wusste, dass es ein Fehler war auf Ahmed wütend zu sein. Als Ahmed dann zurück ins Hotel kam, konnte er seinen Augen nicht trauen. Vor der Tür stand Valentina. Sie war geschminkt, was sie sonst nie war und sie trug ein wunderschönes rotes Kleid, indem sie vor Schönheit strahlte. Ahmed fragte sie, was das alles sollte. Valentina blieb ruhig. Sie nahm die Hand von Ahmed und zog ihn zu sich. Sie flüsterte ihm, dass es ihr Leid tat, wie sie darauf reagierte und dass sie nicht wusste, was er alles auf sich nahm, um diese Reise zu machen. Ahmed blieb stehen. Valentina fragte ihn, was los sei. Ahmed drückte sie zu sich und schaute ihr tief in die Augen Er bückte sich langsam zu ihr und spitzte seine Lippen. Valentinas Herz pochte wie verrückt, doch sie liess es geschehen und sie küssten sich. Ahmed wich langsam zurück und sagte, dass sie die einzige für ihn ist. Valentin wurde rot. Sie sagte dasselbe zurück.

Als sie im Restaurant ankamen, assen sie in Ruhe. Ahmed bestellte sich ein Cordon bleu mit einem Glas Cola, und Valentina ass ein klassisches Ratatouille. Valentina liebte die Stimmung im Restaurant und Ahmed genauso, es war ruhig, angehendem und das Essen schmeckte einfach fabelhaft. Als sie dann anschliessend zurück ins Hotel gingen, packten sie beschwingt ihre Sachen für den darauffolgenden Tag.

VERRÜCKTE LIEBE

LIEBESROMAN

B3D

Verrückte Liebe

Veronika sitzt auf einer Bank mit Blick auf den Bodensee. Ein ihr fremder Junge, Malcom, setzt sich dazu. Malcom und Veronika sind zwei Jugendliche wie du und ich. Es bahnt sich eine Liebesgeschichte an. Die Liebe zwischen den beiden muss einige Proben bestehen. Können sie die Probleme gemeinsam lösen? Oder scheitert ihre Beziehung daran?

Wird aus dem Kribbeln im Bauch eine längere Beziehung? Die Geschichte führt Veronika und Malcom durch die Hochs und Tiefs einer Liebesbeziehung.

Klasse B3d mit Nives Thönen und Cornelia Tschopp

Kapitel 1:   Dean Bossard und Francesco Dimasi

Kapitel 2:   Sihana Aliu

Kapitel 3:   Aaron Kumar & David Ivanov

Kapitel 4:   Granit Tushi

Kapitel 5:   Muntadher Al-Azzawi und Neha Jose

Kapitel 6:   Ajshe Fetai und Nadja Depeder

Kapitel 7:   Can Üste und Dylan Agostino

Kapitel 8:   Sandra Mbugua und Shaddai Ilosono

Kapitel 9:   Alis Alcantara und Loris Della Vecchia

Kapitel 10: Marcel Berger

Kapitel 1 - Das Erste Treffen

An einem Abend am Bodensee, sass ein Mädchen auf einer Bank. Da kam ein Junge und fragte: ,,Hallo, ist hier frei?" Sie antwortete darauf, ,,klar doch." ,,Danke", antwortete der Junge. Kurze Zeit später fragte er: ,,Was liest du?" Sie antwortet darauf: ,,Ein dickes Buch über Musik." Erstaunt antwortete er: ,,Ach ja? cool, ich produziere Musik." ,,Ach ja? Was für Musik produzierst du denn?", fragte Sie zurück. „Ich? Ich produziere Rap. „Was für ein Stil gefällt dir denn am besten?", fragt der Junge. Sie antwortet darauf: ,,Ich höre Hits wie zum Beispiel Zombie." ,,Es sieht aus als würdest du tanzen, weil du so schön aussiehst." sagte der Junge. ,,Danke, ich tanze gerne zur Musik.", erklärte das Mädchen. ,,Es würde mich erstaunen, wenn du nicht tanzen würdest." ,,Wieso denn?", fragte das Mädchen. ,,Wie schon gesagt, du siehst so schön aus.", antwortete der Junge darauf. Das Mädchen bekam rote Bäckchen und ein Lächeln zog über ihr Gesicht: ,,Danke, das hat noch niemand zu mir gesagt."

,,So ich muss langsam los.", sagte der Junge. „Es ist schon spät geworden.", meinte er und stand auf. ,,Ach, ich heisse übrigens Malcolm." ,,Und ich bin Veronika. Wollen wir unsere Nummern austauschen? Weil, ich finde dich attraktiv." Malcolm sagte: " Klar doch! Gib mir mal deine Hand!" Er nahm einen Kugelschreiber aus seiner Hosentasche und schrieb seine Telefonnummer auf ihre Hand. Veronika gab ihm ihre Hand und lächelte.

Malcolm sagte: „Wow, unsere erste Berührung!" „Ja, unsere erste Berührung!", sagte Veronika und kicherte dabei. Sie fragte: „Können wir uns wieder treffen?" „Ja klar! Wann denn?" „Geht es dir vielleicht nächsten Mittwoch?" „Nein, da muss ich ins Fitness-Studio. Wie wäre es nächsten Montag?" „Ja, Montag geht es super!", sagte Veronika. „Bis dann Veronika." „Bis später Malcolm." Sie sahen sich eine Weile in die Augen, bis Veronika den Augenkontakt abbrach und fort ging.

Kapitel 2 - Der erste Kuss

Am Montag war das zweite Treffen von Veronika und Malcom. Nachdem sie telefoniert hatten, trafen sie sich zum zweiten Mal. Veronika machte Malcom einen Vorschlag, wo sie sich treffen sollten. Sie wollte zu einem Wald, indem es Bänke und eine schöne Aussicht hat. Für Malcom war das "ganz okay". Sie trafen sich um 16:00 Uhr am Montag, oben im Wald. Nachdem sie sich hingesetzt haben, sagte Veronika: "Danke, dass du heute gekommen bist." Malcom antwortete: "Das ist doch kein Problem, bin gerne gekommen." So ging es weiter. Sie sprachen miteinander und genossen die Aussicht. Während dem Gespräch hielt Malcom Veronikas Hand und schaute ihr tief in die Augen. Er sagte zu ihr: "Ich liebe dich." In diesem Moment konnte Veronika nichts sagen und wurde sehr schüchtern im Umgang mit ihm. Veronika sagte nach einer Zeit: "Ich muss mich langsam auf den Weg machen. "Bevor Malcom sie nach Hause begleitete, standen sie beide auf und Malcom hielt ihre Hand fest. Er nahm eine Haarsträhne aus ihrem Gesicht und küsste Veronika. Das war der schönste Moment. Danach nahm Veronika Malcom in die Arme und flüsterte ihm leise zu: "Ich liebe dich! " Darauf antwortete Malcom glücklich: "Ich liebe dich auch." So begleitete Malcom Veronika mit einem Lachen im Gesicht nach Hause. Bevor Veronika ins Haus ging, sagte sie noch, dass er das Beste sei, was ihr je passiert sei und gab Malcom noch einen Kuss auf die Wange.

Kapitel 3 - Wer ist diese Frau?

Es war einmal ein Mittwoch. Malcolm und Linda gingen mit viel Freude zum Roy-Kiosk. Mit hungrigem Bauchen waren sie im Laden, bestellten Pizza und tranken Cola. Linda, mit viel Adrenalin im Blut, war bereit zum Essen. Ein bärtiger Mitarbeiter brachte denen zwei das Essen.

Zur gleichen Zeit, bei Veronika zu Hause. Veronika schaute mit müdem Blick in den Spiegel und zog sich ein paar Kleider an. Sie ging mit viel Geld zum Roy-Kiosk. Nach ein paar Minuten hatte sie ein paar Produkte in der Einkauftasche. Sie schaute mit müden Augen überall im Laden umher. Blinzelnd schaut sie zwei Personen an und sah Malcolm und Linda. Veronika dachte: „Wieso ist Malcolm mit ihr am Essen? Warum mit ihr und nicht mit mir?" Sie spürte, dass Tränen in ihre Augen kamen. Sie rannte aus dem Laden und liess ihre Einkaufstasche fallen. Ausserhalb des Ladens sass sie auf eine Steinbank, die Hände vor dem Gesicht gefaltet. Ihr Herz war zerschmettert. Nach zehn Minuten kam Malcolm zu Veronika, setzte sich neben sie und legte seinen Arm auf ihre Schulter. Er sagte: „Was ist los, Veronika? Ich bin nur mit meiner Kollegin Linda am Essen." Veronika machte große Augen und sagte: „Ich habe gedacht, das wäre deine Freundin!" Lachend sagt Malcolm: „Nein, nein, Veronika. Ich und Linda wollten nur essen." Veronika sagte lachend und mit einer lauten Stimme: „Ach, Malcolm, sorry?" Malcolm und Veronika liefen Händchen haltend zusammen zum Roy-Kiosk. Malcolm bestellte Veronika eine Pizza. Nachher lachten Malcom, Linda und Veronika zusammen, während sie assen.

Kapitel 4 - Pläne für die Zukunft

Es war ein schöner Abend in der Stadt Zürich. Das Wetter war regnerisch. Malcolm und Veronika waren in einem Luxus-Restaurant. Es hiess Bar au Lac. Sie redeten darüber, wie ihr Tag war und dann fragte Veronika: „Was sind unsere Pläne für die Zukunft?" Malcolm antwortet: „Ein schönes Haus zu haben und eine schöne Familie." Malcolm fragte Veronika: „Wie viele Kinder willst du?" Sie antwortet: „Zwei Kinder und es soll ein Mädchen sein und ein Junge." Malcolm versprach ihr ein schönes Familienauto. Dann sagte Malcolm zu Veronika: „Wie soll unsere Hochzeit werden?" Veronika sagte: „Es soll sehr schön werden." Malcom fragte: „Wer soll alles dabei sein?" Veronika sagte: „Unsere Eltern, unsere besten Freunde." Er versprach Veronika, dass die Hochzeit gut werden wird. Veronika sagte dann noch zum Schluss: ,,Es soll einfach schön sein."

Kapitel 5 - Ihre Liebe ist stärker als die Vorurteile

Als Veronikas Eltern zum Shoppen raus gegangen sind, haben sie Malcom mit seinen Freunden gesehen. Malcom und seine Freunde hatten Sachen eingekauft und bei den Sachen war auch Alkohol dabei.

Als Veronikas Eltern nach Hause kamen, fragte Veronika ihre Eltern, ob sie die Erlaubnis habe, an die Party von Malcom zu gehen. Ihre Mutter sagte, dass sie Malcom gesehen habe wie er mit seinen Freunden Sachen einkaufen habe, dabei auch Alkohol gewesen.

Da wurde Veronika unsicher mit der Beziehung. Sie fragte sich, wieso sie ihm vertrauen soll. Sie fing an zu weinen. Ihre grün-braunen Augen füllten sich mit Tränen, sie wollte am liebsten alle verhauen.

Sie ging in ihr Zimmer und macht alles kaputt, was Malcom ihr geschenkt hatte. Aber sie ging trotzdem an die Party. Und da redete sie mit Malcom über ihre Beziehung. Sie konnten es klären.

Veronica ging nach Hause und erzählte ihren Eltern, dass der Alkohol nicht Malcom gehörte. Und die Eltern glaubten Veronika, weil Veronika ihre Eltern noch nie angelogen hatte.

Kapitel 6 - Meine Eltern wollen dich kennenlernen

Malcolm sagte mal seinen Eltern, dass er eine Freundin hat, die Veronika heisst und dass sie 16 Jahre alt ist. Die Eltern waren nicht einverstanden, weil sie zwei Jahre jünger war als Malcolm. Malcolm ist sehr ausgerastet, weil er sie über alles liebte. Marianna, Malcolms Mutter, sagte zu Malcoms Vater, Antonio: "Gib ihm eine Chance. Wir können sie bei einem Abendessen in einem Restaurant kennenlernen." Malcolm war sehr glücklich und musste gleich Veronika die Neuigkeit ausrichten. Veronika war zum einen sehr geschockt, aber sie war innerlich auch sehr glücklich darüber, Malcoms Eltern kennenzulernen. Sie war innerlich sehr nervös, weil sie Angst hatte, dass die Eltern von Malcolm sie nicht mögen. Malcolm war auch ein bisschen nervös, weil seine Eltern sehr kompliziert sind.

Zwei Wochen später war es so weit. Malcolm musste seinen Eltern seine Freundin Veronika bei einem Abendessen im Restaurant vorstellen. Sie trafen sich bei einem romantischen, schönen Restaurant, wo sich bereits die Eltern von Malcolm kennengelernt hatten. Malcolm und Veronika trafen sich schon um 18:15 Uhr, am Zürichsee, vor dem romantischen Restaurant.

Die Eltern von Malcolm waren beide sehr gespannt. Veronika war auch sehr nervös. Was sie nervös machte war, wie Malcoms Vater auf sie reagieren wird.

Die Eltern, Malcolm und Veronika zogen sich alle sehr schick an. Der Vater Antonio hatte einen Tisch für 4

Personen reserviert. Die Eltern von Malcolm fragten Veronika: „Von wo kommst du? Wo wohnst du?" Die Eltern sagten zu ihr, dass ihnen jetzt das Alter egal ist, weil Veronika sehr nett und sehr respektvoll ist. Und die Mutter stellte fest, dass Veronika sehr verliebt ist in ihren Sohn.

Sie bestellten sich ein Familien-Menü und genossen zusammen den schönen Abend. Später fuhren Malcolm, Veronika und die Eltern nach Hause und freuten sich darauf, in einer Woche die ganze Familie kennenzulernen.

Kapitel 7 - Das erste Wochenende

Malcolm wartete im Kino auf Veronika, um den Film Tele-Tubbies zu schauen. Doch dann kam Veronika später als es vereinbart war. Erst nach einer halben Stunde war sie gekommen. Malcolm fragte sie: „Warum bist du so spät gekommen?" Veronika sagte: „Tut mir leid, ich habe den Bus verpasst."

Als sie rein gingen, fragte Malcolm Veronika: „Was willst du denn schauen?" Veronika antwortete spontan: „Wie wäre es mit Tele-Tubbies?" Malcolm schaute Veronika schief an und sagte: „Tele-Tubbies? Das ist doch für Kinder!" Veronika sagte: „Hast du eine bessere Idee?" Malcolm antwortete: „Nein." Also gingen sie zur Kasse. Malcolm sagte: „Zweimal ein Ticket für Tele-Tubbies." Die Mitarbeiterin meinte: „Seid ihr nicht zu alt?" Malcolm

fand es peinlich. Er schwieg und sagte nichts dazu. Veronika fing an zu lachen.

Sie gingen in den Saal. Malcolm sagte: „Hier drinnen
sind nur Kinder mit ihren Eltern!" Veronika sagte: „Ja,
egal!" Und sie gingen zu ihren Plätzen und schauten
sich den Film an. Malcolm schlief fast ein. Nach dem
Film sagte Malcolm: „Hast du auch Hunger?" Veronika
sagte: „Ja." Malcom sagte:" Hier in der Nähe gibt es ein
Restaurant.

Kapitel 8 - Das hätte sie nicht erwartet

Veronika wollte Malcolm überraschen, indem sie zu ihm
nach Hause ging. Sie wusste nicht wo er wohnte und
entschied sich, ihn zu googeln. Sie fand ihn im Internet;
seine Adresse und auch paar Bilder wie er Basketball
spielt. Sie schrieb sich die Adresse auf und fuhr dort hin.
Sie war geschockt, weil sie eine Villa sah. Sie wollte
klingeln und sah sich den Namen an. Da stand: Jordan.
Und so klingelte sie und ein Mädchen öffnete die Tür.
Dahinter waren fünf andere Mädchen und sie waren
billig angezogen. Veronika wusste nicht was sagen. Die
Mädels fragten Veronika, wer sie sei. Veronika fragte,
ob Malcolm zu Hause sei. Die Mädels riefen:
«Malcolm!» Malcolm rief von Wohnzimmer: Was ist
los?» Die Mädchen sagten: ,,So ein junges, hässliches
Mädchen ruft dich!» Malcolm sagte: «Wer soll das
sein?» Malcolm kommt an die Tür und sah, dass es Veronika war und war geschockt. Er wusste nicht, was er

sagen sollte. Er sagte: «Komm rein und lern meine Mädels kennen.» Veronika rannte weinend davon. Sie war traurig und verletzt.

Eine Woche später rief Malcolm Veronika an und fragte: «Was ist los?" Veronika wusste nicht was sagen und entschied sich zu sagen, dass sie sich bei Malcolm treffen möchte. So trafen sie sich in der Villa von Malcolm und sie redeten über den Vorfall. Sie kamen zu dem Entschluss, dass er damit aufhört, mit Mädchen abzuhängen, die nicht normal angezogen sind. Malcom hat Veronika versprochen, dass es nie wieder passieren wird und dass er sie liebt. Veronika sagte: ,,Ich liebe dich auch und wir sollten friedlich leben.»

Kapitel 9 - Der erste Streit

Ihr seidiges, braunes Haar liess sie über das lockere, weisse Kleid fallen. Sie riss die Tür auf und stürmte die Treppen hinunter, dann rannte sie durch einen beleuchteten, schmalen Gang. Am Ende des Ganges schnappte sie sich ihre pechschwarzen Ballerinas, zog sie an und als sie die Tür öffnete stand er vor ihr. «Malcolm», sagte sie mit sanfter Stimme. Es war Malcolm. Er stand vor ihr und schaute sie mit seinen leuchtend grünen Augen an, mit einem breiten Lächeln im Gesicht. Er schnappte sich ihre Hand und zusammen gingen sie zum Park.

Der Park war nicht so weit entfernt, so dass sie nicht weit gehen mussten. Im Vergleich zu anderen Parks war dieser eher klein. Die Wiesen waren voll mit Kindern die spielten. Durch den Park führte ein schmaler Weg aus Kieselsteinen zu einem grossen Brunnen, der mitten im Park stand. Der Brunnen war mit kleinen Statuen geschmückt. Im Brunnen befanden sich viele Seerosen, die über das klare Wasser trieben. Im Hintergrund war ein grosser Baum, der einem Schatten anbot und dessen Blätter vom Wind weggeweht wurden. Malcolm und Veronika setzten sich auf eine leere hölzerne Bank, die mitten im Park vor dem grossen Baum stand. Sie fingen an, über die vergangenen Wochen zu sprechen.

Während Veronika sprach, schaute Malcolm einem Mädchen hinterher, das an ihnen vorbei ging. Ihr schwarzes langes Haar hatte sie zu einem Pferdeschwanz gebunden. Ihre Augen konnte man nicht erkennen, denn sie trug eine abscheuliche, grosse, weisse Sonnenbrille, war bauchfrei und hatte einen kurzen schwarzen Rock an. Veronika bemerkte das und wollte aufstehen, um zu gehen. Aber Malcolm hielt sie fest. Mit gesenktem Kopf drehte sich Veronika zu Malcolm um und fragte mit flüsternder Stimme: «Wieso tust du sowas?» Malcolm wusste nicht, was er darauf antworten sollte. Veronika erhob ihren Kopf, um Malcolm in die Augen zu sehen und fragte: «Liebst du mich überhaupt?» Sie war so wütend, dass sie fast geschrien hätte.

Malcolm sah sie schockiert an. Er wollte nicht glauben, was er da gerade gehört hatte. Dass sie ihm überhaupt die Frage gestellt hatte, war für ihn ein Schock. Veronikas Augen füllten sich mit Tränen, während sie auf eine Antwort von ihm wartete.

Veronika riss sich von ihm los. Sie war wütend. Wütend auf Malcolm und auf sich selbst. Sie rannte weg, wollte nicht bei Malcolm bleiben und auf eine Antwort warten. Ihr war es egal, wo sie hin ging, solange sie weit weg von Malcolm war, wo sie ihn nicht sehen musste. Malcolm stand immer noch wie angewurzelt da und sah ihr mit schmerzvollem Blick nach, wie sie in der Ferne verschwand.

Kapitel 10 - Malcom der Gangster

Malcom schrieb Veronika im WhatsApp eine Nachricht: «Treffen wir uns am Aldi Parkplatz.» Veronika war einverstanden und die abgemachte Zeit war 12 Uhr. Sie kam natürlich. Malcom war schockiert, denn er wusste nicht genau, was er machen sollte. Er wusste nicht wirklich, wie er die ganze Geschichte geradebiegen sollte, doch er war ja nicht dumm. Er wusste, dass er versuchen musste, sie zu beeindrucken. Die Frage war nun einfach: Was machte er jetzt? Er ging in seine Garage und sah seinen legalen Helikopter. Es war kurz vor 12.00 Uhr. Er ging hinein, nahm noch ein paar Blumen mit, weil dies einen besseren Eindruck machten, und flog los. Er flog wie ein Profi und hatte viel Spass. Er flog wie ein Betrunkener und er sah Veronika bereits von weit oben. Er landete, stieg aus und kniete sich vor sie hin. Er war knall rot, sagte: «Oh Baby, es tut mir leid!» und gab ihr die Blumen. Sie liefen zusammen noch im Park und waren wieder vereint. Und wenn sie nicht gestorben sind, so betrügt Malcom sie noch heute.